Spanien, 1503: In der Festung La Mota soll Johanna von Kastilien endlich zur Vernunft kommen. Zu viel steht für ihre Mutter, Isabella die Katholische, auf dem Spiel. Die Königin regiert das Land mit unerbittlicher Härte, sie hat die Mauren vertrieben und lässt Tausende als Ungläubige auf den Scheiterhaufen der Inquisition verbrennen. Sie kann ihr Reich nicht in die Hände einer Tochter geben, die nicht betet, nicht beichtet und der Macht nichts bedeutet. Johanna will nicht über andere herrschen. Alles, was sie will, ist, über sich selbst zu bestimmen. Aber das scheint eine Freiheit zu sein, die nur Männern vorbehalten ist. Als sie mit Philipp dem Schönen ins ferne Flandern verheiratet wird, sieht es für einen Moment so aus, als sei das Unwahrscheinliche möglich: ein Leben in Liebe in einer Welt aus Verrat. Doch auch als sich diese Hoffnung nicht erfüllt, hält Johanna unbeirrbar an dem fest, was alle um sie herum für Wahnsinn halten – dem unerhörten Wunsch, dass die Welt anders sein könnte als sie ist.

Vor dem historischen Hintergrund der Biografie von Johanna der Wahnsinnigen stellt Alexa Hennig von Lange eine sehr moderne Frage: Wie können wir die werden, die wir sind, wenn das nicht für uns vorgesehen ist?

Alexa Hennig von Lange, geboren 1973, wurde mit ihrem Debütroman ›Relax‹ 1997 zu einer der erfolgreichsten Autorinnen ihrer Generation. Es folgten zahlreiche weitere Romane, Erzählungen, Theaterstücke und Jugendbücher. 2002 wurde Alexa Hennig von Lange mit dem Deutschen Jugendliteraturpreis ausgezeichnet. Bei DuMont erschienen die Romane ›Risiko‹ (2007), ›Peace‹ (2009), ›Kampfsterne‹ (2018), ›Die Weihnachtsgeschwister‹ (2019) und ›Die Wahnsinnige‹ (2020). Die Schriftstellerin lebt mit ihrem Mann und ihren fünf Kindern in Berlin.

Alexa Hennig von Lange

Die Wahnsinnige

DUMONT

Von Alexa Hennig von Lange sind bei DuMont außerdem erschienen:

Relax
Risiko
Peace
Kampfsterne
Die Weihnachtsgeschwister

Oktober 2021
DuMont Buchverlag, Köln
Alle Rechte vorbehalten
© 2020 DuMont Buchverlag, Köln
Umschlaggestaltung: Lübbeke Naumann Thoben, Köln
Umschlagabbildung: Niday Picture Library / Alamy Stock Foto
Satz: Angelika Kudella, Köln
Gesetzt aus der Goudy
Druck und Verarbeitung: CPI books GmbH, Leck
Gedruckt auf säurefreiem und chlorfrei gebleichtem Papier
Printed in Germany
ISBN 978-3-8321-6605-2

www.dumont-buchverlag.de

»Gestern war ich klug und wollte die Welt verändern.
Heute bin ich weise und möchte mich verändern.«

Rumi

Meine Tochter,

seitdem Du nicht mehr hier bist, höre ich nur den Wind, das trockene Blätterrascheln jenseits der Festungsmauern. Und mein Atmen. Ich bin gefangen in diesem mit Wunden übersäten Körper, der, dicht an die Mauer gedrückt, auf dem Boden kauert. Ich bin die Königin von Kastilien und León. Wie meine Mutter bin ich die Herrscherin über halb Europa und die westindischen Kolonien. Ich war die Gefangene meines Mannes. Ich war die Gefangene meines Vaters. Nun bin ich die Gefangene meines Sohnes. Seit meinem dreißigsten Lebensjahr darf ich mich nur noch unter strengster Bewachung den Gang hinunterbewegen, um für einen Moment aus den Fenstern hinunter auf den Fluss zu sehen. Ich darf nicht allein über den Hof und in die Halle gehen. Ich werde gefoltert, an Stricken aufgehängt, mit Gewichten an den Füßen, um aus mir den Wahnsinn hervorzulocken, der angeblich der Grund für meine Gefangenschaft ist. Sie haben meine Beine mit kochendem Wasser übergossen, sie haben meine Haut mit glühendem Metall verbrannt. Doch ich bin ruhig geblieben. Ruhe bei all dem Leid erscheint den Menschen nicht normal. Sie wollen sehen, dass ich tobe, dass ich mit Schüsseln und Tellern um mich werfe. Meine Ruhe macht ihnen Angst, meine Ruhe ist gefährlicher für sie als mein Wahnsinn. Für meinen Wahnsinn konnten sie mich einsperren, meine Ruhe muss ein Geheimnis bleiben. Katharina.

Meine Tochter, Du allein weißt, wie es ist, in sich den Frieden und die Freiheit zu finden, wenn die Welt dabei ist, sich selbst zu zerstören, und von Epidemien ergriffen wird. In unserem Gefängnis haben wir das grausige Wüten der Pest überlebt. Jahr für Jahr, wenn sie in Wellen kam und große Teile der Bevölkerung mit sich riss, blieben wir hier drinnen verschont. Aber die Pest ist das geringste Übel. Ist sie nicht vielmehr ein Zeichen dafür, wie verseucht wir in unserem Innersten sind? Ich habe sechs Kinder geboren, aus Euch sind längst Könige und Königinnen geworden, aus Deinem ältesten Bruder sogar ein Kaiser. Er regiert ein Reich, in dem die Sonne nie untergeht, aber verändert er deshalb ihren Lauf? Mich hält er hier gefangen, mit Blick auf die reich verzierte Begräbniskapelle Eures Vaters, aber bin ich deshalb weniger frei?

Die Menschen bekämpfen und ermorden sich in ihrem Streben nach Macht, Reichtum und Bedeutung. Ich habe nie jemanden getroffen, der dabei glücklich geworden wäre. Der Hunger bleibt, bis alles verzehrt und vernichtet ist. Aber das weißt Du ja, meine Tochter, Du hast mit mir hinter diesen Mauern gelebt und verstanden, dass das Himmelreich Gottes in Dir wohnt. Jetzt, wo Du der Welt als Königin von Portugal gegenübertrittst, erinnere Dich daran, wie nah wir Gott in unserer Gefangenschaft waren.

Lass sich die Welt in ihrer Verrücktheit selbst zugrunde richten. Mein Widerstand gegen ihren Wahnsinn hat mich hierhergebracht. Du kannst die Welt nicht verändern, aber Dich. Und bist Du nicht die Widerspiegelung des Friedens, mein geliebtes Kind? Ich wünschte, ich hätte damals, als ich in Deinem Alter war, schon diese Erkenntnis gehabt.

In Liebe, Deine Mutter.
Die Königin von Kastilien und León und Aragón und der westindischen Inseln und des Festlandes am Ozean

I

Medina del Campo, 1503

Beides war von gleicher grauenhafter Mächtigkeit: der schwer bewölkte Abendhimmel und die darunterliegende Festung. Johanna brachte ihr Pferd zum Stehen. Und damit ihr ganzes Gefolge. Sie sah hinauf in den Himmel aus rußigem Schwarz. Im Namen der katholischen Kirche ließ ihre Mutter Ungläubige auf Scheiterhaufen verbrennen und beraubte damit das gesamte Firmament des Lichtes. Diese Düsternis hing seit Johannas Geburt über dem Land – schwer und niederdrückend. Hoffnungslos und krank. Sie alle atmeten den Tod ein.

Dann wanderte ihr Blick über die Zugbrücke. Sollte sie tatsächlich den tiefen Burggraben überqueren und in die Kälte der Festung einreiten? Das Tor stand offen wie ein weit aufgerissenes Maul. Hungrig und bereit, sie mitsamt ihrem Pferd zu verschlucken. Ihre Mutter wollte, dass sie dort drinnen zur Vernunft kam, damit sie nicht noch mehr Unheil anrichtete. Hinter den dicken Mauern, die ihre Mutter wieder und wieder hatte verstärken lassen, sollte Johanna sich auf ihre religiösen Pflichten besinnen und warten, bis sie wieder gebraucht wurde. Auf La Mota, dem Fleck.

Johanna hob den Blick. In ihrem Augenwinkel schwamm ihr kümmerliches Gefolge. Ehrendamen, Höflinge, Schildknappen, ein paar Dominikanermönche und andere dienstbare Geister. Im Schneckentempo waren sie mit ihren Maultieren, Karren und

Zelten von Segovia heraufgekommen, wo Johanna mit ihrer Mutter so sehr in Streit geraten war, dass die Königin von Spanien in ihrer eigenen Festung vor Entkräftung hatte zur Ader gelassen werden müssen. Und Johanna war umgehend nach La Mota geschickt worden.

Irgendwo im Getümmel schlief ihr kleiner Sohn im Arm seiner Amme. Johanna hatte gestern Abend sein Weinen gehört, als sie unterwegs die Zelte aufgebaut hatten. Oder war es erst heute Morgen gewesen, als sie die Zelte wieder abgebrochen hatten? Die Zeit schien auf der Stelle zu treten. Alles ging so furchtbar zögerlich. Johanna wollte nicht länger in dieser ewigen Fremdbestimmtheit gefangen sein, die sie ihr Leben nennen musste. Sie strich über den hellen Flecken Fell ihres weißen Araberhengstes. Ein Flecken Fell, den sie erst unter all den Stofflagen ihres schwarzen Kleides und ihrer Satteldecken freilegen musste, um sich ein wenig Helligkeit zu verschaffen. Statt in der Festung hätte sie heute Nacht lieber auf diesem weißen Flecken Fell ihr Lager aufgeschlagen, um auf ihrem Pferd in Bewegung zu bleiben und ihrem Ziel unaufhaltsam näher zu kommen. Sie wollte so schnell wie möglich weiter zur Küste, um sich von dort aus mit einer Schiffsflotte nach Antwerpen zu ihrem Mann und ihren drei kleinen Kindern aufzumachen. Doch wie sollte das klappen? Ihre Mutter wollte nicht, dass Johanna Spanien verließ. Weswegen jeder noch so geringfügige Selbstbehauptungsversuch von den eifrigen Helfern ihrer Mutter sofort zunichtegemacht wurde.

Johanna beugte sich herunter, soweit es in ihrem bestickten Kleid und dem schweren Umhang überhaupt möglich war. Sie lehnte sich über ihre Hände, die um die Zügel griffen, und flüsterte in das Ohr ihres Pferdes: »Schatten sind wir und Staub.« Und während sich die schwarzen Wolken über ihr noch heftiger ballten und vor ihrer eigenen grausigen Leichenfracht erschauderten, sich krampften und Schreckenstränen aus sich herauspressten, die auf Johanna herunterfielen, hob sie wieder ihr Gesicht in den Windhauch hinein.

Sie schnalzte leise, zog kurz die schweren Zügel an und ihr Körper schwang jetzt im Trab ihres Pferdes. Auch ihr Gefolge setzte sich wieder träge in Bewegung. Die rot-gelben Flaggen über dem Tor flatterten in dämlicher Aufregung, als würden sie Johannas Erscheinen direkt auf sich beziehen. Als wollten sie Johanna schmeicheln. Tochter der spanischen Könige. Erbin eines immensen Reiches. Doch Johanna würdigte diese lächerlichen Stofffetzen kaum eines Blickes. Glaubten sie mit ihrem unruhigen Flattern jeden Betrachter, der über weniger Bedeutung verfügte, augenblicklich einschüchtern zu können? Diese Flaggen mit den Wappen von Kastilien, León und Aragón waren für Johanna nicht Symbol ihrer stolzen Herkunft, sondern Symbol für die Machtbesessenheit und Grausamkeit ihrer Eltern.

Johanna wollte nicht Königin werden und sie war auch nie dafür vorgesehen gewesen. Es war reiner Zufall, dass es sie getroffen hatte. Oder ein Fluch. Weshalb sonst waren alle, die in der Thronfolge vor ihr standen, gestorben? Ihr Bruder, ihre Schwester, ihr zweijähriger Neffe Miguel, sodass nur noch sie übrig blieb? Ausgerechnet Johanna, die sich weigerte, nach den strengen Glaubensregeln ihrer Mutter zu leben. Eine zukünftige Monarchin, die nicht beten und nicht beichten wollte und nur selten im Alten Testament las, war ein Problem. Für weit weniger als das wurden tausende Ketzer auf Befehl ihrer Mutter, der Gläubigsten aller Gläubigen, bei Schauprozessen kreischend vor Schmerz und Entsetzen in den Städten zu Asche verbrannt. Wie sollte das Volk in Schach gehalten werden, wenn selbst die Kronprinzessin sich den Maßgaben ihrer Mutter nicht verpflichtet fühlte?

Johanna saß aufrecht. Je näher sie mit ihrem Gefolge dem Festungstor kam, desto mächtiger baute sich der von Mauern umgebene Turm vor ihr auf. Um die Burg herum zog sich der dunkelgrüne Wald aus niedrigen Korkeichen, unter denen Schafe weideten und Schweine wühlten. Sie hörte das Getrappel der Pferde auf den Holzplanken der Zugbrücke, die unruhigen Stimmen ihrer Begleiter. Irgendwo in der kalten Dämmerung erklang das flehende Rufen ihres Sohnes. Dann das Geratter der Karren. Ratta-tatam. Und unter ihnen schimmerte das schwarze, morastige Wasser des Burggrabens.

Nichts und niemand würde Johanna an ihrer geplanten Reise nach Antwerpen hindern. Weder die zu dieser Jahreszeit matschigen Straßen oder die stürmische See noch die kriegerischen Auseinandersetzungen zwischen Spanien und Frankreich. Und erst recht nicht das Verbot ihrer Mutter. Hier auf La Mota würde Johanna alle Vorkehrungen treffen, um so schnell wie möglich nach Flandern zu kommen. Um von nun an ihr Leben selbst in die Hand zu nehmen. Johanna war kein Kind mehr. Sie war dreiundzwanzig Jahre alt. Ihr Mann hatte endlich aus der Ferne nach ihr gerufen. Und sie würde kommen.

Sie ritt in den äußeren Burgring hinein, die breite Holzschräge aus dicken Bohlen hinunter. Ihr Pferd setzte tastend einen Huf vor den anderen. Jetzt war sie drinnen. Das Abendlicht brach in einem kräftigen Rotviolett hinter den dunklen Wolken hervor. Leuchtendes Purpur durchtränkte ihre Kleiderschichten, als würde dieses plötzliche Licht, dieses überirdische Abendleuchten, Johanna den Beweis liefern, dass ihr Vorhaben ganz wunderbar und richtig war. Dass ihre Zeit als unmündige Tochter endgültig vorbei war. Aufrecht ritt sie den gepflasterten Pfad zwischen den hohen Mauern entlang, bis schattenhafte Gestalten auf sie zugeeilt kamen, um sie vom Sattel zu heben. Am liebsten hätte sie ihrem Pferd gleich noch einmal die Sporen gegeben. Einfach nur, um die Schatten springen zu sehen.

Schwarz gekleidete Dienerinnen kreiselten flüsternd und knicksend um sie herum, legten ihr einen schweren Mantel auf die

Schultern, den sie sofort wieder abwarf. Ihr war heiß. Diese Mädchen mit ihren Flechtfrisuren sollten verschwinden. Sie machte eine heftige Handbewegung. »Ksch! Ksch!« Die Dienerinnen stoben wie riesige Nachtfalter auseinander und machten den Weg frei für den Geistlichen, der offenbar schon auf Johanna gewartet hatte. Er trat aus einer Nische hervor, wie es für Geistliche typisch war. Jedenfalls in Johannas Gegenwart. Immerzu traten sie plötzlich aus irgendwelchen dunklen Nischen hervor, um ihr gut zuzureden. Um sie zur Beichte zu bewegen. Dass diese von ihrer Mutter Gesandten niemals aufgaben, dafür empfand Johanna eine gewisse Anerkennung. Der hier, in seinem hellen Gewand und furchigen Gesicht, wagte sich im Fackelschein dicht an sie heran, so, als wären sie längst Vertraute. Er nannte seinen Namen: »Juan Rodriguez de Fonseca.«

Kurz meinte sie, seinen Namen schon einmal von ihrer Mutter gehört zu haben, war er nicht einer ihrer engsten Berater? Er lenkte sie zwischen den hohen Steinwänden hindurch, an Wachen vorbei, direkt ins Innere der Burg. Ein einziges Mal war sie als Kind hier gewesen. Aber daran konnte sie sich kaum noch erinnern, nur an die hohe Treppe, die sie jetzt neben dem fremden grauhaarigen Mann hinaufeilte. Dann ging es den mit Fackeln erhellten Säulengang hinunter und quer über den Innenhof. Schon war der Himmel über ihnen nur noch schwarz. Ihre Schritte hallten auf dem Pflaster. Überall Fackeln und Schatten. Johannas Knie waren weich, seit heute früh hatte sie keinen festen Boden mehr unter den Füßen gehabt. Aber der Geistliche lief und redete ununterbrochen auf sie ein. Wie es ihr gehe, ob die Reise beschwerlich gewesen sei? Er habe gehört, es habe bei ihrer Mutter in Segovia heftige Auseinandersetzungen gegeben. »Königliche Hoheit?«

Johanna hatte überhaupt keine Lust, darauf zu antworten. Aber bevor daraus wieder neuer Stoff für die alte Geschichte wurde, dass sie verstockt sei und keinen Respekt vor Geistlichen habe, sagte sie: »Für meine Mutter zählt eben nur das Prinzip des Machterhalts.«

Der Bischof wandte sich ihr zu, ohne seine Schritte zu verlangsamen. »Wie meinen Sie das?«

Johanna lief neben ihm, trotz schmerzender Knie erfreut darüber, dass dieser Geistliche sich ausnahmsweise mal zügig bewegte. Sie mochte seine Geschwindigkeit. Also war sie sogar bereit, mit ihm ein paar Worte mehr zu wechseln. »Für meine Mutter ist das Durchsetzen ihrer Interessen das Allerschönste. Auch wenn sie dabei die Rechte anderer verletzt. Bei ihr heiligt der Zweck immer die Mittel.«

»Die Königin ist nur besorgt.«

»Ja, um ihre Macht und ihre heilige Inquisition. Als gäbe es nichts anderes auf der Welt.«

Juan Rodriguez führte Johanna eine schmale Treppe hinunter, direkt in die Kapelle. Nun wusste er offenbar auch nichts mehr zu sagen. So, als gäbe es auch für ihn nichts anderes auf der Welt. Bevor Johanna sich überhaupt in diesem langgezogenen Raum orientiert hatte, führte der Geistliche sie schon weiter über den glatten Steinboden, an den Holzbänken und der Heiligen Mutter Gottes vorbei, die still und andächtig mit ihrem Neugeborenen in ihrer Nische stand. Johanna warf der Holzfigur einen kurzen Blick zu. Maria war eine vorbildliche Mutter gewesen. Geduldig, sanftmütig, frei von gebieterischen Anwandlungen. Und voller Verständnis für die Eigenwilligkeiten ihres Sohnes. Wieso konnte sich Johannas Mutter Isabella, die sich »die Katholische« nennen durfte, kein Beispiel an Maria nehmen? Warum hatte Marias großzügiges Wesen nur so wenig Einfluss auf Johannas Mutter und ihren unbarmherzigen Blick auf ihre eigenwillige Tochter?

Johanna und Juan Rodriguez näherten sich dem Altar, um vor dem gekreuzigten Jesus niederzuknien, auf dessen blutigem Haupt

ein Dornenkranz saß. Johanna war voller Ehrfurcht und Mitgefühl für den Heiland und gleichzeitig erkannte sie sich auch in
ihm und seinem Leiden. Er war bereit gewesen, die Folgen seines
Handelns allein zu tragen. Auch wenn das seinen irdischen Un-
tergang bedeutet hatte. Aber hatte Jesus, von einer höheren War-
te aus betrachtet, nicht Freiheit und Ewigkeit dafür gewonnen?
Johanna sah ihn fragend an. War es nicht so? Doch Jesus' Blick
war Richtung Himmel gerichtet. Wieso war Johannas Weg des
Kreuzes nur so viel länger als der von Gottes Sohn? Weil es für
sie keine Erlösung gab? Und dann musste sie dem Geistlichen
schon wieder folgen, unter einer Fackel hindurch, zum Beichtstuhl.

»Hoheit, Sie sollten Ihre Sünden beichten.«

»Sollte ich das?« Johannas Stimme klang gereizt. Woher wollte dieser Juan Rodriguez de Fonseca überhaupt wissen, dass sie
gesündigt hatte? Vielleicht hatte sie ja gar nicht gesündigt! Die
Folterungen und Verbrennungen, die Kriege, die Beutezüge und
der Machthunger ihrer Mutter waren Berge von nicht mehr zu
vergebenden Sünden! Warum zählte das nicht? Nur, weil ihre
Mutter eine Krone auf dem Kopf hatte und behauptete, all das
geschehe aus Liebe zu Jesus Christus?

Der Geistliche verschwand eilig hinter dem schweren, dunklen Vorhang. Sicherlich war er hier, um jeden ihrer Schritte direkt an ihre Mutter weiterzumelden. In den letzten Jahren hatten immer wieder irgendwelche Beichtväter fleißig notiert, wie
sie Johannas Geisteszustand einschätzten. Wort für Wort hatten
sie aufgeschrieben, was sie gesagt haben sollte, dass sie nichts gegessen, sich zurückgezogen habe, dass sie melancholisch sei. Eifersüchtig sollte sie sein. Uneinsichtig, nicht steuerbar. Geisteskrank. Ihrem Mann verfallen. Wahnsinnig! Zu jeder Theorie gab
es alle erdenklichen Beweise. Doch genauso gut konnte alles
ganz anders sein. Es interessierte nur niemanden, was Johanna

dachte, wie sie fühlte, wogegen sie sich wehrte. Sie hatte als Tochter zu funktionieren. Also kniete sie widerwillig auf der schmalen Holzbank nieder. In ihrem Kleid hockte sie da wie in einer riesigen schwarzen Blüte. Wütend und müde. Dann machte sie eben mit. Nichts sollte ihre Rückreise nach Flandern verzögern. Schon gar nicht eine alarmierte Mutter, die für die öffentliche Wirkung eine gehorsame Thronfolgerin im Beichtstuhl brauchte. Johanna hörte den Geistlichen durch das Gitterfenster wispern: »Gott, der unser Herz erleuchtet, schenke dir wahre Erkenntnis deiner Sünden und seiner Barmherzigkeit.«

Sie sagte etwas zu laut: »Ausgezeichnet und höchst ehrwürdig. Ich habe nichts zu beichten. Mein Geist ist Teil von Gottes Geist. Amen.«

Damit erhob sie sich schon wieder, während sie es flüstern hörte: »Gott, der barmherzige Vater, hat durch den Tod und die Auferstehung seines Sohnes die Welt mit sich versöhnt und den Heiligen Geist gesandt zur Vergebung der Sünden …«

Johanna verschwand zwischen den flackernden Kerzen und den Holzbänken hindurch in die kühle Nacht hinaus. Sie holte tief Luft. Sie hatte diesem Geistlichen schon mehr gegeben als seinen ratlosen Vorgängern, die regelrecht an ihrer sturen Verschlossenheit verzweifelt waren. Sie war keine Sünderin. Niemals würde sie sich gegen Gott und seinen Willen wenden. Ihre Liebe zu ihm war rein. Ihre Nähe zu ihm ungebrochen. Dafür musste sie nicht beten und auch nicht beichten. Das würde ihre Mutter leider nur nie verstehen. Sie hatte eben kein Empfinden für Gottes wahres Wesen.

Kurz vor Mitternacht saß Johanna bei Kerzenschein im Turmzimmer, das für sie hergerichtet worden war. In den Raumecken flackerten Kerzen auf hohen Ständern. Über die Tischplatte gebeugt versuchte sie, einen klaren Kopf oder ein klares Herz für den Antwortbrief an ihren Mann zu bekommen. Nach über einem Jahr hatte Philipp ihr geschrieben und tatsächlich gefragt, wann sie zu ihm und ihren Kindern nach Brüssel zurückkommen würde. Nach einem Jahr fragte er das! Als wäre sie ihm gerade erst wieder eingefallen! Gleichzeitig war es so typisch für ihn. Er entledigte sich ihrer, wann immer er genug von ihr hatte, und holte sie wieder heran, wenn ihm danach war. Jetzt kam es darauf an, die richtigen Worte zu finden, den richtigen Ton anzuschlagen. Wenn Johanna nur wüsste, welcher das war! Auf keinen Fall wollte sie zu wütend oder feurig klingen. Eher gemäßigt, geduldig. Verständnisvoll und erwachsen, sodass Philipp denken würde, seine Frau sei während des Jahres ihrer Trennung zu einer ganz anderen geworden. Zu der Frau, die er sich als Erzherzog von Burgund für sein Leben schon immer gewünscht hatte. Anspruchslos, leicht lenkbar und überhaupt nicht tobsüchtig. Philipp sollte Johannas Ankunft in Brüssel herbeisehnen! Sicher, der Wunsch nach Zuneigung war ungewöhnlich für eine Frau, deren Ehe aus machtpolitischen Gründen geschlossen worden war. Aber doch nicht vollkommen unangemessen, oder?

Plötzlich ging hinter Johanna die Tür auf. Sie warf einen schnellen Blick über die Schulter und da stand diese fremde Person in der offenen Tür als lodernder Schatten, mit ausladendem Kleid. Johanna drehte sich langsam ganz zu ihr um. Im Laufe der Zeit hatte sie gelernt, sich möglichst nicht ruckartig zu bewegen. Die Leute bekamen ihrer Erfahrung nach sonst sofort Angst, sie könnte wieder einen ihrer Wutanfälle bekommen. Für die meisten Menschen, inklusive ihres Mannes und ihrer Mutter, waren diese Wutanfälle verstörend, geradezu unerklärlich, als wäre nicht offensichtlich, woraus sich Johannas zorniger Widerstand speiste! Johanna versuchte zu lächeln und wartete, was die Person im roten Kleid zu ihrem Erscheinen vorzubringen hatte.

»Ich bin Ihre engste Vertraute.«

»Ach ja?« Johanna stand von ihrem Stuhl auf und umklammerte die Lehne. Sie mochte eigentlich keine engsten Vertrauten. Genau genommen hatte sie noch nie so etwas wie eine engste Vertraute gehabt. Das konnte sie sich gar nicht leisten. Engste Vertraute stellten sich meist als die größten Verräter heraus.

»Ich wurde Ihrem Haushalt hinzugefügt.« Das junge Mädchen mit der hübschen roten Haube auf dem Kopf wirkte nicht sonderlich schüchtern. Es hatte dunkle Haare und ein zartes, offenes Gesicht. Im Grunde sehr sympathisch.

Gerade darum sagte Johanna kategorisch: »Ich rede nur mit älteren Frauen.«

»Ich verstehe.« Das junge Mädchen sah Johanna direkt an. So direkt, wie Johanna normalerweise diejenigen ansah, die sie bis tief in ihr Innerstes durchdringen wollte. Das Mädchen schien überhaupt keine Angst vor ihr zu haben. Entweder war sie ahnungslos, was ihr blühen konnte, wenn Johanna erst einmal in Rage geriet. Oder sie war dumm. »Darf ich trotzdem eintreten?«

»Nur zu. Wenn Sie gerne bei jemandem sind, der nur mit alten Frauen redet.« Johanna setzte sich wieder an den Tisch und schob den begonnenen Brief unter ihre Bibel.

Das Mädchen kam näher zu ihr heran, nun waren sie zu zweit. Zwei junge Frauen unter einem hohen Gewölbe aus Stein, mit flackernden Kerzen in den Zimmerecken. Vor Johanna auf dem Tisch stand das aufgeklappte Holztriptychon, das die Bilder ihrer drei älteren Kinder zeigte. Karl, Eleonore und Isabella. Das Mädchen blickte auf die kleinen Gesichter. »Ich wollte wissen, ob ich Ihnen etwas zu essen bringen kann?«

»Nein, danke.« Johanna klappte das Triptychon zu und legte es auf ihre Bibel. »Ich hungere.«

»Ich verstehe.« Diese Tatsache schien für das Mädchen in Ordnung zu sein. Was erstaunlich war. Normalerweise gerieten die Leute sofort in Aufruhr, wenn sie hörten, dass Johanna das

Essen verweigerte. Tatsächlich machte das Verweigern ja nur darum Spaß! Je mehr die eifrigen Helfer ihrer Mutter sie bedrängten, doch etwas zu essen, desto mehr spürte Johanna, dass sie über diesen winzigen Teil ihres Lebens ganz allein die Kontrolle besaß. Ihr Körper war das letzte unbesetzte Gebiet. Wie Granada, bevor ihre Mutter gekommen war, die ungläubigen Mauren ermordet und es sich samt der Alhambra einverleibt hatte. Doch diesen unbeugsamen Teil von Johanna würde ihre Mutter niemals besetzen. Eher war Johanna bereit, zu verhungern. Sie drehte ihren Kopf leicht, sodass sie dem Mädchen ins bleiche Gesicht sehen konnte. »Hungern Sie auch?«

Das Mädchen schüttelte den Kopf. »Ich habe keinen Grund.«

»Haben Sie gar nichts zu verteidigen?«

»Nein.«

»Nicht einmal Ihre Würde?«

»Ist die nicht unantastbar?« Maria machte ein paar Schritte hinüber zum Fenster, hinter dem der schwarze, endlose Nachthimmel hing. Das Licht der Kerzen auf dem Sims schimmerte auf ihrer weißen Gesichtshaut.

Johanna begann, ihr geflochtenes Haar, das rechts und links an ihrem Kopf zu Schnecken gedreht war, zu lösen. »Meine Großmutter, Isabella von Avis, hat der Geliebten ihres Mannes mit dem Fächer das Gesicht zerschnitten. Und sie war eine Königin! Aber sie wollte nicht betrogen werden.«

Das Mädchen kam wieder näher heran. »Ja, das kann ich verstehen. Alles hat seine Grenzen.«

»Nun nennt man sie allerdings bis heute die Irre von Arévalo. Haben Sie auch schon einmal so etwas Unüberlegtes getan?« Johanna ließ ihr rotes Haar über ihre Schulter fallen.

Das junge Mädchen schüttelte den Kopf. »Ich habe keinen Mann.«

»Sie Glückliche.«

»Ja, das denke ich auch manchmal.«

Johanna erhob sich und kam noch näher heran. Ihr Blick wanderte über das lange Haar des Mädchens, das über seinen nackten Hals und den bestickten Ausschnitt des roten Kleides floss, den schmalen Körper. Johanna sah, was Philipp alles an diesem Wesen gefallen würde. Alles, was ihr auch gefiel. Es war schön, lieblich und irgendwie so ausgeglichen. Als würde es nichts geben, was dieses Mädchen aus der Ruhe bringen könnte. Johanna sagte: »Das bedeutet, so unverheiratet und frei, wie Sie sind, sind Sie meine größte Gefahr?«

Das Mädchen entgegnete freundlich: »Nicht solange Ihr Mann nicht hier ist.«

Johanna hob ihr Gesicht wieder an. Ihre Geste, um sich ihrer Würde zu vergewissern. Seit über einem Jahr war ihr Mann in seinem Schloss genau von solchen jungen Mädchen umgeben. Ohne dass Johanna etwas dagegen hätte tun können. Es kostete sie enorme Anstrengung, sich nicht ständig vorzustellen, was da auf den Fluren und in den Zimmern vor sich ging. Sie trat dicht an die junge Frau heran. Ihr Blick hing für einen Augenblick an ihren Lippen. Dann kniete Johanna plötzlich nieder, griff nach der kühlen Hand ihrer engsten Vertrauten und biss kräftig hinein. Das Mädchen zog erschrocken seine Hand weg. »Hoheit!«

Johanna warf ihr einen amüsierten Blick zu. »Das war stellvertretend für alle jungen Frauen, mit denen mein Mann sich in Brüssel umgibt. Wer hat Sie zu mir geschickt?«

»Ihre Mutter.«

»Um mich zum Essen zu bringen?«

Das Mädchen hielt sich die schmerzende Hand. »Nein, um Sie zur Vernunft zu bringen.«

Johanna erhob sich wieder vom Boden. Es war schön, von der Verräterin offenbart zu bekommen, dass sie eine Verräterin war. Das war neu. »Wie heißen Sie?«

»Mein Name ist Maria de Salinas«, antwortete das Mädchen. »Die Tochter von Martín de Salinas und Josepha Gonzáles de Salas.« Sie sagte es so, als müsste man die beiden kennen. »Sie sind Neuchristen.«

»Aha.« War es ein geheimes Zeichen, dass Maria das Wort »Neuchristen« so betonte, dass es wie ein Witz klang? Wollte sie damit sagen, dass man in diesem Land doch heimlich seinem wahren Glauben nachgehen konnte, ohne von den Inquisitoren der Königin erwischt, gefoltert und vernichtet zu werden? Und dass sie, genau wie Johanna, nicht bereit war, sich bedingungslos und ergeben der Krone unterzuordnen?

Johanna sah Maria scharf an, aber das Gesicht des Mädchens war ernst, das Lächeln verschwunden. Sie sagte: »Eigentlich bin ich gekommen, um zu fragen, ob ich Ihnen Ihren Sohn bringen darf?«

»Meinen Sohn? Warum?«

Sie zuckte überrascht mit den Schultern. »Weil er Ihr Sohn ist.«

Jetzt standen sie beide vor der Tischplatte aus diesem feinen, hellen Holz, an dem noch nie zuvor jemand gesessen zu haben schien. Keine Wachsflecken. Keine Tinte. Keine dunklen Stellen von unruhigen Fingern. Gemeinsam blickten sie auf das zusammengeklappte Triptychon, dessen geschnitzter Holzdeckel von einem goldeingefassten Marienbild geschmückt war.

»Sind das darin die Bilder Ihrer Kinder?« Maria warf Johanna einen dunklen Blick zu. Und in diesem Blick spiegelte sich Johanna. Sie wollte jetzt nicht an ihre kleinen Kinder in Brüssel denken, die von unzähligen Kinderfrauen und anderen, ihr vollkommen fremden Menschen umsorgt wurden. Nur nicht von ihr! Wahrscheinlich war das auch besser so. Wie sollte sie eine gute Mutter sein, wenn sie kein geeignetes Vorbild dafür hatte? Würde sie eine gute Mutter sein können, wenn sie erst einmal dem Zugriff ihrer eigenen furchtbaren Mutter entkommen war?

Als kleines Mädchen hatte sie auf ihren Befehl hin mit ansehen müssen, wie Ungläubige ohnmächtig vor Angst, mit einem Strick um den Hals und erloschenen Kerzen in Händen, durch die engen Gassen, vorbei am erschaudernden Volk, dem Tod entgegentaumelten. Barfuß, nur mit Büßerhemden bekleidet, verbrannten sie qualvoll auf riesigen Plätzen voller Scheiterhaufen, begleitet vom donnernden Klang der Pauken und Trompeten.

Maria streckte plötzlich ihre Hand mit dem Bissabdruck nach dem Triptychon aus. Sie nahm es einfach hoch und klappte es auf. »Was für hübsche Kinder.«

Johanna nahm es ihr gleich wieder ab und klappte es zu. »Ich will meinen Sohn nicht sehen.« Johanna ging zur Tür. Wie ein schwereloser Schatten glitt sie durch den Raum.

»Aber Ihr Sohn will Sie sehen.« Maria lächelte jetzt wieder. Sie glitt ebenfalls durch den Raum, so, als würden sie beide einen geheimen Tanz aufführen, ohne sich zu berühren. Ihre Schatten kreisten im flackernden Kerzenlicht umeinander und es war, als bewegten sie sich im Inneren eines düsteren Kaleidoskops, das von Gottes Hand gedreht wurde, bis jedes Teilchen an seinem ihm zugedachten Platz lag und in der Gesamtheit ein wunderschönes Bild ergab; bevor alles wieder durcheinandergeschüttelt wurde. Johanna öffnete die Tür hinaus zur Treppe. »Woher wollen Sie wissen, was ein Säugling will?«

»Will er nicht das, was wir alle wollen?«

»Ich habe Ferdinand nichts zu geben.«

»Wir werden sehen.« Maria verschwand aus dem Raum und schon war das Bild, der kurze Moment der Vollkommenheit, zerstört.

2

»Da ist er.«

Johanna öffnete die Augen. Ihr Kopf lag erhöht auf Kissen, der übrige Körper unter Stepp- und Leinendecken. Das Mädchen von gestern Abend, ihre engste Vertraute, stand schon wieder in der offenen Tür. Maria schien ihren kleinen Sohn im Arm zu halten. Johanna sah gar nicht genau hin. Sie wollte überhaupt nicht wissen, ob es wirklich so war. Über ihrem schläfrigen Blick schwebte ein himmelblauer Baldachin mit Fransen. All die Möbel, von denen sie sich vor ein paar Stunden in den Schlaf verabschiedet hatte, waren wieder da. Der Tisch, der Stuhl. Die Kerzenständer. Nur sie selbst war im Traum weit weg gewesen. Im grünen Dickicht des zwitschernden und flirrenden Urwalds, von dem sie als Dreizehnjährige den Seefahrer Kolumbus hatte erzählen hören. Im Traum war alles genau so gewesen, wie er es damals im Palast von Burgos ihren Eltern atemlos beschrieben hatte. Dabei hatte er unter den bewundernden Blicken ihrer Mutter mit seinen Armen weit ausgeholt, als würde er eine riesige Leinwand bemalen, während er von seinen Erlebnissen auf den Indischen Inseln berichtete. Von halbnackten Frauen, von verzierter Haut, exotischen Früchten und von unerschöpflichen Mengen an Gold. Seine Stimme war durch die Halle gedonnert und Johannas Mutter war verzückt gewesen, wie viele Indios sie zukünftig würde bekehren können. Nicht einmal vor diesen armen Eingeborenen machte

23

sie Halt. Isabella die Katholische! Alles und jeden musste sie sich untertan machen. Und in diesem Zwang wurden die Menschen ausgeplündert, ausgeraubt, getötet und versklavt. Und jetzt war Johanna im Traum ganz alleine dorthin gereist. Sie hatte diese fremde Natur deutlich vor sich gesehen. Nichts als unendlich hohe Bäume, von denen es auf sie heruntertropfte. Blätter, überall Blätter, Farne, Kletterpflanzen. Bis zu den Knöcheln stand sie im morastigen Wasser. Doch vor ihr tauchte kein mit Pfeil und Bogen bewaffneter Indio mit goldenem Nasenschmuck auf, sondern Philipp in edlem Gewand. Sein langes Haar klebte ihm nass am Kopf. Sein Gesichtsausdruck war hart, sein Blick kühl. Sie war so glücklich, dass sie ihm endlich wieder gegenüberstand in der paradiesischen Hitze. In dieser unberührten Schönheit. Von oben brach das Sonnenlicht durch die Baumkronen. In dem aufsteigenden Nebel sah Philipp sie an und erklärte ihr knapp: »Ich liebe dich nicht mehr.« Dann drehte er sich einfach um und verschwand zwischen dem dunstigen Grün und den Baumstämmen. Obwohl Johanna, umschwirrt von tausenden Mücken, immer wieder seinen Namen rief, wandte er sich nicht noch einmal nach ihr um.

Maria brachte Ferdinand näher ans Bett heran. Ein zartes, niedliches Geschöpf mit blondem Flaum auf dem Kopf und blauen Augen. Was sollte das? Ihr Sohn hatte eine Amme! Es gab keine Notwendigkeit, ihn hierherzubringen. Maria blieb in ihrem roten Kleid und mit umwickelter Hand neben dem Bett stehen. Was hatte sie da für eine seltsame Verletzung? Doch bevor Johanna sich darüber weiter Gedanken machen konnte, flog der Junge ihr förmlich entgegen. Sie hätte sich nur etwas aufrichten müssen, um ihn in die Arme zu nehmen. Wie eine Mutter. Stattdessen sagte sie in das ahnungslose Gesicht des Säuglings: »Ich habe gesagt, ich will ihn nicht sehen.«

Johanna schlug die Decken zurück und stand aus dem Bett auf.

Ihr magerer Körper war angespannt. So, als würde jede Zelle in ihrem Inneren vibrieren. Das Licht kam hell durch die geöffneten Fenster, sie hörte sogar ein paar Vögel zwitschern. In ihrem langen Nachthemd, dessen Ausschnitt ihr über die blasse Schulter rutschte, stellte sie sich barfuß ans Fenster, um etwas Weite zu bekommen.

Maria sagte hinter ihr: »Sie sollten Schuhe anziehen.«

Und ihr Sohn schmatzte.

Der Himmel hatte sich über Nacht aufgeklart. Draußen war es nicht mehr ganz so düster wie gestern Abend. Die Luft, das Land, der Wald aus Korkeichen dufteten nach Frühling. Johanna blickte hinaus, über die niedrigen Bäume hinweg, unter denen die Schweine nach Eicheln suchten. Weiter hinten erkannte sie die Dächer von Medina del Campo. Kein Urwald. Alles übersichtlich. Schon bald würde Johanna mit ihrem Gefolge zur Küste aufbrechen. Es war egal, dass ihre Mutter die Reise nach Flandern verbot. Sicher, es geschahen jedes Mal wahnsinnige Dinge, wenn Johanna auf Philipp traf, das stimmte. Weil er sie immer wieder betrog und erniedrigte. Für ihn war das völlig normal, aber Johanna konnte sich einfach nicht daran gewöhnen und verlor jedes Mal aufs Neue die Fassung. Dabei wurde von ihr erwartet, alles fraglos hinzunehmen, was auch immer es war. Nichts zu fordern und keinen Unfrieden zu stiften. Besonders, wenn Philipp seine sinnlich-feudalen Feste feierte, hüpfend herumtanzte und sich mit jungen Mädchen vergnügte.

Sie musste unbedingt einen Weg finden, wie sie diese Demütigungen beenden konnte. Johanna hatte die Hoffnung noch nicht aufgegeben, dass Philipp sein skandalöses Verhalten änderte. Er war doch ihr Mann. Und sie vermisste ihn. Ihr Dasein hatte auf La Mota überhaupt keinen Sinn. Hinter den dicken Mauern kam sie sich vor wie lebendig begraben. Sie wollte Veränderung und die ließ sich doch nur in Freiheit herstellen, oder?

Sie drehte sich zu Maria um und blickte zuerst ihr vorwurfsvoll ins Gesicht, dann ihrem kleinen Sohn, der so aufgeregt und fröhlich mit seinen Fäustchen winkte, als hätte er überhaupt keine Ahnung von dem, was er in seinem jungen Leben bereits angerichtet hatte. Kurz nachdem Philipp und sie in der Kathedrale von Toledo als rechtmäßige Erben der spanischen Krone anerkannt worden waren, hatte er sich die Freiheit genommen, sich in ihrem Bauch einzunisten und sie auf diese Weise daran gehindert, gemeinsam mit ihrem Mann unverzüglich die Rückreise von Spanien nach Flandern anzutreten. Noch jemand, dem es gelungen war, sie festzuhalten und über sie zu bestimmen! Darum konnte sie ihren Sohn nicht auf den Arm nehmen. Dieser Winzling war schuld, dass Johanna seit über einem Jahr unfreiwillig im Einflussbereich ihrer Mutter verharrte. In diesem Spanien, dem sie als Sechzehnjährige mit einer gewissen Vorfreude und Spannung entkommen war. Vielleicht wollte sie genauso wenig Mutter wie Tochter sein? Und erst recht keine Thronfolgerin! Ständig wurde irgendetwas von ihr gefordert, das sie gar nicht erfüllen wollte. Wie konnte Gott einen in die Welt holen und dann solchen Prüfungen aussetzen? Was war sein Plan?

Johanna sog die klare Luft tief ein. Heute war sie rein und lieblich. Beinahe unschuldig. Als wäre die gesamte Inquisition mit dem akuten Schwächeanfall ihrer Mutter zum Erliegen gekommen. Als könnte ganz Spanien kurz aufatmen. Genau wie sie hier am Fenster. Wenn nicht schon wieder hinter ihr die Tür aufgegangen wäre. Johanna brauchte sich gar nicht umzudrehen. Sie ahnte bereits, wer da gerade hereingekommen war. Juan Rodriguez de Fonseca.

Und schon hörte sie seine Stimme: »Es wird Zeit für die Beichte, Hoheit.«

Ihr Sohn fing an zu weinen. Offenbar mochte auch er keine Geistlichen. Das war schon einmal erfreulich. Warum konnte sie nicht einfach in Ruhe gelassen werden? Sie wollte sich mit der Planung ihrer Heimreise beschäftigen. Johanna wollte sich vorstellen, wer sie in Philipps Gegenwart sein könnte, wenn sie erst wieder in Brüssel war. Sie brauchte eine neue Stimme. Ein neues Auftreten. Sie brauchte eine Idee, wie sie das ungleiche, eheliche Machtverhältnis ändern konnte, unabhängig von ihrer Herkunft. Unabhängig davon, dass sie die Tochter der zwei größten Monarchen war, die die Welt je gesehen hatte. Unabhängig davon, dass sie Philipp durch ihre Thronfolge zum mächtigsten Mann seiner Zeit machen würde. Denn all das hatte ihn bisher auch nicht dazu veranlasst, Johanna zu achten und nicht zu demütigen. Sie wollte, dass Philipp sie liebte. Nur leider hatte sie keine Ahnung, wie das zu erreichen war. Ihre Nervenzusammenbrüche hatten jedenfalls nicht zum Ziel geführt. Selbst ihrer Mutter hatte es in ihrer Ehe nichts gebracht, eine nach männlichen Prinzipien regierende Herrscherin zu sein. Sobald es um Gefühle ging, war die große Isabella ihrem Mann genauso machtlos ausgeliefert wie alle anderen Frauen ihren Männern auch. Im Privaten hatte die Königin auch nur auf das zurückgreifen können, was sie bereits von ihrer Mutter gelernt hatte: pure Verzweiflung. Als kleines Mädchen hatte Johanna im Palast von Madrid eine Tür geöffnet und gesehen, wie ihre Mutter, die gewaltige Herrscherin, diese stolze, nicht zu erweichende Frau, in ihrem schwarzen, schmucklosen Kleid vor ihrem Mann auf dem Boden gekniet und schmerzerfüllt gerufen hatte: »Mein Geliebter, warum tust du mir das an?«

Johanna hatte nicht genau verstanden, worum es ging, aber es reichte, zu begreifen, dass ihre Mutter zu erniedrigen war, dass sie verletzlich war, dass sie von ihrem Mann in den Wahnsinn zu treiben war. Weil sie liebte. Weil sie sich nach etwas sehnte, das sie von ihrem Mann nicht bekam. Genau so war es Johannas Großmutter ergangen. Isabella von Avis hatte hinter einer anderen verschlossenen Tür die Beherrschung verloren, weil ihr

Mann keinen Grund sah, ihr Flehen zu erhören und in ihr ein fühlendes Wesen zu erkennen. Bis zu ihrem Tod hatte man die Königin in der Festung in Arévalo festhalten müssen, weil sie vor lauter Verzweiflung nicht mehr zurechnungsfähig gewesen war. Und hinter einer weiteren verschlossenen Tür, die Johanna kurz nach ihrer Hochzeit in Brüssel geöffnet hatte, war Philipp mit einer seiner Mätressen ins Liebesspiel vertieft gewesen. Nicht noch ein einziges Mal würde Johanna sich diese schmerzhaften Zumutungen bieten lassen. Schließlich gab es das sechste Gebot: »Du sollst nicht ehebrechen!«

Juan Rodriguez stellte sich hinter sie. »Hoheit, ich bitte Sie. Lassen Sie uns hinunter in die Kapelle zur Beichte gehen.«

Er sagte es freundlich, aber auch mit einer gewissen Nervosität. Weil er einen Auftrag zu erledigen hatte, von dem er wusste, dass er Johannas Laune erneut strapazierte. Natürlich war er angewiesen. Alle, die hier herumlungerten, waren von Johannas Mutter angewiesen, etwas ganz Bestimmtes in Bezug auf ihre Tochter zu tun. So, wie Maria angewiesen war, Johanna ihren kleinen Sohn in die Arme zu drücken, in der Hoffnung, dass sie vor lauter Mutterglück ihren Plan aufgab, nach Flandern abzureisen. War es nicht so? Schließlich konnte sie Ferdinand unmöglich auf diese gefährliche Reise mitnehmen.

Johanna drehte sich um. Sie spürte die aufkommende Wut. Sie sah Marias erschrockenes Gesicht. Aber sie beherrschte sich. Sie beherrschte sich. Johanna war die Einzige, die es überhaupt schaffte, sich hin und wieder selbst zu beherrschen. Und mit dieser Selbstbeherrschung, mit dieser Willenskraft würde sie ihre Beziehung zu Philipp und ihre Zukunft als gleichberechtigte Ehefrau neu gestalten. Ohne Kompromisse. Sie sah Juan Rodriguez an, der in seinem hellen, bestickten Talar ein möglichst mildes Gesicht aufsetzte. Sie atmete durch die Nase ein. »Na gut.«

Johanna lief barfuß und im Nachthemd aus dem Zimmer, die

Treppen des Turmes so schnell hinunter, dass der Geistliche gar nicht hinterherkam. Sie lief immer schneller, über den Treppenabsatz, die Galerie entlang, durch die kühle Vormittagsluft. Sie raffte ihr Nachthemd, damit sie nicht stürzte. Sie hörte Juan Rodriguez hinter sich rufen. »Hoheit! Sehen Sie sich vor!« Sie sprang die letzten Stufen hinunter, durchquerte den Innenhof und lief zwischen den Wachen hindurch, über die kalten Steine, hinüber zur Kapelle.

Sie setzte sich entschlossen auf die Seite des Beichtstuhls, wo eigentlich Juan Rodriguez hätte Platz nehmen müssen. Sie zog den Vorhang mit einer raschen Bewegung zu und wartete. Es dauerte ein paar Augenblicke, bis sich der Geistliche auf der anderen Seite des Beichtstuhles niederkniete. Sie spürte seine Überraschung und sein Zögern. Johanna wisperte: »Gott, der unser Herz erleuchtet, schenke dir wahre Erkenntnis deiner Sünden und seiner Barmherzigkeit.«

Es kam keine Antwort. Nur verblüfftes Atmen. Schließlich flüsterte Juan Rodriguez: »Hoheit, Sie dürfen mir nicht die Beichte abnehmen.«

»Wer sagt das?«, flüsterte Johanna zurück. »Erforschen Sie Ihr Gewissen, Juan Rodriguez!«

»Hoheit, ich bitte Sie. Das ist nicht zulässig.«

»Mich interessiert, wie und wann Sie sich gegen Gott gewandt haben.«

»Hoheit!«

»Ich will von Ihnen lernen, wie es ist, tiefe Reue zu empfinden. Ich will von Ihnen erfahren, wie befreiend eine Beichte sein kann. Ich hörte, es sei ein Schatz, der ein fröhliches Gewissen macht.«

Johanna lauschte. Aber es kam keine Antwort. Also erhob sie sich von der schmalen Bank und zog den Vorhang wieder auf. »Wir probieren es morgen noch einmal, Juan Rodriguez.«

Damit trat Johanna hinaus in die kalte Kapelle. Für einen Moment stand sie barfuß auf den glatten Steinen. Das sanfte Licht des Vormittags sickerte durch die schmalen Fenster und legte sich als helle Balken über ihr Nachthemd. So lieblich, als wäre das Licht auf ihrer Seite. Und obwohl sie in ihrem dünnen Kleid zitterte, zwängte sie sich nach kurzem Zögern doch noch einmal zurück in den dunklen Beichtstuhl. Johanna bekreuzigte sich und flüsterte heiser durch das Gitterfenster: »Im Namen des Vaters und des Sohnes und des Heiligen Geistes. Amen. Ich habe doch etwas zu beichten, Juan Rodriguez. Ich werde meinen Mann töten.«

Kurz darauf taumelte Johanna durch die offene Tür in ihr Turmzimmer. Um ihre hageren Beine schlackerte das lange Nachthemd. Sie streckte die Arme aus, in den Raum hinein, um irgendetwas zu fassen zu kriegen, an dem sie sich festhalten konnte. Was hatte sie getan? Sie hatte Juan Rodriguez ihr tiefstes Bedürfnis gebeichtet, von dem sie selbst bis eben noch gar nichts geahnt hatte! Vor dem sie nun selbst erschauderte. War es tatsächlich ihr Wunsch, Philipp zu töten? Dieser kleine, messerscharfe Satz war so einfach aus ihr herausgebrochen. Als hätte er nur darauf gewartet, sich endlich zu offenbaren. Als wären ihr Entkommen von La Mota und Philipps Auslöschung die einzige Möglichkeit, endlich den ersehnten Frieden zu finden. Aber sie war doch keine Sünderin! Ihren geheimen Wunsch musste der Geistliche für sich behalten. Niemand durfte je davon erfahren.

Das Turmfenster holte die Luft von draußen herein. Johannas Blick ruckte nervös durchs Zimmer. Von den hohen Kerzenständern in den Nischen zwischen Schrank und Wand zum Fenster und zur Truhe. Das Bett war gemacht, die Decken und Kissen glatt gestrichen. Der Tisch war aufgeräumt. Das Triptychon stand aufgeklappt da, sodass ihre drei Kinder ihr aus den Rahmungen entgegensahen. Ihre kleinen Geister. Ihre fernen Existenzen. Johanna lief zum Tisch, klappte eilig das Triptychon zu und legte es mit zitternden Händen auf die Bibel. Wenn ihre Kinder wüssten, was sie sich Böses wünschte!

Plötzlich löste sich Marias Silhouette aus dem düsteren Gemälde an der gegenüberliegenden Wand, auf dem der fast nackte Jesus Christus vom Kreuz abgenommen und mit durchbohrten Händen und Füßen hinab in die offenen Arme seines Jüngers sank. Und aus der Menge der umstehenden Trauernden kam Maria in ihrem dunkelgrünen Kleid direkt auf Johanna zu. Als wäre sie selbst die Mutter Gottes, die das wiedergeborene Christuskind bei sich hätte. Erneut streckte sie Johanna mit umwickelter Hand ihren kleinen Sohn entgegen. »Er will zu Ihnen, Hoheit.«

Dieser hilflose Körper, diese noch schutzlose, unschuldige Seele. Wie sollte Johanna diesen winzigen Jungen halten? Ihn ansehen, ohne ihn später zu vermissen?

»Hier, nehmen Sie ihn!« Maria lächelte und hielt Johanna das zarte Kind hin, mit dem wenigen hellen Flaum auf dem Kopf und den großen offenen Augen, die nichts von ihrem grauenvollen Vorhaben wussten. Johanna schluckte. Es war, als läge ein gewaltiger Felsbrocken auf ihrer Brust. Als wären ihre Arme aus Holz. Ihr Hals brannte. Sie tauschte Blicke mit ihrem kleinen Sohn, der sie erwartungsvoll und gleichzeitig geduldig ansah. Als würde er nicht glauben, dass sie je zu so etwas in der Lage sein würde. Als würde er sagen: »Du täuschst dich, Mama.«

Johanna hob ihren Arm und strich mit dem Zeigefinger sanft über die Wange des Kindes. Es sah sie nur an. Still und unschuldig. Ihr Sohn wusste ja nicht, wie sehr sie sich ein anderes Leben wünschte. Er wusste nicht einmal, dass er Geschwister hatte und einen Vater, der ihn und Johanna hier in diesem inquisitionsgerüttelten Land zurückgelassen hatte, bevor er auf die Welt gekommen war. Dieses Kind hatte nur sie, um sich in der Welt zu verankern. Um überhaupt zu wissen, wer es war. Enkel von zwei Bestien, Kind einer Mutter, die alles versuchte, um keine Bestie zu werden, und die doch schon längst vom Bösen infiziert war. Maria hob den kleinen Jungen noch etwas höher. »Hoheit, wollen Sie ihn halten?«

Johanna wich zurück und setzte sich an den Tisch, wo ein Teller mit irgendeinem safrangelben Ragout auf sie wartete. Die Sonne strich über die Burg und den angrenzenden Wald hinweg. Ihr rotes Haar hing herunter und legte sich über ihre Schultern. »Nein.«

Maria trat trotzdem näher und beugte sich mit dem Jungen im Arm herunter. Johanna sah Marias hübsches Ohr, den Schmuck darin, die Kette um ihren Hals. Und dann übergab Maria diesen kleinen, warmen Körper an Johanna. Einfach so. In Johannas Schoß. Ferdinands Händchen klammerten sich erschrocken an den Haarsträhnen seiner Mutter und am Stoff ihres Nachthemdes fest, als hätte er Angst, dass sie ihn fallen lassen würde. Aber Johanna hielt den Jungen, obwohl sie seine warme Nähe gar nicht spüren wollte.

»Warum tust du mir das an, Maria?«, flüsterte Johanna atemlos. Dabei sah sie nicht ihre Vertraute an, sondern ihr Kind. Widerwillig ließ sie ihren Blick über Ferdinands Gesicht streichen, über seine dunklen Augen, die Wimpern, die hohe Stirn und die Lippen. Er war niedlich. Johanna wollte die Zuneigung nicht fühlen. Sie wollte überhaupt für keinen Menschen so fühlen. Nicht für dieses Kind, nicht für ihre anderen Kinder und für Philipp hätte sie sowieso niemals so fühlen dürfen. Ihre Zuneigung brachte nur eine Zwangslage nach der anderen hervor, die unweigerlich in Verzweiflung endeten.

Mit einem Ruck stand sie auf. Sie würde dieses Kind fallen lassen.

»Nimm ihn wieder.« Johanna machte zwei große Schritte auf

Maria zu und warf ihr das Kind fast in die Arme. »Nimm ihn.« Ihre Stimme wurde hart. »Nimm ihn und trag ihn raus.«

Für einen Moment sah ihr Sohn erstaunt aus. Es war fast so, als würde er versuchen, tapfer zu lächeln. Sie blickte ihn warnend an. Keinen Laut sollte er von sich geben. Keinen Laut! Und dann bog er sich in Marias Armen durch, als wollte er sich aus ihrer Umarmung winden, um irgendwie wieder zurück zu seiner Mutter zu gelangen. Aber Marias Griff war fest, trotz verletzter Hand. Sie wollte das Kind nicht fallen lassen. Ihr Sohn stemmte sich mit all seiner kleinen Kraft gegen Marias Brust. Sein Kopf drehte sich hin und her, immer in die Richtung seiner Mutter. Egal, wohin sie sich auch bewegte.

»Bring ihn raus«, schrie Johanna. Sie fuhr herum. »Bring ihn raus.« Ihre Augen waren wild. Ihr rotes Haar flog. Ihr schmächtiger Körper bebte in ihrem Nachthemd. Sollte Maria bisher noch nichts von Johannas Wutanfällen gehört haben, nicht wissen, dass jeder Anwesende einer erheblichen Gefahr ausgesetzt war, wenn es so weit war, dann würde es ihre Vertraute genau in diesem Augenblick begreifen. Ein Biss in die Hand war dagegen lächerlich. Wie eine Furie sah sich Johanna um, ihr Blick suchte alles ab, was sie mit der Fackel des Wahnsinns vernichten konnte. Sie schnaufte. Sie ballte die Fäuste. Sie taumelte im Zimmer herum. Sie schrie: »Ich wollte ihn nicht anfassen!«

Maria schwang mit dem kleinen Jungen eilig aus der offenen Tür. Die Tür fiel ins Schloss. Der Raum war verschlossen. Wie eine Gefängniszelle. Johanna holte aus und wischte den Teller mit dem Ragout auf den Boden. Das Scheppern war auch nicht befriedigend. Die gelbe Soße verteilte sich auf dem Boden, den Teppichen und Kissen. Sie zerrte an den Vorhängen vor den Fenstern, nur um zu sehen, ob sie hängen blieben. Doch Johanna war stärker. Die Vorhänge rauschten herunter. Sie ließ sich in die heruntergerissenen Stofflagen fallen. Sie krümmte sich auf den Teppichen. Sie trommelte mit den Fäusten auf den Holzboden. Diese Enge, dieser Zwang waren kaum auszuhalten. Wieso widersetzte sich jeder ihren Bedürfnissen? Schräg über ihr, im offenen Fenster, hing der Mittagshimmel und hinter sich hörte sie Juan Rodriguez freundlich sagen: »Hoheit, Sie sollten einen versöhnlichen Brief an Ihre Mutter schreiben. Seit Ihrer heftigen Auseinandersetzung in Segovia geht es ihr immer schlechter.«

»Raus!« Johanna rappelte sich auf, sie stolperte über die am Boden liegenden Stoffe. Sie machte ein paar große, strauchelnde Schritte, direkt auf den Geistlichen zu. Ihr Gesicht war tränenverschmiert. »Raus!« Auf dem Weg zu ihm sah sie sich um. Das konnte sie gut. In Windeseile den Raum nach schweren Gegenständen absuchen. Johannas Blick fiel auf die Bibel auf dem Tisch. Sie schwenkte um und griff mit beiden Händen danach, um damit den Geistlichen zu schlagen. Ihr war alles egal. Nur diese Wut, diese Verzweiflung sollten ihr Werk tun. Sie war vollkommen angefüllt davon. Diese innere, schmerzhafte Trennung zwischen ihr und dem Rest der Welt sollte jetzt für alle sichtbar werden. Damit die Welt endlich aufhörte so zu sein, wie sie war. Selbstsüchtig und von kranken Prinzipien bestimmt, die nichts anderes als Zwang und Unfreiheit hervorbrachten. Juan Rodriguez sah Johanna erstaunt entgegen. Er kannte sie noch nicht in diesem Zustand. Aber mit Sicherheit war ihm schon davon erzählt worden. Er hob abwehrend die Hände und über sein Gesicht huschte dennoch ein mildes Lächeln. Keine Totalverstörung. Kein Urteil. Keine Missbilligung. Sondern ein mildes Lächeln! Das war neu für Johanna. Noch nie hatte jemand sie so freundlich angesehen, während sie sich in Rage befand. Doch jetzt blickte ihr Verständnis entgegen. Und vielleicht sogar Mitgefühl. In jedem Fall keine bodenlose Erschütterung oder Ablehnung.

Das half Juan Rodriguez aber auch nicht weiter. Er war einfach im falschen Moment hereingekommen, um das Falsche zu wollen.

Johanna holte aus und schlug ihm die dicke, in Leder eingebundene Bibel vor die Brust. Sie schrie: »Ich will einfach nur in Ruhe gelassen werden! Was ist daran so schwer?!«

Nun war er doch überrascht! Wie stark sie war. Wie kräftig sie zuschlagen konnte. Er umklammerte die Heilige Schrift mit beiden Händen. Sie sah seine Finger und seinen massiven Siegelring. Er keuchte: »Hoheit …«

»Nennen Sie mich nicht Hoheit!«, schrie Johanna. »Ich bin keine Hoheit.« Sie schlug mit den Fäusten auf den Geistlichen ein, der versuchte, ihre Schläge mit der Bibel abzuwehren. Aber Johanna war geschickt. Sie erkannte sofort, wo sie den Bischof treffen konnte. Sie boxte gegen seine Oberarme, schlug auf seine Hände, während er mit besänftigenden Worten versuchte, sie zu beruhigen. »Hoheit, kommen Sie zu sich. Ich bitte Sie.«

Sätze, die Johanna schon hundertfach gehört hatte. Sätze, die vollkommen hohl waren. Die machten ihr Schicksal auch nicht besser. Juan Rodriguez bewegte sich langsam zum Tisch, um die Bibel dort abzulegen. Als der Geistliche die Hände wieder frei hatte und Johanna erneut mit wildem Blick auf ihn zustürzte, packte er sie an den Handgelenken und hielt sie fest. Sie trat nach ihm, sie warf sich hin und her, um sich seinem Griff zu entwinden, sie versuchte sogar, ihn mit ihrem Kopf zu treffen, und schrie: »Lassen Sie mich los!«

Zwischen ihren Haarsträhnen hindurch starrte sie Juan Rodriguez an, ihren Feind. Zwischen ihnen gab es kein Vertrauen. Sobald er aus dem Turmzimmer geflüchtet sein würde, würde er sich an seinen Tisch setzen, wo auch immer der stand, und einen langen, detaillierten Brief an ihre Mutter, Isabella die Katholische, schreiben, um ihr eiligst mitzuteilen, dass es wieder einen Tobsuchtsanfall gegeben hatte, und daraus würden dann neue Strafen entstehen. Natürlich würde dieser Juan Rodriguez versuchen, Johanna daran zu hindern, zur Küste aufzubrechen. Eine verrückt gewordene Prinzessin, die den Thron erben würde, war nun einmal nicht gut fürs Spanische Reich. Es würde wieder gesagt werden, dass sie sich erst einmal in aller Zurückgezogenheit würde erholen müssen. Wie sollte das aussehen? Wie sollte Johanna sich von dieser Welt erholen, wenn nichts außer dieser erstickenden Welt um sie herum existierte? Als Kind war sie dieser Welt in aller Unschuld begegnet, war in sie hineingelaufen und hatte alles bestaunt. Jeder Grashalm, jedes Sandkörnchen, jeder Käfer hatten für sie von innen heraus geleuchtet. Doch dann zeigte ihr diese Welt, dass es nur Macht und Unterwerfung in ihr gab. Dass es Menschen gab, die andere missbrauchten, versklavten und sich untertan machten. Dass es durch und durch wahnsinnige Menschen gab, die keine Liebe in sich spürten und dennoch diese Welt nach ihren kranken Maßgaben regierten. Und dass diese Menschen ihre Mutter und ihr Vater waren. Was blieb ihr anderes übrig, als immer wieder zu versuchen, dieser verlogenen Welt zu entkommen? Und doch hatte Johanna gerade mit diesem erneuten Versuch die Schlinge um sich noch enger gezogen.

Juan Rodriguez in seinem weißen, bestickten Talar hielt ihre Handgelenke fest. Doch er tat ihr nicht weh und sagte leise: »Beruhige dich.«

Er sagte tatsächlich »dich«.

Dieses Dich tat weh, weil es sanft war. Es war wie die Umarmung einer zärtlichen Mutter, wie das Streicheln eines sorgenden Vaters. Wie das Erkennen eines Gleichgesinnten. Johanna versuchte, die aufsteigenden Tränen niederzukämpfen, aber die roten Haarsträhnen klebten ihr schon auf den feuchten Wangen. Sie krümmte sich, sie wollte sich auf dem Boden zusammenrollen, wie sie es immer nach solch einem Anfall tat. Um sich selbst zu halten. So, als hätte sie tatsächlich die Macht, sich zu beschützen. Doch Juan Rodriguez ließ ihre Handgelenke nicht los.

»Ich will mich hinlegen«, sie flehte fast darum. »Bitte, ich möchte mich in die Vorhänge legen.«

Juan Rodriguez ließ seine Hände sinken und machte einen Schritt von Johanna weg. Aber zu seiner Überraschung blieb sie wankend stehen. Ihr weißes, langes Kleid hing an ihr. Die Bänder am Hals waren geöffnet, der weite Ausschnitt entblößte ihre Brust. Der Geistliche kam wieder näher und legte den Stoff über ihre nackte Haut. Dann strich er ihr über das Haar. Nur flüchtig, um sich sofort wieder in Richtung Tür zurückzuziehen. Dort blieb er stehen und wartete. Ruhig, mit gefalteten Händen. Johanna sah aus den Augenwinkeln zu ihm hinüber. Ihre Arme hingen herunter. Sie rührte sich nicht. Sie blieb einfach stehen. Schließlich straffte sie sich und hob ihr Kinn an. Um sich ihrer Würde zu vergewissern. Dann bewegte sie sich hinüber zum Bett, wo sie sich still auf die Kante setzte.

Juan Rodriguez machte eine kleine Verbeugung. »Sie sollten endlich den Ort finden, mit dem Sie übereinstimmen, Hoheit«, sagte er, bekreuzigte sich und verschwand aus dem Turmzimmer.

3

Normalerweise versuchte Johanna sich nach solch einem Anfall das Leben zu nehmen. Vielleicht nicht in vollster Absicht. Sondern eher, um zu fühlen, wie befreiend es wäre, wenn all das endlich ein Ende hätte. In Brüssel hatte sie schon die spitze Klinge von Philipps Jagdmesser gegen ihre Brust gerichtet, bereit, das scharfe Metall vor seinen Augen durch ihr Korsett zu stoßen. Sie hatte auf einigen Fenstersimsen gestanden, in wehender Luft, im peitschenden Regen, im strahlenden Sonnenschein, um sich in einen Burggraben zu stürzen oder auf schroffe Felsen. Immer wieder war sie kurz davor aufzugeben, doch irgendetwas in ihr hatte sie jedes Mal wieder davon abgehalten. Bisher.

Johanna zögerte. Ihr Blick hing am offenen Fenster, hinter dem der kräftig blaue Himmel die Kulisse bildete. Wäre sie ein Vogel gewesen, hätte sie einfach davonfliegen können. Ewig weiterfliegen, über die niedrigen Korkeichen hinweg, wo immer sie hinwollte, weiter bis zur Erschöpfung. Nur weg. Auf irgendeinem Ast in der Wildnis würde sie Rast machen, das Federkleid aufplustern und nach einem schmackhaften Käfer Ausschau halten. Sie würde ihn aufessen, den armen Käfer. Vielleicht würde sie ihn auch leben lassen und stattdessen ein paar Beeren picken, süßsäuerliche Beeren, und warten, bis die Dämmerung hereinbrach. Sie würde die Geräusche des Waldes hören. Das Blätterrauschen, den feinen Wind. Warum war sie nicht als Vogel geboren worden?

Johanna machte ein paar Schritte hinüber zum Fenster. Sie stieg über die heruntergerissenen Vorhänge und stellte sich an die Fensteröffnung. Wenigstens wollte sie sich vorstellen, wie es wäre, auf dem steinernen Sims zu stehen, leicht im Rahmen gebeugt. Wie es wäre, hinunterzusehen in den Burggraben, in das tiefe Wasser dort unten. Berauschend und zwecklos, sie würde ja doch nicht springen. Sondern sich nur wieder von irgendeinem Diener ihrer Mutter vom Fensterbrett pflücken lassen müssen. Dann würde sie ins Bett verfrachtet werden, wie eine unheilbar Kranke, mit kühlen Tüchern auf der Stirn, umgeben von ratlosen Gesichtern und Boten, die sich mit fliegenden Fahnen auf den Weg nach Segovia zu ihrer Mutter machten, um sie in ihrer gigantischen Festung hoch oben auf dem Felsen über die neuesten Ungeheuerlichkeiten zu unterrichten. Johanna war erschöpft.

»Haben Sie Hunger?« Maria war lautlos hereingekommen. Sie stand, durch die heruntergerissenen Vorhänge von ihr getrennt, hinter Johanna. Ihre Stimme klang selbstverständlich, nicht übervorsichtig. So, als wäre nichts weiter vorgefallen.

Johanna drehte sich um. Normalerweise würde sie jetzt böse gucken und »Nein« zischen. Natürlich hatte sie keinen Hunger. Sie hatte nie Hunger! Aber sie nickte: »Ja!« Dabei war klar, dass sie nichts essen würde. Sie hatte nur gerade keine Kraft mehr für weiteren Widerspruch. Maria sollte einfach irgendetwas Gekochtes bringen und wieder verschwinden.

Doch anstatt sofort loszulaufen, um das vorbereitete Essen zu holen, hob sie mit ihrer umwickelten Hand einen der schweren Stoffe auf. »Wollen wir zuerst noch gemeinsam die Vorhänge aufhängen?«

Johanna sah Maria überrascht an, die den zusammengeballten Samtstoff im Arm hielt. Sie hatte in ihrem Leben noch keinen Vorhang aufgehängt. Heruntergerissen: Ja! Sehr viele! Aber aufgehängt? Noch nie! Und sie würde es auch niemals tun. Das war eine Tätigkeit für sinnenthobene Existenzen. Diese Maria überschritt sämtliche Grenzen. Am liebsten wäre Johanna gleich noch einmal in Rage geraten. Aber sie fragte nur mit zitternder Stimme: »Was glaubst du, wer ich bin?« Johannas Gesicht war starr. Was für eine absurde Frage! Sie wusste ja selber nicht einmal, wer sie wirklich war! Wie sollte Maria es dann wissen? Jedenfalls würde sie keine Vorhänge aufhängen, sondern ohne die Hilfe ihrer Mutter ein paar Schiffe organisieren, die sie nach Flandern brachten. Bisher gab es kein einziges Schiff, das im Hafen von Laredo auf sie wartete. Um diese schwierige Aufgabe zu erledigen, brauchte sie Ruhe und Konzentration. »Verschwinde!«

»Gut.« Maria legte den Vorhang aufs Bett. »Ich bin gleich zurück.«

Und schon war es wieder still in diesem Turmzimmer. Johanna setzte sich an den Tisch, klappte mehr aus Versehen als mit Absicht das Triptychon mit den Bildern ihrer Kinder auf, die sie verwundert ansahen. Johanna stellte es an den äußeren Rand des Tisches und hörte sich zu ihrem eigenen Erstaunen sagen: »Ich werde bald bei euch sein.« Es war überraschend und schön, sich plötzlich so freundlich und zugewandt zu zeigen. War sie das? Die neue Johanna? Eine liebevolle Mutter, die sich entschlossen über die Weltmeere zu ihren Kindern aufmachte? Unbeugsam. Stark und mit erhobenem Kinn würde sie im Palast von Brüssel erscheinen.

Was für eine hinreißende Vorstellung! Was für eine dämliche Illusion! Mit der Unerschütterlichkeit würde es spätestens in Philipps Gegenwart wieder vorbei sein. Wenn sie nicht aufpasste, würde sie in seinem flandrischen Reich gleich wieder wie eine unliebsame Kreatur umherhuschen oder in irgendeinem seiner entlegenen Hinterzimmer mit einem Stickrahmen hocken und es geschehen lassen müssen, dass er eine Geliebte nach der anderen verschliss, obwohl sie seine Frau war.

Johanna würde ihn vernichten. Etwas anderes blieb ihr gar nicht übrig. Ja, sie würde ihn vernichten. Wenn sie sich dieser Welt mit diesen Gesetzmäßigkeiten nicht unterwerfen wollte, musste sie ihre eigene Welt nach eigenem Maßstab und von Grund auf neu gestalten.

Entschlossen nahm Johanna einen Bogen Papier und schrieb ein paar Stichworte nieder. Anweisungen, wie ihre baldige Abreise durchzuführen sei. Sie hatte genaue, aber einfache Vorstellungen. Sie brauchte nicht viel. Nur ein kleines Gefolge, lediglich ein paar Karren, nichts Aufwändiges, kein Aufhebens, eine geheime Reise durch Kastilien und León an die Küste. Nirgends sollte man sie erkennen, sie war einfach ein Körper, der sich zum Meer hin bewegte. Ein Körper, der eine kleine Flotte benötigte. Ein Körper, der keine Angst hatte, von den wilden Winterstürmen hin- und hergeworfen zu werden. Johanna befand sich sogar sehr gerne auf hoher See. Das Meer war genauso wie sie. Wild und ursprünglich. Schwer bezwingbar und von unbekannter Tiefe. Das durfte sie nur nie vergessen!

Hinter ihr ging schon wieder die Tür auf. Irgendwelche Dienerinnen, deren Gesichter sie sich nicht merken konnte, kamen herein. In ihren schwarzen Kleidern sahen sie alle gleich aus. Wie kreiselnde Objekte. Kein bisschen rätselhaft, nur ahnungslos. Und doch schienen sie alle so hungrig. Oder war das nur Johannas Eindruck? Die Dienerinnen nestelten an ihr herum, versuchten, ihre Haare zu flechten und ihr das Nachthemd auszuziehen. Dabei notierte Johanna sich doch gerade wichtige Gedanken ihre Zukunft betreffend! Sie machte eine rasche Abwehrbewegung mit ihrem Arm. »Lasst mich!«

»Aber Hoheit, Sie müssen sich ankleiden.«

Wie ein Schwarm irrer Bienen summten sie um Johanna herum, als gäbe ihnen ihre schiere Anzahl ein Recht darauf, an ihr zu rupfen und zu zupfen. »Ksch!« Sie sprang vom Stuhl auf. »Ksch!«

Die Mädchen erschraken und bekamen rote Wangen. »Aber ...«

»Ksch!« Johanna stampfte mit dem Fuß auf. Sie stoben auseinander und flohen aus dem Turmzimmer.

Maria kam wieder herein in ihrem dunkelgrünen Kleid, ihrer grünen Haube, mit der umwickelten Hand und einem Tablett mit Gebäck und Suppe. Sie stellte alles auf den Tisch, an dem Johanna inzwischen wieder saß. Marias Blick fiel auf Johannas Reisenotizen. Sie machte einen Schritt zurück, sagte aber nichts.

Johanna legte die Feder beiseite und fragte, ohne sich umzudrehen: »Stammt die Verletzung an deiner Hand von meinem Biss?«

»Es ist nichts.«

»Warum trägst du dann einen Verband?«

»Weil sich die Stelle etwas entzündet hat.«

»Dann hoffen wir, dass die Wunde bald wieder heilt.« Johanna nahm ihre Liste vom Tisch, erhob sich und drückte sie Maria an die Brust. »Ich brauche all das für meine Überfahrt.«

»Welche Überfahrt?«, fragte Maria überrascht.

»Nach Flandern. Zu meinem Mann.«

»Aber die Königin gestattet Ihre Abreise nicht.«

»Stimmt.« Johanna legte ihren Kopf schief. Genau darum war sie in Segovia ja mit ihrer Mutter so heftig in Streit geraten. »Allerdings ist mir das ziemlich egal.«

»Aber ohne die Erlaubnis der Königin können Sie nicht abreisen.«

»Wer sagt das? Du?« Johannas Stimme zitterte. »Ich kann tun und lassen, was ich will.« Sie richtete sich in ihrem Nachthemd auf und ihr langes Haar umfloss feierlich ihr Gesicht. »Ich bin die angehende Herrscherin über die halbe Welt.«

»Aber Sie können nichts gegen den Willen ihrer Mutter tun. Niemand wird etwas gegen den Willen Ihrer Mutter tun.«

»Das wird sich zeigen. Ich brauche einfach nur ein paar Schiffe. So schwer kann das ja nicht sein.«

Maria machte einen halbherzigen Knicks und verschwand aus dem Turmzimmer. Johanna blickte einen Moment nachdenklich auf die geschlossene Tür. Vielleicht war es gut, eine Herrscherin zu sein in dieser Welt. Vielleicht war es wirklich gut. Vielleicht kam man als Herrscherin tatsächlich am weitesten. Zumindest, wenn man gerne Befehle erteilte. So wie ihre Mutter. Langsam verstand Johanna ihre Mutter, der es ja offenbar sehr gefiel, eine Herrscherin zu sein und grausame und irrsinnige Dinge anzuordnen. Vielleicht war es für ihre Mutter so leichter, mit den Demütigungen ihres Mannes zurechtzukommen? Johanna wollte auch so eine Frau sein, die den halben Erdball regierte und die genügend Macht hatte, eine völlig neue Wirklichkeit zu erschaffen. Und zwar nach ihren ganz eigenen Vorstellungen. Was sprach dagegen?

Gerade fühlte Johanna tatsächlich so etwas wie Zuversicht. Mit einem Mal ergab es einen Sinn, dass sie die Thronfolgerin war. Sie spürte Frieden in sich, die wunderbare Erschöpfung und Reinigung nach ihrem Wutanfall. Sie setzte sich zurück an den Tisch, wo das Essen auf sie wartete. In einem Teller dampfte Suppe, auf dem anderen lagen Gebäck, Trockenfrüchte und Mandeln. Sie steckte sich eine Aprikose in den Mund und kaute langsam. Der fruchtige Geschmack breitete sich in ihrem Mund aus und es war so, als würde sie zum ersten Mal in ihrem Leben tatsächlich etwas schmecken. Unter anderen Umständen, als die mächtige Herrscherin, die sie bald sein würde, hätte Johanna die Suppe und die Früchte vielleicht aufgegessen. Aber als die junge, noch leicht zu erschütternde Frau, deren Körper gerade das einzige Gebiet war, über das sie uneingeschränkt herrschen konnte, stand sie auf, nahm die Teller mit den Früchten und der Suppe und kippte beides aus dem Fenster hinunter in den Burggraben.

Dann sah sich Johanna nach ihren Kleidern um, die über einem der Stühle hingen. Undefinierbares Zeug. Stofflagen und

Schnüre. Wie sollte sie das Anziehen alleine hinbekommen? Sie öffnete die Tür und sah die Treppenstufen hinunter.

»Hallo?«

Es kam keine Antwort.

Sie rief noch einmal: »Hallo? Ich will angezogen werden!«

Wieder kam keine Antwort. Also lief Johanna in ihrem Leinenkleid die Stufen hinunter, über die Treppenabsätze, an den Wachen vorbei, die sich auf der Galerie versammelt hatten, wozu auch immer. Johanna lächelte ihnen zu. Es war wie ein Reflex. Sie konnte nicht anders, als zu lächeln, wann immer sie auf Wachen traf. Das war schon in ihrer Kindheit so gewesen. Die Männer sahen sie verwundert an. Offenbar waren sie es nicht gewohnt, von angehenden Herrscherinnen im Nachthemd angelächelt zu werden. In Johannas Reich würde sich einiges ändern. Einiges. Sie sprang die Stufen hinunter über die aufgewärmten Steine. Obwohl es noch sehr früh im Jahr war, schien die Sonne warm in den Innenhof, wo sich erschrocken ein paar schwarz gekleidete Dienerinnen nach ihr umdrehten. Die Mädchen standen untätig neben einem Oleander herum. Was für eine Sinnlosigkeit. Am liebsten hätte Johanna sie aufgescheucht, damit sie etwas mit sich anfingen, aber sie hatte zu tun. Sie wollte sich ankleiden lassen. Und zwar von Maria. Sie hatte nur keine Ahnung, wo genau sie nach ihrer Vertrauten suchen sollte. Sie lief die Längsseite des Innenhofs entlang und spürte ganz genau, dass die neugierigen Blicke der Dienerinnen sie verfolgten. Jedes Mal, wenn sie hinter dem nächsten Pfeiler hervorkam, trafen sie die Blicke. Was hat die unberechenbare Tochter der Königin nun schon wieder vor, schienen sie sich zu fragen. Als hätten sie alle keine Schwierigkeiten mit der Welt, die sich ihnen bot! Als hätten sie allesamt keinen Grund, ihr Schicksal zu hinterfragen. Wie konnte man nur so leben?! Das war so furchtbar beschränkt und gewöhnlich! Johanna verschwand durch einen Torbogen und trat in die Halle, in der sich außer einer langen Tafel, ein paar Stühlen und einem Kamin nichts befand. Sie machte kehrt und stieg die Treppe in den Seitenflügel hinauf. »Maria?«

Sie lief die lange Galerie hinunter in den Nebenflügel. Sie blieb vor einer Tür stehen. Johanna lauschte. »Maria?«

Niemand antwortete. Also drückte sie die Klinke hinunter. Fahles Frühlingslicht strahlte ihr entgegen. Vor dem Fenster wehte ein feiner Vorhang, der zum Schutz der hellen Vormittagssonne aufgehängt worden war. In dem Zimmer stand ein Kinderbett. Sie näherte sich dem Bettchen und guckte hinein. Ihr Sohn sah sie erschrocken an. Mindestens so erschrocken wie eben die Dienerinnen unten im Hof.

Sie flüsterte: »Hallo.«

Seine dunklen Augen waren groß und seine kleinen Lippen zuckten. Unsicher, ob er lächeln durfte. Oder ob er in Gefahr war. Johannas offenes Haar hing in Strähnen herunter und ihre Miene glänzte. Ferdinands alarmierter Blick ließ seine Mutter nicht aus den Augen. Ihre Stimme wisperte: »Hast du gut geschlafen?«

Sie streichelte mit einem Finger zaghaft über seine Wange. Kurz zogen sich seine Lippen zusammen und alles in ihm schien schreien oder weinen zu wollen. Johanna beugte sich noch weiter herunter und flüsterte: »Du hast ja so weiche Wangen, du gutes Wesen.«

Jetzt sagte sie es sogar: »Hier ist deine Mutter.«

Ferdinand strampelte aufgeregt und wagte ein zahnloses Grinsen. Johanna rückte sich einen Stuhl heran, sodass sie bei ihrem Sohn sitzen konnte. Sie hielt ihm ihren Finger hin, damit er darumgreifen konnte. Sie sagte noch einmal: »Hier ist deine Mutter. Und soll ich dir etwas von deinem Vater erzählen? Philipp dem Schönen? Ich habe ihn einmal sehr geliebt.«

Ferdinand fasste nach ihrem Finger und strampelte noch heftiger mit den Beinchen. Als könnte er sein Glück nicht fassen, dass seine Mutter ihn besuchte. Und auch Johanna wunderte sich, was sie hier machte. Schließlich wollte sie diesen kleinen Jungen auf Abstand halten. Aber bei ihm zu sein, fühlte sich gerade so herrlich berauschend an. Als würde mit seiner Nähe ihre alte Fröhlichkeit zurückkommen. Also flüsterte sie munter drauflos: »Als sechzehnjähriges Mädchen bin ich mit hundert Schiffen zu deinem Vater nach Flandern aufgebrochen. Zwanzigtausend Frauen und Männer und ein riesiges Heer von Soldaten haben mich auf meinem Weg über die Meere begleitet, um mich vor feindlichen Angriffen zu schützen. Ich hatte keine besonderen Erwartungen an deinen Vater, den Erzherzog von Burgund. Es war ja keine Frage, ob ich seine Frau werden wollte. So war es von unseren Eltern verhandelt, also fügte ich mich. Schließlich diente unsere Hochzeit einem höheren Zweck. An Deck liefen die Hofdamen und Dienerinnen hin und her in dieser selbstmörderischen Aufgeregtheit, weil niemand wissen konnte, ob überhaupt irgendjemand von uns die Reise überstehen würde.«

Es war schön, diesem Säugling etwas erzählen zu können, das ihn offenbar interessierte. Ferdinand sah Johanna aufmerksam an. So, als wollte er unbedingt hören, wie das Abenteuer seiner Mutter weitergegangen war. »Nach drei Tagen und Nächten auf See brachen unsere Schiffe in der Biskaya krachend in schäumende Wellentäler, tauchten wieder auf und wurden hin- und hergeschleudert. Eins unserer Schiffe bekam das Meer tatsächlich zu fassen. Aber mich rettete meine Mannschaft schließlich mit flatternden Segeln ans englische Ufer, um mich auf einen unsinkbaren Dreimaster umsteigen zu lassen. Mit langer Schleppe und perlenbestickter Haube betrat ich den knarrenden Steg. Ein paar Hofdamen kamen mir huldvoll lächelnd in der salzverhangenen Luft entgegen; sie mussten Platz machen und auf meinem alten Schiff weiterreisen. Sie ahnten natürlich, dass sie schon bald mit all den Kostbarkeiten und goldenen Tellern an irgendeinem Felsen zerschellen würden. Was ja auch passierte. Zwei Monate später stand der Rest von uns in der Heimat deines Vaters. Auf einem Teppich aus Moos. Deine Mutter, eine Spanierin in Flandern. Fehl am Platz wie eine Palme im Schnee.«

Johanna lächelte ihren kleinen Sohn an, der sie noch immer interessiert ansah. Sie richtete sich auf, machte eine ausschweifende Bewegung und sagte: »Hinter mir stand mein Tross. Die Hofdamen nestelten nervös an ihren Kleidern. Sie versuchten würdevoll auszusehen nach dem wochenlangen Marsch durch den Matsch. Von der Küste hatten wir uns hinein ins Landesinnere geschleppt durch den Regen und sintflutartige Sturzbäche. Meine Zöpfe lagen mir nass im Nacken, verfilzt mit all den Perlenschnüren, kostbarsten Edelsteinspangen, schlaffen Spitzen …« Johanna machte eine Kunstpause und beugte sich ein wenig zu Ferdinand vor. Sie wisperte: »Noch heute habe ich das Gefühl, an meinen Schuhen klebt der Matsch.«

Ferdinand strampelte vergnügt. Johanna sah ihn glücklich an. Es tat gut, so beieinanderzusitzen und aufregende Geschichten zu erzählen. Vielleicht war ihr Sohn der einzige Mensch auf der Welt, der sie wirklich begreifen konnte? Und während sie redete, sah sie wieder alles deutlich vor sich. Philipp und sie bei ihrer ersten Begegnung. Zwei Jugendliche, umgeben von unzähligen Schaulustigen. Die leidenschaftlichen Gefühle von damals kamen zurück. Sie spürte, wie ihr die Hitze in die Wangen strömte. »Als wir endlich die Stadt Lier erreicht hatten, kamen immer mehr Menschen herbeigelaufen. Aus allen Richtungen. Es war ein Geschubse und Geschiebe, mein Sohn. Und mein vor Nässe triefendes Gefolge, das genauso fremd in diesem Land war wie ich, wich mit einem Mal zur Seite, um ihm Platz zu machen. Philipp dem Schönen. Meinem mir zugewiesenen Mann. Plötzlich war es ganz still in den Straßen und auf den Plätzen. Alle Augen waren auf mich gerichtet.«

Johanna legte ihre Hände auf den Rand von Ferdinands Bettchen und gab ihrer Stimme nun einen leicht dramatischen Klang. »Und da kommt dein Vater mit diesem selbstbewussten Blick durch die Menge auf mich zu. Mit seinem schulterlangen Haar. Aufgerichtet. Kraftvoll. Ein echter Ritter. Mit einem Blick, als könnte ihm das Leben nichts anhaben, als würde ihm die Welt zu Füßen liegen. Mein Sohn, er war von solch einer Sicherheit und Schönheit! Mit dieser goldenen Kette um den Hals. Auf seinen Orden vom Goldenen Vlies war er mächtig stolz. Er hielt meine Hände, wie noch nie jemand meine Hände gehalten hatte. Seine Fingerspitzen strichen über meine Haut und er sah mich ungläubig an, als könnte er nicht fassen, dass es mich tatsächlich für ihn geben würde. Als wäre auch ich wunderschön und berauschend. Plötzlich war ich nicht mehr ein heimatloses Fragment, sondern hier waren Philipp und ich, und da war die restliche Welt.«

Johanna guckte ihren Sohn für einen Moment zärtlich an. »Wir haben uns wirklich geliebt. Dein Vater und ich. Ich denke, das solltest du wissen.« Dann richtete sie sich mit einem Ruck auf, erhob sich vom Stuhl und lief, wie von einem heftigen Impuls geleitet, zur Tür. Hinaus in den Flur die Treppe hinunter, die Hand am Geländer, damit sie nicht die hohen Stufen hinunterstürzte. Es war, als würde Johanna mit einem Mal aus einem seltsamen Traum erwachen. Was hatte sie getan? Sie hatte sich tatsächlich zu ihrem Sohn gesetzt! War sie nicht mehr bei Sinnen? Weshalb war sie überhaupt in dieses Zimmer gegangen? Sie wollte ihm doch eigentlich gar nicht nahe kommen! Wenn sie sich erst an ihn gewöhnt hatte, würde es entsetzlich wehtun, ihn zu verlassen!

Sie lief quer über den Innenhof. Die schwarz gekleideten Dienerinnen waren verschwunden und die Wachen lächelte sie auch nicht mehr an. Sie rannte hinaus in den Burgring, die Stufen zum Wehrgang hinauf und dann sprang sie weiter hoch auf die Plattform des Wehrturms. Von dort oben sah sie über die Zinnen hinweg in die weite Landschaft hinein. Es gab mehr als das Innere dieser kompakten Festungsanlage, mehr als ihr lahmgelegtes Dasein mit all den darin verankerten Gesetzmäßigkeiten. Und mehr als ihren kleinen Sohn. Ihre Hände lagen auf dem Sandstein, der Himmel über ihr war wolkenlos und vielversprechend und unten, zwischen den Korkeichen, erspähte sie ein einzelnes Schaf.

»Maria sagt, Sie wollen so schnell wie möglich abreisen, Hoheit?«

In Johannas Augenwinkel wehte der helle Talar von Juan Rodriguez. Hatte er eigentlich nichts anderes zu tun, als sich ständig von hinten anzuschleichen? Gab es irgendwo eine Ausbildungsstätte für Geistliche, die Thronfolgerinnen im Auge behalten sollten? Sie drehte sich zu ihm um. Der leichte Wind ging durch ihr langes Haar und auch ihr Nachthemd flatterte. Bevor Juan Rodriguez erneut auf die Idee kam, ihr den Ausschnitt zurechtzuziehen, verschränkte sie die Arme vor der Brust. »Richtig.«

»Wie stellen Sie sich das vor?« Er zwinkerte angespannt. Und während über ihnen ein Steinadler auf Beutefang dahinsegelte, blickte Johanna in sein furchiges Gesicht.

»Ich nehme ein paar Knappen, ein paar Dienerinnen, ein paar Esel, ein paar Karren, ein paar Zelte und etwas Proviant. Damit mache ich mich auf den Weg nach Laredo. Dort sollen ein paar Schiffe im Hafen auf mich warten, die mich nach Flandern bringen.«

»Das klingt ganz leicht, nicht wahr?«

»Ja, das finde ich auch.« Sie hob ihr Gesicht und sah dicht an ihm vorbei über das Land. Dort hinein würde sie auf ihrem Pferd reiten, immer weiter, bis sie an ihrem Ziel war.

»Es gibt nur ein Problem.« Juan Rodriguez trat näher. Sie sah das Kreuz, das um seinen Hals hing. Sie standen beide auf der

Plattform mit Blick auf die staubige Landschaft. Sein Arm berührte ihren Arm. »Die Königin wird Ihre Abreise niemals zulassen.«

»Ich weiß. Aber das ist egal. Sie ist in Segovia und hat genug mit ihrer Genesung zu tun.«

»Ich bin verpflichtet, Ihre Mutter darüber in Kenntnis zu setzen, dass Sie gegen ihren Willen aufbrechen wollen.« Der Bischof sah Johanna beinahe ärgerlich von der Seite an. »Es tut mir leid.«

»Sie müssen überhaupt nichts, solange Sie nichts von meinen Plänen wissen.«

»Aber ich weiß von Ihren Plänen.«

»Dann vergessen Sie meine Pläne wieder. Haben Sie noch nie etwas in Ihrem Leben vergessen? Haben Sie noch nie etwas getan, das nicht den Maßgaben unserer Herrscherin entsprach? Dienen Sie uneingeschränkt meiner Mutter mit jedem Schritt, den Sie tun? Sollten Sie all das mit einem Ja beantworten, sind Sie ein Lügner.«

»Offenbar verstehen Sie nicht, worum es hier geht.« Juan Rodriguez' Stimme bekam einen ungeduldigen Unterton.

Johanna sah ihn direkt an. Sie spürte, wie die Wut in ihr aufstieg. »Ich lasse mich nicht einsperren!«

»Sehen Sie es nicht als Zwang, sondern als einen geschickten politischen Schachzug.«

»Was soll daran politisch geschickt sein, mich von meiner Mutter hier in diesem dreifach verstärkten Mausoleum einsperren zu lassen? Ich will zu meinem Mann.« Johannas Stimme brach.

»Der immer wieder vorhat, sich mit Frankreich zu verbünden und somit unserem Land in den Rücken zu fallen. Um das zu verhindern, brauchen wir Sie als Pfand. Denn ohne Sie kommt Ihr Mann nicht auf den spanischen Thron.«

»Ich bin kein Pfand!« Johanna drehte sich weg. Ihre Hände lagen auf den Zinnen. Mit einem Mal waren dichte Wolken vor die Sonne gezogen. Sie fröstelte. »Sehen Sie es als einen geschickten politischen Schachzug, dass ich trotz der kalten Jahreszeit bereit bin, mich auf den Weg zu meinem Mann zu machen.«

»Wozu sollte das gut sein?«

Johanna warf dem Bischof einen kurzen Blick über die Schulter zu, wandte sich wieder ab und sprach gegen den Wind. »Sie wissen, wozu. Ich werde die Sache regeln.«

»Das ist absurd. Haben Sie vergessen, welche Wirkung er auf Sie hat? Es wird immer mehr neue Geschichten über Sie und Ihre Unbeherrschtheit geben, die Ihnen und uns schaden werden.«

Johanna lächelte und blickte hinaus in die Ferne. »Als ich damals Philipps Frau wurde, glaubte ich, dieser gut gepflegte flämische Garten in all dem feuchten Dämmer, in dem es kaum duftete, sei nun auch mein Land. Ich dachte, dass Philipp und ich uns lieben könnten. Dass wir füreinander bestimmt sein könnten. Nicht durch unsere Eltern. Sondern durch Gott.«

Johanna drehte sich zu Juan Rodriguez, der sie verwundert ansah. So, als wäre es ihm nie in den Sinn gekommen, dass Johanna fähig war, mehr zu reden als einzelne Sätze. »Ich glaubte, dass wir diese offensichtliche Fremdheit zwischen uns überwinden könnten. Ich meinte, im Blick dieses jungen Mannes ein leuchtendes Universum zu entdecken, von dessen Existenz ich keine Ahnung gehabt hatte, schon gar nicht, dass es auch in mir schlummern würde. Ein Universum der Freiheit. Der Leichtigkeit, der Heiligkeit. Ein Universum, das eigentlich nur für Gott gedacht war. Wir trugen es in uns. Jeder eins davon. Zwei Universen, die sich ausdehnen und vereinen wollten, in denen die Sterne funkelten und neue Planeten geboren wurden, in denen wir von Liebe vollkommen umgeben sein würden.«

Johannas Kinn zitterte. Über ihre Wangen liefen Tränen. Ihre Stimme klang belegt, als sie fortfuhr: »Doch was ich damals nicht verstand, was ich einfach nicht verstand in dieser verblendeten Glückseligkeit, war, dass es aus dem Traum auch immer ein Erwachen gibt, dass es zur Zweisamkeit auch die Einsamkeit gibt, dass das Gegenteil von Macht die Unterdrückung ist. Und dass dieses regennasse Flandern und mein mir zugewiesener Mann nicht meine Befreiung, sondern meine Zerstörung sein würden. Juan Rodriguez, die Welt ist von einer schlimmen Epidemie erfasst, die Menschen anderen Menschen aus Selbstsucht und Freude am Triumph furchtbare Dinge antun lässt. Und mein Mann ist einer von ihnen und dafür wird er büßen.«

Und bevor der Geistliche noch etwas erwidern konnte, ertönte aus einem der oberen Fenster im Seitenflügel klagendes Babygeschrei. Juan Rodriguez beugte sich zu Johanna, die immer noch dicht an den Zinnen stand, und flüsterte: »Hören Sie? Ihr Sohn will auch nicht, dass Sie ihn verlassen. Was ist mit Ihrer Liebe zu ihm?

Der Geistliche drehte sich um und schritt langsam, mit flatterndem Talar, die hohen Stufen in den Burgring hinunter. Johanna sah ihm nach, während sie Ferdinand aus dem Gemäuer rufen hörte. Natürlich war es kaltherzig, diesen kleinen Jungen hier zurückzulassen. Doch was sollte sie tun? Die Überfahrt war für ihn zu gefährlich. Sehr bald würde er sie vergessen. Was hatte er schon in seinem kurzen Leben gesehen als die paar Zimmerwände, Stein auf Stein, ein Kruzifix, das Gesicht seiner Amme und den Himmel? Vielleicht glaubte er daran, dass es nicht mehr gab als das. Und vielleicht war das gut. Denn je größer die Welt wurde, als umso grausamer erwies sie sich auch. Ihr Sohn sollte mit Maria, Juan Rodriguez und seiner Amme hierbleiben als ein unschuldiges Kind, das auch Johanna gewesen war, bevor sie all diese Türen geöffnet hatte, hinter denen der Wahnsinn sein hässliches Gesicht gezeigt hatte.

4

»Ich habe für Sie ein Bad eingelassen.« Maria lief mit Ferdinand auf dem Arm hinter Johanna her, die in ihrem weißen Nachthemd die Treppen hinauf ins Turmzimmer eilte. Der Saum des Kleides hatte sich im Laufe der letzten Zeit dunkelgrau gefärbt. Oben stieß sie die Tür heftig auf, sodass die Kerzen auf den Ständern flackerten. Schon wieder stand irgendein Essen auf dem Tisch. Draußen ballte sich die Dämmerung um den hellen Mond herum. Johanna streifte die dampfenden Schüsseln mit einem flüchtigen Blick.

»Was soll das eigentlich, dass mir das Essen hier heraufgebracht wird? Wie einer Gefangenen! Kann ich nicht wie ein normaler Mensch unten in der Halle an der Tafel sitzen?«

»Wir hatten gedacht, so wäre es Ihnen lieber.«

»Und als Nächstes schließt du meine Tür von außen ab, weil du denkst, so wäre es mir lieber?«

»Möchten Sie denn jetzt baden?«

Johanna sah Maria durchdringend an. »Ich bade grundsätzlich nicht. Ich beichte nicht. Ich esse nicht. Ich gehorche nicht. Und ich bin keine Mutter.«

»Sie haben dieses Kind geboren«, sagte Maria und wirkte entschlossen, sich nicht Johannas Gegenwehr und Launen zu ergeben. Hatte sie keine Sorge, dass ihre Herrin sie noch einmal biss?

»Gibt es dafür irgendwelche Beweise?« Johanna stellte sich ans Fenster, hinter dem der graublaue Abendhimmel hing, der von ein paar rötlichen Schlieren durchzogen war. Ein kühler Abendhauch wehte ins Zimmer und Johanna wusste, dass sie gerade zu weit ging. Besonders im Beisein ihres kleinen Sohnes. Er musterte sie mit großen Augen, als würde er sie fragen, ob sie schon wieder vergessen hätte, dass sie bei ihm im Zimmer gewesen war und ihm munter aus ihrem Leben erzählt hatte? Doch es war besser, ihn wieder auf Abstand zu bringen, damit sie sich nicht noch mehr aneinander gewöhnten. Sie wollte sich sein hübsches Gesicht gar nicht erst einprägen. Um sich zu beruhigen, holte sie tief Luft und stellte sich hinter das Kopfende ihres Bettes, sodass die herunterhängenden Fransen des Baldachins ihr Gesicht verdeckten. »Gut, ich bin die Mutter dieses Jungen. Trotzdem empfinde ich nichts für ihn.«

Die Kerzen flackerten erschrocken auf. Und Johanna spürte, wie ihre eigenen Worte ihr wehtaten. Es war ein Fehler gewesen, sich zu Ferdinand ins Zimmer zu setzen. Ein Fehler, der passiert war, der aber jetzt nicht noch vertieft werden musste. Dennoch trat sie wieder hinter ihrem Bett hervor und kam langsam näher. Ihr Sohn war so still. Doch seine Augen sahen immer noch fragend in ihre Richtung. Als wüsste dieses Kind sehr genau, worauf es ein Recht hatte. Auf die Nähe und Anerkennung seiner Mutter. Und Johanna wusste, wie es sich anfühlte, genau diese Nähe und diese Anerkennung von der eigenen Mutter nicht zu bekommen. Eine Mutter, die nie Mitgefühl zeigte oder empfand, die keine Liebe zuließ, wollte Johanna nicht sein. Also streckte sie zu ihrer eigenen Überraschung ihre Hände aus und nahm Maria ihren kleinen Sohn aus den Armen.

»Hoheit!«, rief Maria entgeistert. Als hätte Johanna vor, ihn direkt aus dem Fenster zu werfen. Aber Johanna drückte ihn an sich. Sie hielt ihn etwas höher, sodass er ungehindert in den

Raum hineinsehen konnte. Sie drehte sich langsam mit ihm, sein Blick schwang an den flackernden Kerzen und an Maria vorbei, die ihn aufmunternd anlächelte. Er legte seine Händchen auf die Schulter seiner Mutter, seine Finger verfingen sich in ihren Haaren. Johanna drehte sich immer weiter mit ihm und streichelte über seinen schmächtigen Rücken. Sie hielt ihn ganz fest. Sie atmete seinen Duft ein. »Na, du gutes Wesen.«

Maria fragte heiser: »Wollen Sie wirklich abreisen?«

Johanna zuckte mit den Schultern und ging hinüber zum Bett, um sich dort auf die Kante zu setzen. Ferdinand rutschte in ihren Schoß und griff sicherheitshalber nach den Bändern, die an ihrem geöffneten Ausschnitt hingen. Er versuchte, sich aufzurichten, um genau wie seine Mutter aufrecht zu sitzen und alles im Blick zu behalten. Sie sagte: »Ja.«

Maria zog die Augenbrauen hoch.

Johanna schaukelte Ferdinand angespannt auf ihren Knien. Ihm schien das etwas zu viel zu werden, denn er machte plötzlich ein ganz ängstliches Gesicht. Johanna sagte: »Vor sieben Jahren wurde ich nach Flandern gebracht, um den Erzherzog von Burgund zu heiraten, damit er sich nicht mit Frankreich verbündet. Als seine Ehefrau soll ich nun hier in Spanien bleiben, damit er es weiterhin nicht tut? Wäre es für seine Ehefrau nicht angebracht, direkt mit ihm zu verhandeln? Was sollte ich jetzt nicht ausrichten können, was mir als ahnungslosem Mädchen zugetraut wurde?«

»Man hat es nicht Ihnen zugetraut, sondern der Vermählung.« Maria machte ein ernstes Gesicht. »Sie sind dabei nicht wichtig. Sondern nur Ihre Funktion als Tochter der spanischen Könige.«

»Dann werde ich mich von meiner Funktion als Tochter lösen und als Ehefrau in Flandern wichtig werden.«

Johanna hob ihren Sohn in seinem weißen Wickelkleid hoch und küsste ihn auf die Wange. Maria machte einen seltsamen

Knicks, den Johanna als eine Bestätigung ihres Vorhabens verstand. »Ich lasse mir nicht länger meine Eigenständigkeit nehmen.«

»Das wird nicht einfach.« Maria machte ein eigenartig begeistertes Gesicht. So, als hätte Johanna etwas ganz Unerhörtes von sich gegeben. »Frauen haben in der Ehe keine Eigenständigkeit.«

»Das wird ganz und gar nicht einfach.« Johanna lächelte. »Das wird mit Sicherheit unerbittlicher als jeder Territorialkrieg, der jemals auf diesem Planeten geführt wurde. Nichts gegen meine Mutter, die auf ihrem Kriegsross in prächtiger Rüstung und mit edelsteinbesetztem Schwert Granada zurückerobert hat. Denn ich fordere ja nicht nur eine Stadt, ein Land, eine Kolonie oder eine Insel, sondern eine komplette Neuordnung des altbekannten Verhältnisses zwischen Mann und Frau. Ich fordere die halbe Welt.«

Maria senkte ihren Kopf, machte noch einen Knicks. »Das ist ein wirklich großes Vorhaben, Hoheit.« Dann kam sie dicht zu Johanna heran und setzte sich neben sie auf die Bettkante. »Aber wer, wenn nicht Sie, Tochter unserer Königin, sollte diese unmögliche Aufgabe nicht irgendwann mit großem Geschick erfüllen?«

Johanna stand auf, Ferdinand an ihre Brust gedrückt. Sie ging mit ihm hinüber zum Fenster und sah hinaus über das Korkeichenwäldchen hinweg, hinunter nach Medina del Campo. Ein mädchenhafter Körper mit einem kleinen Jungen auf dem Arm. Dann drehte sie sich um und flüsterte: »Ihr werdet mir fehlen.«

Sie küsste Ferdinand noch einmal und übergab ihn schließlich Maria, die neben sie getreten war. Seine Ärmchen klammerten sich um ihre Arme, seine Hände griffen nach ihren Haaren, als wollte er seine Mutter festhalten und an einer schlimmen Dummheit hindern. »Lass los, du gutes Wesen«, flüsterte sie und bog seine Finger auf, um ihre Haarsträhnen wieder freizubekommen. Sie streichelte über seine Wange. »Selig sind, die Frieden stiften; denn sie werden Gottes Kinder heißen.« Sie sah ihn noch einmal an. Dann drehte sie sich um und hörte hinter sich, wie Maria mit ihm aus dem Zimmer ging. Als die Tür ins Schloss gefallen war, suchte Johanna eilig ein paar Dinge zusammen, die sie bei sich tragen wollte. Das Triptychon mit den Bildern ihrer Kinder, die Bibel und ihren Schmuck. Als sie alles eingepackt hatte, kam Maria wieder zurück und zündete ein paar Kerzen an, sodass das Flackern der Flammen Schattenspiele an die Gewölbedecke warf. Mit Blick auf das Gepäck fragte sie erstaunt: »Wollen Sie heute noch aufbrechen, Hoheit? So plötzlich? Aber im Hafen von Laredo wird kein einziges Schiff auf Sie warten. Außerdem wird es bald Nacht.«

»Genau darum muss ich ja jetzt losreiten.«

»Allein?«

»In der Nacht wird mich niemand finden.«

»Sie werden nicht weit kommen. So eine Reise benötigt Planung! Nichts ist vorbereitet.« Maria sah verzweifelt aus. »Warum wollen Sie nicht noch ein oder zwei Wochen warten?«

Johanna kam auf Maria zu, griff nach ihren kalten Händen und zog sie zu sich auf die Kante ihres Bettes. »Maria, du als Unterworfene musst doch wissen, wie es ist, nicht seinem Glauben, seinen eigentlichen Überzeugungen, seinen Vorstellungen und tiefsten Bedürfnissen folgen zu dürfen. Ist es nicht entsetzlich, ständig aufpassen zu müssen, dass du nicht eine der vielen Glaubensregeln meiner Mutter und ihres Kardinals brichst, damit du nicht eingesperrt und lebendig verbrannt wirst? Ich bin genauso eine Gefangene der Umstände wie du. Und gerade jetzt, in diesem Augenblick, fühle ich mich stark genug, mich daraus zu befreien.«

Maria blickte sie starr an, als wüsste sie nicht, was Johanna meinte. Johanna flüsterte: »Willst du denn für immer in Unfreiheit leben?«

»Hoheit, so ist die Welt. Niemand ist frei.«

»Du sagst, das wird mir nicht glücken? Du sagst, ich bin eine Träumerin? Du sagst, so ist es nicht vorgesehen? Wann wird aus einer Träumerin eine Anführerin?«

»Ich weiß es nicht«, flüsterte Maria hilflos.

»Wenn sie aufhört zu träumen!« Johanna erhob sich von der Bettkante. »Und genau das ist der Moment. Zieh mich an!«

Maria gehorchte ohne erneuten Widerspruch. Schweigend half sie ihrer Herrin aus dem Nachthemd und die Dienerinnen in ihren schwarzen Kleidern kamen zur Tür herein. Sie umschwärmten Johanna und Maria, reichten Unterröcke und Krägen. Sie flochten Johanna Zöpfe und steckten sie in Schlingen um ihren Kopf herum. Sie zündeten Kerzen an. Sie beteten. Sie knicksten und schließlich legten sie Johanna ihren schweren, purpurfarbenen Mantel um die Schultern und schlossen die Ösen. Johanna nahm ihr Gepäck. Ihre Wimpern zitterten. Draußen senkte sich der schwere Nachthimmel auf die Festung und das umliegende Land, das Wäldchen. Die Geräusche der Dunkelheit wurden lauter. Wispernde Tiere kamen aus ihren Verstecken, um wieder in den Kreislauf aus Leben und Tod, Macht und Unterwerfung, Hunger und Sättigung einzutreten. Johanna beugte sich zu Maria und flüsterte in ihr Ohr: »Pass auf meinen Sohn auf.«

Maria kniete nieder und küsste Johannas Hand. Johanna sah auf ihre engste Vertraute herunter, auf ihr fein gescheiteltes, dunkles Haar. Dann streifte ihr Blick noch einmal ihre beklommen dreinschauenden Dienerinnen, bevor sie aus dem Turmzimmer trat. Sie nahm eine Stufe nach der anderen, bis sie unten auf der Galerie ankam. Leise ging sie den schmalen Steg entlang, hinunter in den Innenhof, in den Burgring hinein. Als schwarzer, ruhiger Schatten glitt sie zwischen den Mauern hindurch. Der Widerhall ihrer Schritte war kaum zu hören.

Nicht weit entfernt lag das Außentor zur Zugbrücke. Der Saum ihres Kleides strich lautlos über die Steine, als Johanna hinüber zu den Ställen ging, um ihr Pferd zu holen. Niemand kam, um sie aufzuhalten. Um sie herum breitete sich Stille aus. Johanna überlegte nicht mehr. Sie fühlte nicht mehr. Sie tat einfach einen Schritt nach dem anderen. Sie war nicht mehr weit von der offenen Stalltür entfernt. Sie sah das flackernde Licht im Gemäuer und hörte die Stimmen der Stallburschen. Plötzlich hielt sie jemand von hinten am Arm fest.

»Johanna!«

Heller Stoff und ein furchiges Gesicht drängten sich in ihr Blickfeld. Juan Rodriguez de Fonseca.

»Johanna!« Er zog sie in eine Nische im Gemäuer, vermutlich die Nische, aus der er selbst gerade gekommen war. Hoch über ihnen zwischen den Zinnen flackerte unruhig eine Fackel. Er klang aufgeregt. »Ich darf Sie nicht gehen lassen.«

Johanna versuchte, sich aus seinem Griff zu winden und an ihm vorbeizudrängen, Richtung Stall. Es waren ja nur wenige Meter, bis sie bei ihrem Pferd war. Sie lief voran, der Geistliche hinterher. »Was haben Sie vor?«

Johanna fuhr herum. Sie spürte, wie sich in der Dunkelheit die Wachen bereit machten. »Ich will nach Flandern.«

»Wozu die Eile?«

Sie wisperte: »Ich ertrage diesen Stillstand nicht mehr.«

Johanna blickte in Juan Rodriguez' Augen, so gut es in diesem Schattenreich ging. Sie hörte ihn atmen. Sie fühlte, wie sehr sie einander verstanden. In der Gefangenschaft der jeweils für sie geltenden Gesetzmäßigkeiten. Nur in einem Punkt unterschieden sie sich: Johanna wollte aus dieser Gefangenschaft ausbrechen. Und Juan Rodriguez war bereit, sich diesen Gesetzmäßigkeiten zu unterwerfen.

Aber vielleicht brachte er es über sich, sie entwischen zu lassen? Johanna wandte sich von ihm ab und ging weiter, Schritt für Schritt auf die offene Stalltür zu. Als sie den Stall betrat, erhoben sich die Burschen eilig von den Strohballen und kamen verwundert auf sie zu. Ganz hinten, zwischen all den anderen Pferden und Maultieren in ihren Verschlägen, stand ihr weißer Araberhengst. Johanna hörte Juan Rodriguez' Stimme hinter sich: »Hoheit, ich bitte Sie. Zwingen Sie mich nicht.«

Sie sah die Stallburschen direkt an. »Sattelt mein Pferd!«

»Auf Anweisung der Königin, Isabella der Katholischen, befehle ich, der Thronfolgerin kein Pferd zu satteln.« Der Bischof trat vor, wobei er Johanna abschirmte, sodass sie keine weiteren Befehle mehr erteilen konnte. Es wäre ohnehin vergeblich gewesen. Denn es war klar, dass sich die Stallburschen niemals dem Befehl der Königin widersetzen würden.

»Gehen Sie zurück in den Turm! Schlafen Sie!«, sagte Juan Rodriguez ungewohnt barsch.

Johanna stierte ihn wütend an. »Dann laufe ich eben.« Sie hob ihre Röcke an und rannte in ihren viel zu schweren Kleidern los in Richtung des Außentores. Sie hörte ihre Sohlen auf den Steinen aufschlagen. Sie hörte ihren Atem. Sie rannte den Außenring hinunter, das Tor war nicht mehr weit. Aus den Mauernischen kamen die Wachen hervor, bereit, nach ihr zu greifen. Von hinten hallte der Ruf von Juan Rodriguez. »Keiner fasst die Prinzessin an.«

Johanna lachte laut auf. Sie hatte es gewusst. Er würde sie entfliehen lassen. Sein Herz war zu weich. Bis sie ihn rufen hörte. »Schließt das Tor und zieht die Zugbrücke hoch!«

Die Wachen blieben zurück, Johanna rannte noch schneller. Vielleicht würde sie es schaffen, das Außentor zu erreichen, bevor es krachend zugeschlagen wurde. Sie hörte ihr Keuchen, ihre Lungen brannten. Ihre Röcke wickelten sich um ihre Beine. Es waren nur noch ein paar Meter. Sie würde hinunter nach Medina del Campo laufen und sich dort ein Pferd besorgen.

»Johanna von Aragón und Kastilien und León!« Juan Rodriguez' Stimme zerriss heiser die schwarze Stille. »Bleib stehen!«
Johanna hörte ein Wiehern. Sie hatte es beinahe geschafft, da flogen ihr die beschlagenen Flügel des Außentors entgegen. Sie hörte das donnernde Geräusch der sich hebenden Zugbrücke. Direkt vor ihr fielen dumpf die schweren Holzbalken in ihre Halterungen. Sie war gefangen.

»Nein! Rodriguez! Nein!«

Johanna wirbelte mit geballten Fäusten im Kreis. Sie rannte vor und zurück. Sie stampfte mit dem Fuß auf. Sie brüllte. Über ihr zwischen den Zinnen flackerten immer neue Fackeln auf und tauchten den Außenring in ein dunstiges Licht. Die Wachen wichen zurück in ihre Nischen. Die Tür zum Stall schloss sich lautlos und Juan Rodriguez war nirgendwo mehr zu sehen. Nicht einmal als flüchtiger Schatten. Es war, als wäre Johanna ganz allein auf La Mota. Dem Fleck. Mit wildem Blick sah sie den Burgring hinunter. Zuerst in die eine, dann in die andere Richtung. Überall nur hohe Mauern und dieses seltsam milchige Fackellicht. Johanna ließ sich auf die Knie fallen. Es begann leise zu regnen. Ganz feine eisige Tropfen fielen auf sie herunter.

5

Seit Tagen kauerte Johanna, wie eine zertretene, schwarze Spinne an das Fallgitter gedrückt, im Außenring von La Mota. Gelber Sandstein, nichts als Mauern und Kälte. In ihrem Rücken das geschlossene Festungstor. Ihre schweren Röcke waren von Tau bedeckt, die Märznacht löste sich langsam über ihr im Frühlingshimmel auf. Sie rief nach Juan Rodriguez, der sicher Kratzspuren im Gesicht hatte. Wie eine Wildkatze, wie eine Furie, wie eine wütende punische Löwin war Johanna gestern Abend auf ihn losgegangen, als er hier unten nach ihr hatte sehen wollen. Sie hatte gebettelt, dass er ihr wenigstens ihren Sohn brachte. Doch mit einer erstaunlichen Selbstverständlichkeit hatte er ihr diesen Wunsch ausgeschlagen. Ihr! Der Mutter von vier Kindern, der Thronfolgerin und Fürstin von Asturien, Erbin der ersten und einzigen Weltmacht.

»Juan Rodriguez de Fonseca!« Johannas raue Stimme verhallte sofort, als hätte sie gar nicht gerufen. Sie blickte die Festungsmauern, die hellen Quader empor. Hinauf zu den von unten winzig erscheinenden Fenstern, die das bläuliche Licht des Himmels widerspiegelten. Niemand rührte sich. Niemand wollte sie hören. Und in ihr war wieder dieses Beben. Diese Wut, die sie in Brüssel, in der Gegenwart ihres Mannes, auch so oft ergriffen hatte. Ihr Brustkorb hob und senkte sich unter den schwarzen Stofflagen als Ausdruck ihres inneren Widerstandes. Die Luft strömte durch ihre Nasenlöcher. Da war es wieder, dieses Schnaufen. Es war, als würde sich ihr Körper selbst zersprengen wollen. Johanna arbeitete sich hinauf in den Stand. Ihr schwarzer Rock, der purpurfarbene Mantel, alles war feucht und schwer von der Nacht. Sie wankte und blinzelte in die Sonne, die hoch oben über die Mauern kroch. Wie war es möglich, dass sie hier als Gefangene ihrer Mutter stand, das Holztriptychon ihrer drei Kinder in den steifgefrorenen Händen? Johanna klappte es auf und da waren ihre lieben Gesichter im sanften Licht: Karl zwischen seinen beiden Schwestern. Eleonore und Isabella. Mit zitternden Fingern streichelte Johanna über ihre gemalten Körper. Sie trug den leuchtend roten Umhang einer Thronfolgerin. Sie würde von hier entkommen und Philipp vernichten. All das würde sie zu ihrer Geschichte werden lassen. Zu ihrem Glauben. Zu ihrer Freiheit. Ob ihre Kinder sie noch erkannten, wenn sie nach so langer Zeit vor ihnen knien würde?

Oben aus einem der Fenster im Gemäuer hörte sie ihren kleinen Sohn nach ihr rufen. Klagelaute eines Säuglings, der nicht begreifen konnte, warum seine Mutter, an die er sich gerade erst gewöhnt hatte, nicht bei ihm war. Weil sie hier unten in der nebligen Kälte des Morgens nach einem Ausweg suchte. Weil sie an den Gitterstäben rüttelte und nach Juan Rodriguez rief. Weil sich die herumstehenden Wachen nicht rührten und ihr nicht zu Hilfe kamen.

Die rotvioletten Wolken zogen über sie hinweg und die Sonne schickte ihre glühenden Strahlen zu Johanna herunter, um die Schatten von La Mota zum Schmelzen zu bringen und die Nässe aus ihren Gewändern zu ziehen. Aber Johanna spürte die Kälte gar nicht an diesem Märzmorgen, den Körper in die feuchte Luft gestellt, weil eine Frau, die gegen ihren Willen festgehalten wurde, die ihrer Freiheit beraubt wurde, ihrer Eigenständigkeit, ihrer Stimme, ihrer Liebe und ihrer Kinder, in sich eine lodernde

Wut spürte, die sie von innen wärmte. Johanna atmete schwer, während sie den hölzernen Bilderschrein umklammerte. Karl. Eleonore. Isabella. Und da oben in einem der Gemächer weinte ihr kleiner Ferdinand. Ihre vier zarten Evangelien.

»Was seid Ihr für Menschen?« Johanna brüllte die Mauern hinauf. »Woran glaubt Ihr?« Sie lief im Außenring herum. Sie schrie! Sie rüttelte am Festungstor. »Habt Ihr keine Gefühle?« Ihr feuchter Rocksaum schleifte über den Boden. Sie ballte die Fäuste. Sollte das jetzt ihr Leben sein? Als unmündige Tochter? Lieber schwamm sie durch den Burggraben, rannte mit triefenden Kleidern querfeldein, unter Korkeichen hinweg, nur, um in Bewegung zu sein, und wenn es Jahre dauerte, um nach Flandern zu kommen.

Johanna lief die Treppe zum Wehrgang hinauf, dann weiter in den Wehrturm. Sie stand auf der Plattform. Sie sah hinein in die verregnete aufblühende Landschaft. Hinüber zu den Dächern von Medina del Campo. Sicherlich gab es Menschen, die sich in ihr Schicksal fügten. Die sich geschlagen gaben. Die es zuließen, dass ihr Selbstbehauptungswillen gelähmt und gebrochen wurde! Für die es in Ordnung war, so unfrei zu leben. Die den Stimmen glaubten, die ihnen sagten, dass die Gefangenschaft nun einmal ihre Bestimmung sei. Aber so ein Mensch war Johanna nicht. Sie sah, dass alles nur Erfindung und Behauptung von machthungrigen Menschen war. Von einer Handvoll Menschen, die diese Welt regierten, und dass ihr nichts anderes übrig blieb, als sich zu wehren und ihre eigenen Gesetze zu machen. Sie hob ihre Röcke an und versuchte, auf die Zinnen zu klettern. Sie stellte ihren nassen Schuh auf die Mauer. Mit ihren Händen stützte sie sich ab. Sie befand sich in schwindelerregender Höhe. Wie weit man von hier oben über das Land sehen konnte! Wie weit das Land war! Da, ein Hase! Da, ein Schaf, und da, ein Schwein. Alle in Freiheit – und hatten keine Ahnung von dieser Großartigkeit. Der

Himmel darüber war von einer Unendlichkeit! Und dieser kleine Haufen Steine sollte ihr Gefängnis sein? Das war lächerlich! Johanna taumelte zwischen den Zinnen. Sie hatte seit Tagen nichts gegessen. Sie blickte nach unten in den Burggraben. Schwarzes Wasser. Wenn sie hineinsprang, würde sie sterben oder aber entkommen. Wenn sie sterben würde, dann hätte sich ihr Auftrag erledigt. Aber so unerledigter Dinge hier oben in zugiger Luft auszuharren, war auch keine Alternative. Johanna schlotterte. Ihre steifen Hände klammerten sich an dem porösen Stein fest.

»Hoheit.«

Ja! Das war sie tatsächlich. Sie stand hier oben. Und unter ihr auf der Plattform stand Juan Rodriguez mit seinem zerkratzten Gesicht und fasste um ihren Knöchel.

»Tun Sie es nicht.«

»Warum sollte ich auf Sie hören? Sie hören ja auch nicht auf mich!«

»Wir haben alle den Befehlen der Königin zu folgen.«

»Wer sagt das?«

»Das Gesetz.«

»Wer hat das Gesetz gemacht? Gott etwa?«

»Die Königin steht in seinem Dienst.«

»Wer sagt das? Sie selbst?«

»Der Papst.«

»Der Papst hat auch mich als Thronfolgerin ausgezeichnet. Bedeutet das, dass ich von Ihnen als solche behandelt werde?«

»Sie regieren eben noch nicht.«

Johanna drehte sich herum, so gut sie es auf ihrem Mauervorsprung konnte, und beugte sich vor, um in Juan Rodriguez' verzweifeltes Gesicht zu sehen. Er hatte wirklich Sorge, dass sie sprang. Seine Sorge rührte sie. Sie konnte einfach nicht böse auf ihn sein. Sie hätte nicht mit ihm tauschen wollen. Diese Zwangslage, in der er sich befand. Ständig darauf bedacht, nicht die Gunst der mächtigen Königin zu verlieren. Dieses Land war voll von solchen hörigen Menschen. Man musste ihnen nur die Hoffnung geben, dass nach der Herrschaft ihrer Mutter ein Leben ohne Angst auf sie wartete. Johanna hob ihren Fuß an, um dem Griff des Geistlichen zu entkommen. Doch anstatt seinen Griff zu lockern, packte er nun mit beiden Händen zu. »Ich bitte Sie, Hoheit! Kommen Sie herunter.«

»Und dann?«

»Dann gehen Sie hinein, ziehen sich etwas Trockenes an, essen etwas. Nehmen ihren Sohn in den Arm.«

»Wenn Sie mich nicht loslassen, springe ich.«

Der Geistliche wirkte erschöpft. Von seinem grauen Haar perlten die Regentropfen, die nun schon wieder vom Himmel fielen. Sein Griff um Johannas Fesseln lockerte sich. Als wäre er bereit, aufzugeben. Johanna hockte sich zwischen die Zinnen, um Juan Rodriguez direkt in die hellblauen Augen zu sehen, die tief in ihren Höhlen lagen, als hätte er die letzten Nächte schlecht geschlafen.

Sie fuhr leise fort: »Sorgen Sie dafür, dass ich von hier verschwinden kann.«

Juan Rodriguez blinzelte nervös. Ihm war kalt. Das konnte sie sehen. Der Regen fiel auf ihn herunter, genau wie er auf Johanna herunterfiel. Aber sie störte der Regen nicht. Sie bemerkte ihn nicht einmal. Es musste anstrengend für den alten Mann sein, unterhalb der Zinnen im Wehrturm zu stehen, die Arme emporgestreckt, um Johanna daran zu hindern, in den Burggraben zu stürzen. Er bat: »Bitte, Hoheit, Sie werden sich erkälten, wenn nicht Schlimmeres.«

»Was ist schlimmer als dieser Augenblick?« Johannas Hand lag auf dem feuchten Stein. Eine falsche Bewegung und sie würde sich nicht halten können. Sie beugte sich etwas weiter vor, ihre feuchten Zöpfe lösten sich aus ihrer kunstvollen Anordnung. Ihre Stimme wurde schärfer: »Damals standen wir im Thronsaal. Philipp und ich. Auf den farbigen Fliesen. Blau. Gold. Im Schloss von Blois. Wie Winzlinge in einer Schmuckschatulle, wie zwei Menschen, die kleingezaubert worden waren, stehen wir inmitten dieser vergoldeten Wände, um dem französischen König, dem Freund meines Mannes, und seiner Frau die Ehre zu erweisen. Wir tragen purpurnen Samt. Aber bei dem religiösen Zeremoniell unterwerfe ich mich nicht wie mein Mann, der gleich noch unseren zweijährigen Sohn Karl zur Vermählung mit ihrer Tochter Claude anbietet und von Ludwig XII. die symbolischen Goldmünzen gierig entgegennimmt, um zu belegen, wie treu er ihm ergeben ist. Ich hingegen lehne dankend ab, als mir Anne de Bretagne ebenfalls eine Handvoll Goldmünzen reichen will. Weil Frankreich Spaniens Feind ist. Und nach all dem lässt mich meine Mutter nicht gehen? Erkennt sie nicht, dass nicht ich das Problem bin, sondern Philipp?«

Jetzt ließ Juan Rodriguez Johanna los. Er sah sie einfach nur an. Liebevoll, mit müden Augen. »Solange Ihre Mutter regiert, werden Sie sich fügen müssen.« Er machte eine leichte Verbeugung und reichte ihr die kalte Hand. »Kommen Sie herunter Hoheit, bevor Sie in den Burggraben stürzen.«

»Sie haben also nicht vor, mich gehen zu lassen?«

»Nein.«

Johanna schlug gegen Juan Rodriguez' Hand. Sie sprang von den Zinnen in den Wehrlauf. Direkt neben den Bischof. Sie lief ein paar Schritte und blieb wieder stehen. Da stand sie breitbeinig, in ihrem vom Regen durchtränkten Kleid, wie auf einer Tribüne. Sie ließ ihren Blick über die Festungsmauern und die gegenüberliegenden Zinnen schweifen, zwischen denen die Wachen aufgereiht standen. Sie sah hinunter zum Stallgebäude, wo die Stallburschen zu ihr heraufschauten. Sie sah hinüber zum Innentor, wo die schwarz gekleideten Dienerinnen ängstlich zu ihr emporblickten. Sie sah hoch zu diesem einen Fenster, hinter dem sie ihren Sohn vermutete. »Ihr seid alles schlechte Menschen!«, brüllte sie. »Schlechte und dumme Menschen! Ihr seht nicht, dass ich eure Befreiung bin. Weil ihr es nicht sehen wollt. Denn um das zu erkennen, müsstet ihr eure bisherigen Urteile über mich aufheben. Aber bevor ihr das tut, bevor ihr euch von euren Urteilen verabschiedet, verabschiedet ihr euch lieber von eurer Freiheit!«

Johanna stieß einen entsetzlichen Schrei aus, als Antwort kam ein klägliches Jammern als Widerhall. Ihr Sohn rief nach ihr. Sie rannte den Wehrgang entlang, sprang am Ende die Treppenstufen hinunter und kauerte sich dann in eine der Schießscharten in der Außenmauer. Sie zog ihre Beine an, schlang die Arme um die Knie und sah durch die schmale Öffnung hinaus auf den regennassen Pfad, den sie vor einiger Zeit hierher entlanggeritten war. Auf ihrem Pferd. Mit ihrem Gefolge. Niemals hätte sie durch dieses Tor reiten dürfen. Sie hatte geahnt, dass es schwierig werden würde, von hier aus nach Flandern aufzubrechen. Doch niemals hätte sie geahnt, dass ihre eigene Mutter so grausam sein und sie in diese Festung einsperren lassen würde.

Von Ferne hörte Johanna wieder das klägliche Rufen ihres Sohnes. Hatte sie geschlafen? War es noch heute oder schon morgen? Die frostige Nässe kroch durch all ihre Kleiderschichten und sickerte in ihre Haut ein. Ihre Arme und Beine kribbelten. Ihr Gesicht fühlte sich wie betäubt an und ihre Augen brannten. Sie war ganz still. Der Regen hatte inzwischen nachgelassen und das matte Mondlicht fiel nun von schräg oben zu ihr herein zwischen die Mauern und die geschlossenen Tore. Über ihr flatterten die Flaggen in der eisigen Nachtluft und der Tag verschwand hinter den Mauern. Sie hockte zusammengekrümmt in der Schießscharte, den Kopf auf den Knien. Die Augen geschlossen. Sie zitterte und wunderte sich, wie lange es dauerte, bis das Leben endlich aus dem Körper wich.

6

Johanna hörte Schritte. Entschlossene Männerschritte. Irgendwer kam direkt auf ihren Unterschlupf zu. Sie war zu matt, die Augen zu öffnen. Eine Hand fasste kräftig um ihren rechten Arm, so, als sollte sie aus ihrer Nische herausgezogen werden. Eine andere Hand fasste um ihren anderen Arm. Jemand atmete in ihr Gesicht. Offenbar hatten die Wachen oder Juan Rodriguez mit diesem Zugriff so lange gewartet, bis Johanna keine Kraft mehr hatte, sich zu wehren. Sie überließ sich vollkommen dem, was nun geschehen mochte. Irgendein Mann hob sie hoch. Sie flog durch die Luft. Nur ihr nasser Rock und der Mantel hingen schwer an ihr. Ihre taube Wange lag an einer gepanzerten Brust auf dem rauen Stoff einer Rüstung. Er trug sie auf seinen Armen. So, wie Philipp sie damals in Lier, im Hof van Mechelen, über die Zimmerschwelle hinüber zum Bett getragen hatte, nachdem sie sich sofort bei ihrem ersten Aufeinandertreffen auf offener Straße von einem Priester hatten trauen lassen, um augenblicklich ihre Ehe vollziehen zu können. Die eigentliche Zeremonie in der Kirche hatte bis zum nächsten Tag warten müssen. Nur sie beide hatten nicht warten können. Philipp war mit ihr auf dem Arm in das Zimmer gestürmt, das ihnen unverzüglich zur Verfügung gestellt worden war. Die Fenster waren auf ein lieblich dahinplätscherndes Flüsschen hinausgegangen, wo sich halb Flandern auf der kleinen Brücke und der Straße versammelt hatte, um einen Blick auf das Brautpaar zu erhaschen. Während draußen Wandteppiche aus den Fenstern gehängt worden waren, der Jubel ertönt und Essen an die Untertanen verteilt worden war, hatte Philipp seine spanische Braut in die weißen Kissen geworfen. Tausend hungrige Küsse hatte er über ihren Körper verteilt. Über ihnen schwebte der spitzenverhangene Baldachin, gehalten vom gedrechselten, dunklen Bettgestell, glatt und kühl. Draußen prasselte der flämische Regen und die Brücke über dem Flüsschen stürzte unter der Last der Schaulustigen ein. Philipps Haare fielen auf Johannas Nacken, strichen zart über ihren Rücken hinweg, der zum ersten Mal vollkommen nackt war in dieser neuen Umgebung. Weit weg von ihrer Mutter, die Johanna zum Abschied im Hafen von Laredo distanziert auf die Wange geküsst hatte. Ihr Vater war nicht einmal erschienen, um seine Tochter in ihr zukünftiges Leben zu entlassen! Johanna richtete ihren jugendlichen Körper auf, der von Küssen bedeckt wurde, der sich diesem Fremden entgegenbog, um immer mehr von seiner Lust zu bekommen, um einzutreten in ihr neues Dasein als verheiratete Frau, von dem sie jetzt schon nicht mehr genug bekommen konnte. Unter der holzgetäfelten Decke dieses feierlichen Raumes. Im flüchtigen Blick die halbverschleierten Fenster. Ihr Kopf lag unter den Kissen, dann wieder auf den Kissen. Philipp warf ihren Körper herum, sie lachte, küsste, klammerte sich an seinen Schultern fest, um in sein Ohr zu keuchen, um sich im Rhythmus ihres neuen Lebens zu bewegen, bereit, bis zum Schluss in diesem ohnmächtigen Taumel zu bleiben, den Johanna in diesem süßen Augenblick Liebe nannte.

Sie hörte die Wache atmen. Schwer und tief. Die Wache hielt Johanna fest und sicher. Sie legte ihre Wange an diese fremde Brust. Sie meinte, unter dem harten Stoff das Herz schlagen zu hören. Ein starkes Herz. Ein entschlossenes Herz. Ein Herz, das nie einsam war, das sich nie fürchtete, das wusste, was seine Aufgabe war. Ein Herz, mit sich im Einklang. Könnte sie doch ewig so getragen werden. Dorthin, wo auch sie im Einklang sein konnte. An diesen Ort wollte sie getragen werden, an dem sie mit allem übereinstimmte, wo alles einen Sinn ergab. Irgendjemand lief neben ihnen her und deckte sie mit einem Umhang zu. Die feuchten Haarsträhnen lagen um ihr Gesicht und Johanna merkte, dass sie seit einer Unendlichkeit zum ersten Mal wieder lächelte.

Sie wurde durch eine schmale Türöffnung gefädelt und in einem winzigen gemauerten Raum auf einen Stuhl gesetzt. Benommen saß sie da in ihren Kleidern, die wie aus Teer gegossen an ihr klebten und glänzten. Auf dem schwarzen Stoff ihres Kleides zitterten ihre weißen Hände. Die Fingernägel waren blutig. Sie drehte ihren Kopf in Richtung des Wachmannes, der sich gleich wieder eilig von ihr wegbewegte.

Der bärtige Mann wich ihrem Blick aus und ging wortlos aus der Wachstube. Wenigstens blieb Juan Rodriguez mit seinem zerkratzten Gesicht ein Stück entfernt von ihr an der offenen Tür stehen. Als hätte sogar er Angst, sie könnte noch einmal zur Furie werden. Eine Kerze brannte auf dem einfachen Holztisch. Draußen tropfte es von den Zinnen und Dächern. In die Stille hinein erklärte der Geistliche knapp: »Hoheit, Ihre Mutter ist auf dem Weg.« Dann machte er eine kaum merkliche Verbeugung und verschwand ebenfalls nach draußen in die Dämmerung.

»Johanna.«

Sie lag am Boden. Während sie schlief, hatte jemand Decken unter ihren Körper geschoben. Ihre Hände fühlten den Stoff. Johanna machte kurz die Augen auf. In der offenen Tür stand eine Frau, die von zwei anderen Frauen gestützt wurde, sie trug ein schwarzes Kleid und eine schwarze Haube. Der Leibesfülle nach zu urteilen konnte es nur ihre Mutter sein. Sie kam herein und eine der Hofdamen schob ihr eilig einen Stuhl hin. Isabella die Katholische, die mächtigste aller Königinnen, nahm in der Wachstube von La Mota Platz. In diesem kalten Raum, durch dessen schmales Fenster müde das Tageslicht sickerte, hörte Johanna das Schnaufen ihrer Mutter. Kerzen wurden angezündet. Wein in einen Becher gegossen. Juan Rodriguez huschte hinüber in eine Nische. Dort blieb er reglos stehen. Die Dienerinnen wichen zurück, so, als wären sie gar nicht vorhanden, flatterten zurück in ihr Nachtfalterdasein. Unsichtbare Wesen. Still und wunschlos.

»Steh auf!«, befahl ihre Mutter.

Johanna rührte sich nicht. Wieso sollte sie auch? Um sich im Sitzen die einfältige Rede der Königin anzuhören? Sie wusste ohnehin, was sie zu sagen hatte. Dass eine Thronfolgerin sich so nicht benahm. Dass sie sich dem Willen der Königin zu fügen hätte. Es war nur leider vollkommen irrelevant. Von ihrer Mutter war nichts zu erwarten, abgesehen von irgendwelchen absurden Ansichten, die für Johanna keinerlei Bedeutung hatten. Sie hatten nur für jene Menschen Bedeutung, die in der absurden Welt ihrer Mutter jemand sein wollten, die an die Strukturen ihrer Macht und an ihre Befehle glaubten und meinten, dass sie mit Gottes Willen in Einklang waren. Das waren ihre Befehle natürlich nicht. Genau wie ihre Mutter nicht in Einklang mit Gottes Willen war. Sie und ihre Anschauungen waren idiotisch, böse und für Johanna keinesfalls maßgeblich.

Johanna lag auf dem Bauch, ganz nah der Erde, eine Wange auf der rauen Decke und die Arme neben ihrem Kopf. Durch die halbgeschlossenen Lider sah sie das liebliche Kerzenlicht. Die Schatten der Wachen und Dienerinnen bewegten sich in dem engen Raum lautlos hin und her. Sie sah das wenige Tageslicht und sie sah den schweren Körper ihrer Mutter. Die Königin gab sich Mühe, aufrecht zu sitzen. Sie keuchte und wirkte, als hätte sie sich selbst gern irgendwo hingelegt. Hatte Johanna Mitleid mit ihrer Mutter? Nein. Sie hätte nicht den weiten beschwerlichen Weg von Segovia heraufkommen müssen. Sie hätte in ihrer monumentalen Festung auf dem Felsen bleiben können. In ihrer Festung, deren Mächtigkeit ein einziges Symbol für die Angst und die Schuld ihrer Mutter war. Wozu brauchte sie sonst eine Festung, außer um sich vor denjenigen zu schützen, über die sie sich erhob? Und nun saß die Königin hier auf einem wackligen Holzstuhl, um Johanna zur Vernunft zu bringen.

»Steh auf, ich will mit dir reden.«

Johanna setzte sich mühsam auf. »Worüber? Darüber, dass du deine eigene Tochter als deine Gefangene hältst? Das weiß ich schon.«

»Ich will es dir erklären.«

»Die Logik deines Irrsinns habe ich bereits begriffen.«

»Meines Irrsinns? Wie sprichst du mit mir? Ich bin deine Mutter.«

Johanna sah sie direkt an. »Eine Mutter, die ihre eigene Tochter in Gefangenschaft hält, um ihre Regentschaft zu schützen, die nichts als Wahnsinn hervorbringt. Also wundere dich nicht über meinen Wahnsinn. Er ist das Resultat deiner Kälte und Kontrollsucht. Beklage dich nicht bei mir für mein Verhalten. Rufe mich nicht zur Vernunft, wenn du selbst die Ursache bist.«

Die Nachtfalter in den Ecken wurden unruhig. Ihre staubigen Schatten wiegten sich nervös hin und her. Juan Rodriguez trat in seinem hellen Talar aus der Dunkelheit hervor ins diffuse Licht hinein. »Hoheit!«, versuchte er es. Doch offenbar wollte sich Isabella die Katholische nicht das Wort nehmen lassen. Sie erhob sich wie ein Fels von ihrem Stuhl. Sie machte ein paar schlurfende Schritte auf Johanna zu. »Steh auf.«

Johanna wollte so auch nicht vor ihrer Mutter kauern. Wie ihr Opfer. Also stützte sie sich mühsam vom Boden ab. In ihrem Kopf rauschte es. Ihr war schwindelig. Sie war schwach vom tagelangen Hungern und Durst leiden. Sie kniete sich hin, das geflochtene Haar hing wirr herunter. Dann versuchte sie, auf die Beine zu kommen, indem sie sich mit einer Hand an einem der Wachmänner festklammerte, der ihr helfend unter den Arm griff und sie hochzog. Sie richtete sich wankend auf. Sie war immer noch kleiner als ihre Mutter. Johanna fühlte die Hitze in ihren Wangen. Sie sah der Königin direkt in das graue, kranke Gesicht. Einzig die Augen schienen lebendig und waren unermüdlich dabei, den Raum nach unsichtbaren Gefahren abzusuchen. Wie armselig, wie bemitleidenswert ihre Mutter war!

»Ich höre?«, fragte Johanna gereizt.

»Dein Verhalten ist würdelos, deine Worte sind so voller Heftigkeit und Respektlosigkeit meiner Person gegenüber, dass ich sie nicht ertragen würde, wenn ich nicht wüsste, wie jung und unerfahren du noch bist.«

Johanna kam taumelnd näher heran. Es war lächerlich, was ihre Mutter da sagte. Gleichzeitig war es nur wieder ein Beweis dafür, dass ihre Mutter nichts von dem verstand, was Johanna ihr eigentlich mitteilen wollte. Wie sollte sie auch? Isabella, die Herrscherin über die halbe Welt, verteidigte ihr entseeltes Königreich voller Verbissenheit, weil sie spüren musste, wie fragil ihre grausame Herrschaft im Grunde war. Offenbar genügte es, dass ihre eigene Tochter sich nicht vereinnahmen ließ und all das zum Zusammenstürzen bringen konnte. War das nicht grotesk?

Johanna hatte alle Mühe, sich aufrecht zu halten. Erst jetzt merkte sie, wie entkräftet sie eigentlich war. Sie würde sterben, wenn sie nicht bald wieder zu essen anfing. Ihr Magen krampfte sich zusammen. Ihre Zunge lag trocken und rau im Mund. Sie krächzte: »Bist du dafür hierhergekommen? Um mir zu sagen, dass du mich naiv findest?« Sie lachte heiser auf.

Isabella kam wankend auf ihre Tochter zu. Wie eine dunkle Gewitterwand. Sie zitterte in ihren schwarzen Gewändern, auf ihrer weißen Stirn standen kleine Schweißperlen. »Was ist aus dir geworden, mein Kind?«

»Das, was du aus mir gemacht hast.«

»Du bist so voller Widerstand – gegen alles.«

»Wie sollte ich das nicht sein, wenn die eigene Mutter vor den Augen ihrer kleinen Tochter Menschen auf brennende Scheiterhaufen stellt, um sich an ihren Qualen zu ergötzen und sich an ihnen zu bereichern, im Namen der Kirche.«

»Es sind Ketzer.«

»Deren Besitztümer nicht zu schade für dich sind.«

»Sie dienen dazu, unser Land zurückzuerobern und zu verteidigen.«

»Und die westindischen Inseln auszubeuten und dir die Indios untertan zu machen. Wann hast du genug?«

»Ich behalte für mich persönlich nichts davon. Ich verwende das Geld sogar zum Besten der von den zum Tode Verurteilten hinterlassenen Kinder.«

»Erst machst du sie zu Waisen, stiehlst ihr Erbe, und dann gibst du ihnen gerade so viel zurück, dass sie nicht verhungern? Und damit rühmst du dich vor dem ›Vater der Christenheit‹!«

»Ich handle aus Liebe zu Christus und seiner jungfräulichen Mutter.«

»Bist du dir da ganz sicher? Hättest du von der Göttlichkeit einen Begriff, würdest du dich nicht dazu herabwürdigen, das innerste Heiligtum des Menschen, das religiöse Gewissen, für deinen unstillbaren Machthunger zu missbrauchen.«

Johanna starrte ihre Mutter an. Und mit einem Mal hatte sie Mitgefühl mit ihr. Mit dieser Frau, die sich selbst so erbarmungslos ausgeliefert war. Die schwer krank hierhergekommen war, in der Hoffnung, Johanna zur Vernunft zu bringen, damit sie nicht ihr Lebenswerk zerstörte. Nun stand diese schwache Frau vor ihr und wusste nichts mehr zu sagen.

Johanna flüsterte: »Lass mich zu meinen Kindern.«

»Was hast du davon?«

»Dass ich bei ihnen bin. Denn ich möchte eine andere Mutter sein, als du es jemals für mich warst.«

Ihre Mutter tastete hilflos mit der Hand in der Luft herum auf der Suche nach einem Halt. Eine der Hofdamen trat aus ihrem Schattenreich hervor und brachte die Königin zurück zu ihrem Stuhl. Als sie schließlich saß, keuchte sie: »Also gut. Sobald die Wetterverhältnisse es zulassen, bekommst du eine Flotte.«

Johanna brauchte einen Moment, bis sie verstand, was ihre Mutter gerade kaum hörbar und schleppend von sich gegeben hatte. Doch als sie es erfasst hatte, spürte sie in sich eine plötzliche Weite und Erleichterung. Sie durfte Spanien verlassen. Sie durfte zu ihren Kindern zurückkehren. Sie wurde aus dem Herrschaftsbereich ihrer Mutter entlassen. Es war, als würde sie zum ersten Mal seit Monaten überhaupt wieder atmen. Ab jetzt war es nur noch eine Frage der Zeit, wann sie aus ihrer Gefangenschaft aufbrechen konnte. Sie machte ein paar zögernde Schritte. Sofort kamen die Wachen aus ihren Ecken hervor, bereit, Johanna zurückzuhalten, sollte sie sich auf ihre Mutter stürzen. Doch Johanna hob ihre Hand und bekreuzigte sich schwach. Dann kniete sie vor ihrer Mutter nieder und fasste nach ihrer kalten Hand. Sie küsste ihre Ringe. Johanna legte ihre Stirn gegen das Knie ihrer Mutter. »Vergib mir meine Worte.«

Isabella rührte sich nicht. Wie ein gewaltiger, schwarzer Koloss nahm sie den gesamten Raum ein. Sie blickte mit ihren schweren Augen auf ihre Tochter, die so zart und zerbrechlich vor ihr auf dem kalten Boden hockte. In ihrem klammen Kleid. Ihr Kind. Sie sagte mitleidsvoll: »Es ist Gottes Wille, dass du meine Nachfolgerin wirst. Sobald du La Mota verlassen hast, bist du auf dich allein gestellt. Ich kann dich dann nicht mehr vor deinen Fehlern beschützen und offenbar hast du keine Ahnung von dem, was dir passieren kann, wenn du von deinem für dich bestimmten Weg abkommst. Du wirst sehr bald erkennen, wie gefährlich die Welt für eine Thronfolgerin werden kann.«

7

Dies war also Brüssel. Johanna wartete in der runden Halle, deren rote Backsteinmauern mit bunten Teppichen behängt waren. Kühle. Stille. Wind vor den großen Schlossfenstern, der über die weite, grüne Ebene hinwegging. Bis hinunter zum See konnte sie von hier oben sehen. Ihr rotes Haar trug sie geflochten und in hübschen Schlingen um ihren Kopf gelegt. Nach mehr als zwei Jahren war sie endlich zurück.

Johanna stand aufrecht direkt unter dem Kronleuchter in der Mitte der Halle. Das Kinn leicht angehoben. Sie hatte nichts zu fürchten. Sie war gestärkt und entschlossen. Sie wollte nicht wie ihre Mutter überall Gefahren wittern. Trotzdem zitterte sie. Vor ihr öffneten sich die schweren Holztüren. Hofdamen wie knallrote Mohnblumen schoben Johannas drei Kinder vor sich her. Mit zögernden Schritten kamen sie über das Parkett direkt auf sie zu: Karl, gerade vier Jahre alt geworden, und Isabella, nicht einmal drei Jahre alt, und Eleonore, fünf Jahre alt. Mit einigem Abstand blieben sie vor ihrer Mutter stehen und guckten sie stumm an. Als sie ihre Mutter zum letzten Mal gesehen hatten, waren sie zu klein gewesen, als dass sie sich jetzt an sie hätten erinnern können. Johanna kniete sich auf den Teppich. Um fröhlich auszusehen, hatte sie ein kornblumenblaues Kleid mit besticktem Ausschnitt angezogen. Dazu trug sie eine Perlenkette und Perlenohrringe. Sie lächelte und streckte ihre Arme aus. »Meine Schätze.«

Wohlerzogen kam Eleonore zu ihr heran und ließ sich umarmen. Danach umarmte Karl seine Mutter und gab ihr sogar einen artigen Kuss auf die Wange. Nur Isabella rührte sich nicht und hielt sich an einer der Kinderfrauen fest. Sie hatte so winzige Füße! »Was für hübsche Kinder ihr seid.« Johanna strich ihnen über das Haar und lächelte immer weiter aus Furcht, ihre Kinder könnten sie nicht mögen und sich von ihr abwenden, weil sie so lange weg gewesen war. Sie sagte: »Ich bin mit dem Schiff zu euch gekommen. Von sehr weit her.«

Karl, Eleonore und Isabella guckten sie noch immer wortlos an. Dies waren also ihre Kinder, die ohne sie älter und größer geworden waren in der Obhut eines ganzen Hofstaates. Aufgezogen und versorgt von Ammen und Kindermädchen, von einfachen Frauen, die vielleicht mit Pferdeknechten verheiratet waren. Frauen, die vom Herzen her kamen und nicht von der Macht. War das denn so schlecht? Ihre Kinder sahen gesund aus. Sie hatten rote Wangen. Keine übereifrigen Beichtväter schienen sie zur Beichte gezwungen zu haben. Es war gut, dass Johanna hier in der Halle auf dem Teppich kniete, um sich als Mutter zwischen ihren Kindern zu verwurzeln. Jetzt musste sie ihrem Mann nur noch zeigen, dass sie nicht mehr die hilflose Frau war, die ihn vor mehr als einem Jahr auf Knien und unter Tränen angefleht hatte, sie nicht allein in Spanien zurückzulassen.

»Johanna!«

Hinter ihr rief jemand ihren Namen. Sie erkannte sofort seine seltsame Stimme, die sanft und herrisch zugleich war. Sie erhob sich und drehte sich um. Philipp stand ein paar Schritte von ihr entfernt. In besticktem Wams und ärmellosem, violetten Umhang mit Pelzkragen. Um seinen Hals schmiegte sich seine goldene Wappenkette, der Orden vom Goldenen Vlies. Sein früher kinnlanges Haar war länger, sein Gesicht blasser geworden. Und er hatte überhaupt nicht mehr diese starke Wirkung auf sie wie damals, als sie sich zum ersten Mal in Lier begegnet waren! Natürlich schlug Johannas Herz jetzt heftiger. So heftig, dass sie dachte, Philipp müsste es hören können. Natürlich konnte sie vor Aufregung gerade gar nichts sagen. Natürlich war sie in gewisser Hinsicht überwältigt. Natürlich. Schließlich war er der Mann, den sie einmal sehr geliebt hatte. Er war der Mann, vor dem sie zu einem Nichts geworden war. Aber übermächtig wirkte er nicht mehr auf sie. Vielmehr wirkte Philipp schwach. So, als hätte er schon lange nicht mehr die Sonne gesehen. Sie machte einen Schritt auf ihn zu und lächelte milde. Im Grunde genommen sah Philipp erbärmlich aus. Vermutlich genau wie sie. Tatsächlich waren sie beide schmal, unterernährt und bleich. Dass Johanna sich in solch desolatem Zustand befand, war kein Wunder. Sie war von Spanien über das Meer gekommen, hatte den beschwerlichen Weg von der Küste bis hierher zurückgelegt und war vom Pferd gefallen. Aber was war mit Philipp los? Was war seine Begründung für diesen bemitleidenswerten Zustand? Er lebte hier im Land der burgundischen Prahlsucht und der Völlerei inmitten seiner Kinderschar. War er krank?

Sie sagte reserviert: »Philipp.« Und bevor sie überhaupt nachgedacht hatte, kniete sie trotz ihres eigentlichen Vorhabens nieder und küsste seine zarte, weiße Hand mit all den bunten Ringen. Wohl aus purer Gewohnheit, denn so hatte sie es immer getan.

Er sagte mit leiser Stimme: »Steh auf.«

Johanna erhob sich und sah ihm flüchtig in die grünen Augen, die von dunklen Schatten umrandet waren. Sie wollte nichts für ihn empfinden. Überhaupt nichts! Auch nicht diese sanfte Vertrautheit und Zuneigung, die sich in ihr dummerweise ungefragt meldeten. Offenbar war er für sie noch immer der Mensch, dem sie sich in ihrem Leben am nächsten fühlte, egal, was er ihr in der Vergangenheit angetan hatte. Darum hatten seine Taten ja überhaupt solch eine immense Wirkung auf sie gehabt! Weil sie sich ihm nahe fühlte. Dabei war er gar nicht so bemerkenswert. Die schwere Goldkette schien ihn fast zu Boden zu ziehen. Ihre jugendliche Naivität hatte damals ganz offensichtlich aus ihm ein Phantasma gemacht, das sich genau jetzt vor ihren Augen auflöste. War es nicht so? Er räusperte sich und fuhr mit leiser, verhaltener Stimme fort: »Du scheinst meinen Brief erhalten zu haben.«

Johanna nickte. »Sonst wäre ich nicht hier.«

»Wie war die Überfahrt?«

»Bewegt.« Mehr fiel ihr nicht zu den Wochen auf See ein. Was sollte sie sagen? Ihm von Wind und Wetter, Pökelfleisch und Seekrankheiten erzählen? Wozu? Philipp mochte keine Seereisen, auch wenn er das nie zugegeben hätte. Doch jedes Mal, wenn er in die Verlegenheit gekommen war, ein Schiff besteigen zu müssen, hatte er die Abreise kurzfristig verschoben oder sich aus irgendwelchen Gründen doch für den Landweg entschieden. Philipp war augenscheinlich ein Feigling. Johanna sagte trocken: »Aber nun bin ich hier.«

Er zog die Augenbrauen hoch. »Was für eine Freude.«

Die Kinder standen in ihren Kitteln und Mäntelchen um sie herum und beobachteten ihre Eltern, als witterten sie eine drohende Katastrophe. Johanna ließ ihren Blick angespannt über ihre Köpfe schweifen. »Sie sind niedlich.«

»Ja, das sind sie.«

Philipp führte Johanna hinüber zum offenen Kamin, auf dessen Sims zwei Putten das Familienwappen der Habsburger emporhielten. Darüber hing ein Gemälde, das Philipp in Ritterrüstung zeigte. Als müsste er immer wieder daran erinnert werden, was für ein bedeutender Mann er war. Vor dem Feuer setzten sie sich mit den Kindern auf die schweren Stühle. Um die Stimmung ein wenig freundlicher zu gestalten, ließ sich Johanna

von einer schwarz gekleideten Dienerin das feine Holz-Dipty-
chon bringen, das sie kurz vor ihrer Abreise von einem Maler
aus Medina del Campo hatte anfertigen lassen. Die Außenseiten
des Kästchens waren mit Goldbeschlägen verziert. Johanna klappte es vorsichtig auf. Isabella saß auf Philipps Schoß, Karl und Eleonore standen neben Johanna, die Hände auf ihren Oberschen-
keln, so, wie Kinder eben bei ihrer Mutter standen, wenn sie
keine Vorbehalte gegen sie hatten. Die Zutraulichkeit ihrer Kinder rührte Johanna. Sie sagte: »Schaut mal, was ich hier habe.«
Sie hielt das Diptychon so, dass die Kinder und ihr Vater die darin verborgenen Bilder sehen konnten. Auf der einen Seite des
Schreins waren Johanna und Philipp als einträchtiges Herrscherpaar zu sehen, auf der anderen Seite der kleine Ferdinand mit
Hütchen und blauem Mäntelchen. »Das ist euer Bruder Ferdinand.«

»Der ist aber klein.«

Eleonore nahm das Diptychon und küsste das Bild von ihrem
Bruder. »Ich liebe ihn.«

Philipp sagte gar nichts. Er setzte Isabella plötzlich auf dem
Boden ab und stand von seinem Stuhl auf. Irgendetwas schien
ihm zu missfallen. Er ging hinüber zum Fenster und blickte durch
die farbigen Mosaikgläser hinaus in die grüne Landschaft. Mit
einem Mal war es still in der Halle. Johanna und die Kinder sahen überrascht zu Philipp hinüber. Die Glut knisterte im Kamin
und bevor Johanna noch irgendetwas hätte sagen können, öffneten sich die Flügeltüren und Diener brachten Schüsseln und
Platten mit Essen herein. Die Kinder beugten sich wieder über
das Bild ihres kleinen Bruders und fragten: »Können wir ihn
bald mal sehen?«

Da Philipp nicht auf die Frage reagierte, war es für Johanna
nicht einfach, darauf eine Antwort zu geben. Philipp hasste Spanien. Solange er den Thron ihrer Eltern nicht bestiegen hatte,

war er dort unfrei. So wie Johanna in seinem Land eine ewige Bittstellerin sein würde. Was für eine Ironie! Eine der rot gekleideten Hofdamen hob Isabella auf den Arm. Die andere fasste nach Karls Hand. »Kommt, wir machen uns zum Schlafen fertig.« Eleonore lief sofort voran durch die offene Flügeltür, ohne sich noch einmal nach ihrer Mutter umzudrehen. Aber auch ihre beiden Geschwister sahen nicht mehr zurück, als sie aus der Halle verschwanden. Als wären sie froh, endlich wieder in ihre gewohnten Abläufe zurückzudürfen.

Johanna stand nun ebenfalls von ihrem Stuhl auf und ging langsam hinüber zu Philipp. Tatsächlich war ihr nie aufgefallen, wie zerbrechlich er eigentlich war. Er wirkte so viel zerbrechlicher, als sie sich fühlte. Hatte sie ihm Macht und Ausstrahlung verliehen, die er gar nicht hatte? War sie an einem Hirngespinst verzweifelt? Oder hatte Philipp in der Zwischenzeit an Kraft verloren?

Ihr Blick wanderte von seinem langen Haar, das auf seinem Rücken hing, an seinen Schultern entlang, die durch die voluminösen Ärmel seines Hemdes und den Pelzkragen breiter und kräftiger wirken sollten, bis hinunter zu seinen Stiefeln. Sie trat noch etwas näher heran, sodass sie lediglich eine Handbreit voneinander entfernt standen. Unter seinem Haar kam der feine hellbraune Pelzkragen hervor. Johanna streckte die Hand aus und streichelte über das Fell. »Hast du die Kaninchen selbst erlegt?«

Philipp verstand den kleinen Scherz gar nicht. Er rührte sich nicht. Sie ließ ihre Hand wieder sinken und wartete einen Augenblick, ob er noch etwas sagen würde. Aber er blieb stumm. An seinem Arm vorbei sah sie in die regennasse Parklandschaft hinaus, die sich hinter dem Mosaikfenster in grünen Hügeln bis hinunter zu dem hübschen See zog, der von blätterbepackten Erlen gesäumt wurde. Sie sagte: »Ich bin froh, dass ich zurück bin.«

Philipp drehte sich leicht zu ihr. Gerade so weit, dass er ihr für einen Moment in die Augen sehen konnte. Dann blickte er wieder durch die bunten Scheiben nach draußen. »Dein Vater hat mich missbraucht.«

»Wie bitte?« Johanna verstand gar nichts.

»Ich sagte, dein Vater hat mich missbraucht.«

»Wie das?«

»Er hat mein tiefstes Bedürfnis, mit Frankreich freundschaftlich verbunden zu sein, aufs Furchtbarste ausgenutzt.« In Philipps Stimme schwang die Erschütterung eines jungen Menschen mit, der noch nicht mit sämtlichen Untiefen des irdischen Daseins vertraut zu sein schien. »Auf meiner Rückreise von Spanien sollte ich den König von Frankreich, meinen wertgeschätzten Freund Ludwig XII., davon in Kenntnis setzen, dass dein Vater großes Interesse an einem Waffenstillstand in Süditalien hat. Die Einzelheiten dazu sollte ich mit dem König auf Schloss Blois verhandeln. Was ich natürlich gerne tat.«

Johanna lächelte matt: »Dabei habe ich dich angefleht, dass du bei mir in Toledo bleibst, bis unser Kind geboren ist. Aber …«

Philipp hob seine Hand, ohne sich umzudrehen. Zum Zeichen, dass Johanna schweigen sollte. »Ich wollte deinem Vater gefallen. Dem König von Aragón.« Und dann berichtete Philipp mit tonloser Stimme, wie er Johannas Vater arglos die gewünschte Gelegenheit verschafft hatte, den französischen Truppen mit seinem Heer bei Neapel in den Rücken zu fallen und sie blutig und grausam niederzukämpfen.

»Warum mischst du dich in diese Angelegenheiten ein?« Sie streichelte schon wieder den weichen Kragen.

Er zuckte mit den Schultern. »Es klang nach einem weisen Angebot. Nun sind wegen mir tausende Männer getötet worden.«

Johanna hörte endgültig auf, den Kaninchenfellkragen zu streicheln. Solche Schrecklichkeiten passierten eben, wenn man sich auf die Spiele von Wahnsinnigen einließ und hoffte, dadurch irgendwelche Vorteile zu erlangen. Philipp sollte sich, genau wie sie, von diesen Menschen fernhalten und erkennen, dass sie grausam waren und sich jederzeit gegen einen richten konnten. Philipp wandte sich langsam zu ihr um, sodass ihr Blick genau auf den goldenen Widder fiel, der müde an seiner breitgliedrigen Goldkette hing. Er sagte: »Niemals wäre ich darauf gekommen, dass dein Vater mich, seinen eigenen Schwiegersohn, in dieser Weise benutzt.« Philipp sah Johanna traurig an. »Ich war so dumm, was deine Familie anbelangt.« Zögernd hob er seine Hand, um ihr kurz und flüchtig über die Wange zu streichen. Doch bevor er ihre Haut berührte, ließ er seine Hand schon wieder sinken. »Um meinen entsetzlichen Fehler zu sühnen, habe ich mich König Ludwig als Geisel angeboten.«

»Du warst seine Geisel?« Johanna machte große Augen. Davon hatte ihr niemand etwas gesagt. Sie hatte Philipp im Liebesspiel mit irgendwelchen ruchlosen Mätressen vermutet. Aber dass er stattdessen als Geisel in diesem gewaltigen Schloss in Frankreich ausharrte! Damit hatte sie nicht gerechnet.

Ihr Mann nickte.

Johanna machte einen Schritt an Philipp vorbei und stellte sich direkt ans Fenster. War das der Grund, warum sie so lange nichts von ihm gehört hatte? Wie konnte sie nur ein so falsches Bild von ihm gehabt haben? Er war nicht unerschütterlich! Er war ein sensibler junger Mensch, der allmählich verstand, wie bodenlos und verdorben die Welt um ihn herum war. Vielleicht hatte er ja jetzt ebenfalls genug davon. Oder war auch das wieder nur ein Trick? Er stand dicht hinter ihr und erklärte mit leiser Stimme: »Ich wurde erst aus meinem Arrest in Blois entlassen, nachdem ich nach schwerer Krankheit einigermaßen wieder hergestellt war.«

Johanna drehte sich zu ihm um. »Was hattest du?«

»Man wollte mich vergiften.«

»Wer sollte das tun und warum?«

Philipp zuckte mit den Schultern und warf Johanna einen eigentümlichen Blick zu. »In unseren Kreisen will einen doch immer irgendjemand töten. Nicht wahr?« Er ging hinüber zur Tafel und setzte sich an die schmale Seite. »Möchtest du mit mir essen?«

Johanna kam näher heran und setzte sich ein Stück von ihrem Mann entfernt hin. Sie blickte auf die Teller und Schüsseln mit eingekochtem Obst, Brot und Käse. Sie war überrascht, dass sich keine Fleischmengen auf riesigen Platten türmten. So wie damals bei all den Banketten und Festen, die hier in irritierender Zügellosigkeit veranstaltet worden waren. Lag für Philipp darin nicht mehr das ganze Glück der Erde? Johanna griff nach dem Messer, das neben ihrem Teller lag. Philipp reichte ihr ein Stück Brot und sagte tonlos: »Ich meine mich zu erinnern, dass du nicht sonderlich gerne isst.«

Sie nickte. Und er fügte hinzu: »Seit meiner Vergiftung muss ich aufpassen, was ich zu mir nehme. Ich vertrage nicht mehr alles.« Philipp lachte kurz auf und sah dabei tatsächlich aus wie ein alter Mann. Seine Augen blinzelten matt. Die Begeisterung, mit der er früher von seinen stumpfsinnigen Turnieren erzählt hatte, bei denen grobe, tödliche Schläge zum allgemeinen Amüsement ausgeteilt worden waren, seine weit ausschweifenden Armbewegungen, mit denen er sein selbstverliebtes Gerede untermalt hatte, das künstliche Lachen – nichts davon war mehr übrig. So, als hätte er im letzten Jahr all seine Lebendigkeit und Unerschrockenheit verloren.

Johanna erinnerte sich noch gut an sein grausames Desinteresse an ihrer sterbenden Gefolgschaft, die bibbernd und zähneklappernd bei Antwerpen an der Küste die winterlichen Stürme hatte abwarten müssen, bis sie endlich wieder mit ihrer Flotte nach Spanien hatte aufbrechen können. Gequält von Seuchen, von Kälte und Hunger waren tausende von ihnen zugrunde gegangen, während hier im Schloss burgundische Üppigkeit und sinnliches Ungestüm geherrscht hatten. Mit der gleichen Grausamkeit hatte es Philipp immer wieder belustigt, Johannas Nacken zu küssen, zärtlich über ihr Haar zu streichen, ihr Liebkosungen ins Ohr zu flüstern, bis sie sich ihm hungrig zuwandte – nur um sich dann einfach wegzudrehen und sich mit einem flämischen Mädchen vor ihren Augen zu vergnügen.

»Du wirst dich bald vollständig von der Vergiftung erholt haben«, sagte Johanna und versuchte, die augenblicklich aufkommende Wut zu unterdrücken. Denn sie hatte die ersten furchtbaren Ehejahre nicht vergessen. Er nickte benommen und machte eine hilflose Geste mit seiner Hand. Wer so schwach war, würde sich nicht mehr erholen. Oder doch? Dabei war Johanna nicht weniger gebeutelt als er. Seit Jahren kämpfte sie gegen das, was ihr passierte. Sie aß nur das Nötigste, während sie ein Kind nach dem anderen auf die Welt brachte. Sie war doch genauso müde. Am liebsten hätte sie sich mit Philipp einfach vor dem Feuer auf ein paar Kissen gelegt. Hätte ihren Kopf auf seine schmale Brust gelegt, um sein Herz unter seinem goldbestickten Hemd schlagen zu hören. Mit einem Mal fühlte Johanna sich ihm in ihrer gemeinsamen Erschöpfung nahe. So wie damals, als sie sich zum ersten Mal in Lier begegnet waren. In seiner draufgängerischen Gegenwart hatte sie sich so berauscht und verstanden gefühlt, als würde ihr Dasein endlich einen tieferen Sinn ergeben. Doch jetzt schienen ihre Vorsicht und seine Verletzlichkeit eine viel natürlichere, viel echtere Verbindung einzugehen. Sie hätte gerne nach Philipps Hand gegriffen, darübergestreichelt und ihm etwas Tröstliches ins Ohr geflüstert. Er wirkte, als hätte er Wärme und Geborgenheit bitter nötig. Wie konnte ihr solch ein Mann noch gefährlich werden? Sie musste ihn gar nicht vernichten. So, wie er aussah, brauchte er vielmehr ihre Unterstützung. Wie von selbst schien sich ihr eheliches Machtverhältnis gewandelt zu haben. Vielleicht könnten sie sich ab nun von Mensch zu Mensch begegnen? Gut, dass Johanna darum gekämpft hatte, La Mota zu verlassen. Ihre Mutter hatte wirklich keine Ahnung vom Leben. Es war so leicht, zueinander zu finden, wenn man seinem Gegenüber nicht immer gleich das Übelste unterstellte.

Johanna nahm sich ein Stück Käse vom Teller und kaute stumm. Draußen hinter den Fenstern wurde es dunkel und die Nacht brach herein. Die Dienerinnen in ihren farbigen Kleidern drängten durch die Flügeltür, um für Unterhaltung zu sorgen. Ein Mädchen mit einer Laute setzte sich dicht ans Mosaikfenster. Sie trug ein auffallend helles Kleid mit hübscher Verzierung im Ausschnitt. Ihr hellblondes Haar lag in mehreren geflochtenen Schleifen um ihren Kopf herum. Versunken begann sie auf ihrer Laute zu spielen, als gäbe es nur sie, die Musik und ihr Zupfinstrument. Die zarten Klänge hüllten Johanna in eine angenehme Weichheit ein. Philipp erhob sich erschöpft von seinem Stuhl, während die Dienerinnen lautlos über die Teppiche auf ihn zugeflogen kamen, um ihn hinüber zum Kamin zu geleiten, wo er sich erneut auf einem Stuhl niederließ und die Augen schloss. Im Schein des flackernden Feuers ließ er seine Arme über die geschnitzten Lehnen hängen, sein Kopf lag auf der hohen Rückenlehne. Teller wurden abgeräumt, Kerzen angezündet und Johanna hörte Philipp leise rufen: »Komm zu mir.«

Sie war nicht ganz sicher, ob sie gemeint war. Ihr Mann hob seinen Kopf leicht an und warf ihr aus halbgeschlossenen Lidern einen fast flehenden Blick zu. Er streckte sogar etwas seine Hand nach ihr aus. »Komm her, meine Frau.«

Sie erhob sich zögernd. Nichts an ihren Bewegungen sollte hastig wirken und ihn an ihre Vergangenheit erinnern, in der sie sich ihm aus Verzweiflung ohne Selbstbeherrschung entgegengeworfen hatte. Er sollte sich in ihrer Nähe wohlfühlen. Sie schwang um den Tisch herum und kniete sich vor seinen Stuhl, so, wie sie Monate zuvor vor Ihrer Mutter gekniet hatte. Philipp hatte schon wieder die Augen geschlossen und ein flüchtiges Lächeln huschte über seine Lippen. Er flüsterte: »Ich bin auch froh, dass du wieder hier bist.«

Johanna legte ihren Kopf auf sein Bein und schloss die Augen. Sie war zurück. Umflort von der sanften, weltentrückten Melodie schien alles so viel leichter, als sie es jemals für möglich gehalten hätte.

8

Johanna war umrundet von Karl, Eleonore und Isabella. In ihrem Zimmer im zweiten Stock des Palastes saßen sie zusammen auf ein paar Kissen mit goldenen Quasten. Ihr blaugrüner Rock wogte um sie und ihre Kinder herum wie Meereswellen, aus denen man auftauchen und in denen man wieder versinken konnte. Die Kinder legten sich über ihre Knie, kauerten sich in ihren Schoß oder bürsteten ihr Haar. Johanna zeigte Eleonore, wie man stickte. Sie zeigte Karl, wie man einen Ball fing. Sie sprach mit ihren Kindern auf Kastilisch, denn in ihrer zukünftigen Heimat sollten sie sich problemlos verständigen können. Sie lernten schnell und waren so wissensdurstig, dass Johanna gar nicht all ihre Fragen beantworten konnte. »Wie groß ist der Mond?« – »Wie weit weg sind die Sterne?« – »Können wir auch einmal mit dem Schiff fahren?«

Sie erzählte ihnen von ihrem kleinen Bruder Ferdinand und von den Korkeichen, unter denen die Schweine wühlten und Schafe weideten. Sie erzählte von den vielen verschiedenen Vogelstimmen, den Orangen- und Olivenbäumen und sie zeigte ihnen einfache Stücke auf dem Clavichord. Und während Johanna mit Eleonore auf dem Schoß vor dem Tasteninstrument saß und die Töne anschlug, war es, als wäre seit ihrer frühesten Kindheit kein bisschen Zeit vergangen. Die Lieblichkeit dieser ersten Lebensjahre umhüllte sie und ihre Kinder. Der große Mittelteil ihres Lebens löste sich einfach im Kerzenflackern auf.

Johanna erzählte ihren Kindern davon, wie Philipp und sie kurz nach Isabellas Geburt den weiten Weg von Brüssel nach Toledo geritten waren, um sich dort als rechtmäßige Erben der spanischen Krone anerkennen zu lassen. Denn irgendwann würden sie einmal König und Königin von Spanien werden. Johanna ließ ihre Stimme dramatisch klingen: »Bereits in Paris erdrückten uns beinahe die Massen. All die Menschen, die von überall hergekommen waren, um euren Vater und mich zu sehen! Sie alle schienen bereit, sich für einen flüchtigen Blick auf uns, das zukünftige Herrscherpaar, im Gedränge ersticken zu lassen. Sie jubelten und schrien noch, als wir schon längst in der goldverkleideten Kathedrale Notre-Dame standen! Wir hörten sie draußen johlen, als wollten sie uns mitsamt der Kirche vom Platz schieben.« Die Kinder starrten ihre Mutter mit offenem Mund an, als glaubten sie tatsächlich, dass Menschen versucht hätten, ihre Eltern in einer Kathedrale vom Platz zu schieben. All das kam Johanna vor, als wäre es schon Ewigkeiten her und als gäbe es diese leicht zu beeindruckende Johanna von damals nicht mehr. Dabei waren seitdem nicht einmal drei Jahre vergangen.

Im Gegensatz zu ihrer ersten Zeit in Brüssel, als Johanna von Philipp in ein dunkles Hinterzimmer verbannt worden war, hatte sie jetzt einen hellen Raum bekommen mit Blick auf die weite, sommerliche Parklandschaft und den nierenförmigen See, der unten in einer Mulde in der Sonne glitzerte. Im Fenster standen in einer Vase lilafarbene Schwertlilien, die sie als liebevolles Zeichen ihres Mannes wertete.

Abends aßen Philipp und sie gemeinsam unten in der Halle. Sie redeten nicht viel miteinander, meistens war Philipp in Gedanken versunken. Fürs Erste war das in Ordnung. Fürs Erste. Immerhin saßen sie nun wie zwei erwachsene Menschen zusammen, ohne dass der Erzherzog von Burgund vor ihren Augen mit irgendwelchen Fräulein zugange war. Das war schon einmal ein

Fortschritt. Darauf konnte aufgebaut werden. Im Gegensatz zu Philipp wusste Johanna nur manchmal gar nicht, wohin mit ihrer merklich zunehmenden Kraft. Es wäre schön gewesen, mit ihm auszureiten oder ein wenig mit ihm zu tanzen. Ihr Mann war ein ausgesprochen guter Tänzer. Doch es gab keine üppigen lauten Feste mehr. Nach dem Essen verschwand Philipp sofort in seinem Schlafzimmer, das direkt unter ihrem lag. Wenn es draußen vor den Fenstern Nacht wurde und nur ein paar Fackeln an den Rändern der Allee flackerten, bis sich ihr Licht weit hinten zwischen den Blättern der Baumkronen verlor, legte sich Johanna flach auf die dunklen Dielen. Sie wollte näher bei ihrem Mann sein. Was sprach dagegen, jetzt wo er nur noch ein Schatten seiner selbst war? Sie hätte ihn doch ein wenig aufheitern können! Natürlich wäre es unkomplizierter gewesen, gar nichts für Philipp zu empfinden, sondern einfach neben ihm her zu leben, so, als wäre er ein Ding, das einfach im Raum herumstand, etwas, das sie irgendwann mit nach Spanien nehmen und neben ihrem Thron platzieren würde. Aber diese Abtrennung bekam Johanna einfach nicht hin. Dafür mochte sie Philipp noch zu gerne und außerdem, das musste sie leider zugeben, wollte sie herausfinden, ob sie nicht doch noch eine gewisse Wirkung auf ihren Mann hatte.

Johanna lag auf dem Fußboden ihres Zimmers im Licht einer einzigen Kerze. Zaghaft klopfte sie auf das Holz der Dielen. Dann drückte sie ihr Ohr auf den Boden. Hatte Philipp sie dort unten gehört? Wusste er, dass das leise Klopfen von ihr kam? Sie flüsterte in das Holz hinein: »Hallo, Philipp! Hörst du mich?«

Sie strich über das glatte Holz. So, als wäre es Philipps Rücken. Sie schloss die Augen und schmiegte sich flach an den Boden. Währenddessen kamen ihre Dienerinnen mit einer Waschschüssel und frischer Wäsche herein. Eine klappte die Fensterläden zu, die andere zündete noch ein paar Kerzen auf dem Kaminsims an und eine Dritte beugte sich über Johanna und fragte besorgt: »Hoheit, brauchen Sie einen Arzt?«

»Ich denke nicht.« Sie erhob sich von den Dielen und ließ sich auskleiden. Eine Schicht um die andere wurde von ihrem Körper abgetragen, bis sie in ihrem weißen Unterkleid und mit offenem Haar abwartend im Raum stand. So, als würde sie darauf hoffen, dass Philipp genau jetzt hereinkommen, ihre Schönheit sehen und voller Begierde sein würde. Warum kam er nicht? Wie laut sollte sie denn noch klopfen? Oder dachte er, dass sie ihn gar nicht hier oben bei sich haben wollte? Hatte er vielleicht sogar Angst vor ihr und ihrer neuen Sicherheit? Woher sollte sie wissen, wie es wirklich war? Der Duft der Schwertlilien erfüllte den Raum. Johanna sah das Mädchen, das ihr gerade einen Samtmantel über das Nachthemd legte, prüfend an. »Er wird nicht kommen, nicht wahr?«

Das Mädchen drehte sich sofort weg und sagte irgendetwas Unverständliches auf Flämisch. Die anderen Dienerinnen bewegten sich nun auch schneller hin und her, als wollten sie ebenfalls Johannas Fragen ausweichen. Johanna hob ihr Kinn an. Sie war die angehende Herrscherin über ganz Spanien und die westindischen Inseln. Es war eine unbestreitbare Tatsache, dass sie nach dem Tod ihrer Eltern die Kronen von Kastilien, León und Aragón auf ihrem Haupt vereinen würde. Sie verlangte eine Antwort. »Was meint ihr? Wird er zu mir heraufkommen?« Ihre Stimme klang unvermittelt scharf.

Die Dienerinnen warfen sich hilflose Blicke zu. Die Kerzenflammen malten flackernde Schatten auf ihre ahnungslosen rotwangigen Gesichter. Johanna wollte wenigstens eine Vermutung hören. Schließlich flüsterte eine von ihnen: »Wir wissen es nicht, Hoheit.«

»Dann geht zu ihm hin und fragt, ob er vorhat, zu mir nach oben zu kommen.«

Die Dienerinnen drängten eilig durch die Zimmertür nach draußen. Johanna blieb genau da stehen, wo sie stand, umgeben von der Wärme des Kaminfeuers. Philipp würde nichts anderes übrig bleiben, als ihr eine Antwort zu senden. Sie fühlte bereits diesen Widerstand in sich, den sie momentan noch relativ gut beherrschen konnte. Diese ganz leichte Wut über seine Ignoranz, die erfahrungsgemäß innerhalb von Sekunden in Rage umkippen konnte, wenn sie nicht aufpasste. Aber sie passte auf. Schließlich war sie nicht mehr sechzehn Jahre alt. Wenn Philipp nicht kam, würde sie sich eine angemessene Reaktion überlegen müssen. Aber erst einmal wollte sie sich gedulden. Sie wartete. Ihr Atem ging schneller. Inzwischen mussten die Dienerinnen unten bei Philipp angekommen sein. Jetzt klopften sie vermutlich an seine Tür und stammelten aufgeregt ihre Anfrage: »Die Kronprinzessin möchte wissen, ob Hoheit heute Nacht noch zu ihr kommen werden?«

Er würde ihnen seine Absicht mitteilen und mit dieser Antwort würden sie wieder bei ihr erscheinen. Natürlich würde Philipp nicht kommen. Sonst wäre er längst hier. Also würde Johanna die Dienerinnen wieder zu ihm hinunterschicken und sie »Warum nicht?« fragen lassen. Und so weiter. Bis die Sache geklärt war. Vermutlich war es fürs Erste gar keine so schlechte Idee, diese etwas heikle Kommunikation über die Dienerinnen laufen zu lassen. So konnte Johanna sicherstellen, dass es zwischen Philipp und ihr nicht doch noch zum Eklat kam. Sie sah sich in ihrem Zimmer um. Unter dem Fenster stand das Clavichord. Neben der Tür stand ihr Bett mit einem weinroten Baldachin, an dem goldene Quasten baumelten, gegenüber eine dunkle Anrichte mit geschnitzten Türen und darüber hingen die Porträts von Philipps Eltern: Maximilian von Österreich in Ritterrüstung und Krone und Maria von Burgund mit grünem Samtkleid, Spitzenhaube und Schleier. Beide wirkten eigentlich ganz sympathisch. Johanna atmete ein und aus. Sie zwang sich, sich nicht zu rühren. Aus Furcht, sie könnte etwas im Ablauf dieser empfindlichen Kommunikation mit ihrem Mann durcheinanderbringen. Sie wollte nicht, dass er über seinem Kopf ihre unruhigen Schritte hörte. Sie wollte ihm unbeschwert erscheinen. Wie eine Frau, die es nicht übermäßig kümmerte, welche Antwort sie bekam. Und schon gab sie Philipp wieder die Macht, über ihr Wohlbefinden zu bestimmen. Dabei hatte sie doch vorgehabt, sich nur noch wie eine Gleichberechtigte zu verhalten. Es klopfte.

Johanna zuckte zusammen. Die Dienerinnen kamen mit leicht erhitzten Gesichtern herein, bemüht, ihre Aufregung nicht zu zeigen. Was ihnen gar nicht gut gelang. Sie wickelten sich ihre Gürtelkordeln um die Finger, nestelten an ihren Röcken und grinsten hilflos, wodurch sie Johanna erst recht nervös machten. Sie waren eben jung und furchtbar ungeschickt. Sie fragte scharf: »Also, was sagt er?«

Schließlich trat eine der Dienerinnen mutig hervor. »Ihr Mann ist gerade verhindert.«

Johanna zog die Augenbrauen hoch. »Was heißt das?«

»Er ist beschäftigt.«

»Und womit ist er beschäftigt?«

Dem Mädchen stieg die Röte ins Gesicht. »Er war gerade nicht in der Lage, die Tür zu öffnen. Daher können wir es also nur vermuten ...«

»Schläft er?« Ihre Stimme überschlug sich fast.

Das Mädchen wiegte den Kopf. »So in etwa.«

Johanna trat näher an sie heran. »Ist jemand bei ihm?«

Die Dienerin zuckte mit den Schultern und murmelte kaum noch hörbar: »Das wäre möglich, Hoheit.«

Jetzt reichte es! »Ein weibliches Wesen?«

Sie blickte zu Boden. »Auch das wäre möglich.«

Dafür kam eine andere Dienerin tapfer nach vorne. »Wir wissen es aber nicht so genau. Wir haben die Tür ja nicht geöffnet.«

»Gut.« Johanna lächelte angespannt und drängte sich zwischen den stotternden Mädchen hindurch, die artig eine Schneise bildeten. Sie ging entschlossen durch die Tür, den mit rotem Teppich ausgelegten Gang entlang, an den Gemälden vorbei, die noch mehr Leute aus Philipps Familie zeigten. Sämtliche Männer hatten dieses unvorteilhaft hervorstehende Kinn! Johanna lief die Treppe hinunter. Unten angekommen, stellte sie sich vor Philipps verschlossene Tür.

Ihr Herz war seit ihrer Ankunft viel zu weich gewesen. Sie war zu nachsichtig gewesen. Anstatt Philipp brauchbare Hinweise zu geben, was tatsächlich in ihrem Inneren vor sich ging und was sie sich wünschte, hatte sie ihn milde angelächelt. Damit war nun Schluss. Es gab überhaupt keinen Grund, ihn zu schonen! Er war erwachsen. Sie war erwachsen. Und egal, was sich ihr gleich offenbaren würde, es würde sie nicht aus der Ruhe bringen. Nichts würde eine nachhaltige Bedeutung für sie haben. Johanna wollte nur wissen, woran sie war, um sich ab jetzt dementsprechend zu verhalten. Sie hob die Hand, um höflich anzuklopfen. Doch dann ließ sie ihre Hand wieder sinken und legte, umrundet von den Dienerinnen, das Ohr an die Tür. Irgendwie konnte Johanna sich nicht vorstellen, dass Philipp in seinem geschwächten Zustand ein Mädchen bei sich hatte. Wozu auch? Sie war wieder hier! Seine Frau. Er würde nicht so dumm sein, ihren Neuanfang auf diese Weise wieder zu zerstören, nicht wahr? Oder hatte sie ihm den Eindruck vermittelt, dass sie inzwischen zu einem sanftmütigen Lämmchen geworden war, das sich alles gefallen ließ? Das wäre ziemlich ärgerlich. Johanna hatte hart an ihrer Selbstdisziplin gearbeitet, um ihren Mann mit Sanftmut zu bezirzen, aber nicht um ihm zu signalisieren, er dürfe sich alles erlauben! Sie schloss die Augen, um ganz genau zu hören, ob es etwas zu hören gab. Und das gab es. Ein feines Seufzen, dann ein Stöhnen, ein Betteln, ein Schrei. Ein hektisches »Schscht!«

Ihr Mann hatte tatsächlich eine Geliebte bei sich! Erstaunlich, aber nun gut. Immerhin wusste Johanna jetzt, warum er nachts nicht zu ihr heraufkam. Eine offene Frage weniger. Doch was bot ihm seine Gespielin, was sie ihm nicht bieten konnte? Da offenbar niemand außer Philipp selbst diese Frage beantworten konnte, stieß Johanna mit Wucht die Tür auf und machte ein paar schnelle Schritte ins Zimmer hinein. Ihr nackter Mann kniete im Bett hinter einem nackten Mädchen. Er hatte es an den Hüften gepackt, sein langes Haar hing verschwitzt vor seinem erschrockenen Gesicht, als er Johanna entgegensah. Und das Ganze wurde überdacht von einem dunkelgrünen Baldachin.

»Guten Abend.« Johanna trat näher an das zerwühlte Bett heran und hob eins der heruntergefallenen Kissen vom Boden auf. Sorgsam legte sie es zurück zu den Liebenden. »Das ist wohl heruntergefallen.«

In sich spürte sie kurz die Macht des Triumphes. Das war leider nur eine kurze Freude. Denn gleich darauf meldeten sich die Verzweiflung und die Erkenntnis, dass sich zwischen Philipp und ihr tatsächlich gar nichts geändert hatte. Und in diesem Augenblick der tiefsten Demütigung setzte die Vernunft aus. Auf das unerträgliche Gefühl der Missachtung folgte die Empörung. Es war egal, dass ihre Mutter sie davor gewarnt hatte, Fehler zu machen. War es denn ein Fehler, seine Schmerzen ungebremst zu zeigen? In ihrem Abendmantel sprang sie auf das Bett und schlug auf ihren Mann ein. »Mit welchem Recht glaubst du, mir das antun zu dürfen?«

Doch anstatt Johanna darauf eine Antwort zu geben, stieß Philipp sie mit einer einzigen kräftigen Handbewegung wieder hinunter. »Aus meinen Augen!«

Für einen Moment lag sie benommen auf dem Boden, im Blick den düsteren Wandteppich, der den aussichtslosen Turmbau zu Babel zeigte. Was für ein symbolträchtiges Bild für ihre eigene sinnlose Situation! Dann rappelte Johanna sich wieder auf und lief von ihrer Wut blind gesteuert aus dem Zimmer, die Treppe hinunter in die jetzt spärlich beleuchtete Halle, wo Philipp und sie bisher Abend für Abend gemeinsam gegessen hatten. Damit war es vorbei! Sie lief über das glänzende Parkett hinüber zu der Truhe, in der sich die Stickrahmen der Hofdamen befanden. Und ihr eigener Stickrahmen, an dem sie in ihrer Freizeit hätte arbeiten können. Aber danach suchte Johanna jetzt nicht. Sie wühlte in den Stoffen, Garnen und Rahmen. Im Halbdunkel fühlte sie das kalte Metall der Schere. Mit dieser Waffe in der Hand rannte sie wieder die Stufen hinauf und stürmte an den erschrockenen Dienerinnen vorbei in Philipps Zimmer. Bereit, sich selbst die Klingen in die Brust zu rammen, um ihren Schmerz mit allen Anwesenden zu teilen. Doch die Dienerinnen stoben auseinander und schlugen sich die Hände vor die Gesichter. Das nackte Mädchen mit den blonden, langen Haaren hielt sich längst ein Tuch vor die Brust und flehte: »*Excusez-moi! Excusez-moi!*« Es war derart abgeschmackt, dass Johanna frustriert die Schere sinken ließ. Philipp war es nicht wert, dass sie sich wegen ihm das Leben nahm.

Auf einmal war sie nicht mehr wütend. Sondern erlöst. Sie sah ihren Mann still an. Er wusste eben nicht, was er tat. Er war seinen Reflexen und Impulsen vollkommen ausgeliefert. Natürlich kannte auch Johanna diese Zustände. Ja, auch sie war impulsiv. Aber es wurde Zeit, sich selbst zu überwinden und sich eine gewisse Gelassenheit anzueignen. Philipp hingegen war noch immer zornig und ohne jedes Verständnis für die Lage seiner Frau. Er stieg von seinem Bett herunter und brüllte: »Verschwinde! Du hast hier nichts verloren!« Kein Wunder, dass er so reagierte. Er war von ihr erwischt und entblößt worden. Das war peinlich.

Johanna ließ die Schere auf den Teppich fallen. »Du bist ein schlechter Mensch.«

Dann drehte sie sich um, ging aus der Tür und langsam die Treppe hinauf in ihr Zimmer. Sie atmete ganz ruhig und mit jeder Stufe, die sie nahm, wurde sie fröhlicher. So, als wäre sie aus einer schlimmen Zwangslage befreit worden. Ab jetzt spielte ihr Mann tatsächlich keine Rolle mehr für sie. Sie war frei und überhaupt nicht unglücklich. Philipp würde sich nie ändern. Zu so einem leicht verführbaren Mann war es unmöglich, eine verlässliche Bindung aufzubauen. Es lohnte sich gar nicht, seinetwegen zu verzweifeln. Johanna musste nicht auf ihren Fenstersims steigen, um sich hinunter in den Graben zu stürzen, damit endlich alles ein Ende hatte. Es war egal. Was konnte sie gegen einen unausgegorenen Mann ausrichten, der tat, was er tat? Nichts. Sie musste ihren Blick auf ihn und seine Taten ändern, wollte sie keine Schmerzen mehr erleiden. So, wie Jesus es am Kreuz gesagt hatte, nachdem er von seinen Freunden und Vertrauten verraten worden war: »Vater, vergib ihnen, denn sie wissen nicht, was sie tun.« Damit hatte er seinen ewigen Frieden gefunden. Und auch Johanna würde ihren ewigen Frieden finden. Sie war auf Philipps Liebe nicht angewiesen, denn die Liebe eines Mannes, der nicht wusste, was er tat, war vollkommen wertlos. Ab jetzt würde sie Philipp ignorieren. Nur so konnte dies der Ort werden, mit dem sie übereinstimmte. Dieser Ort würde für sie und ihre Kinder ein Ort des Friedens werden. Das war alles, was sie wollte, bevor sie als Königin die ganze Welt in einen Ort des Friedens verwandeln würde.

9

Johannas Finger sprangen vergnügt über die Tasten des Clavichords. Die Melodie wurde begleitet vom leisen Klackern der Metallplättchen, die im offenen Klangkörper auf die Saiten schlugen. Wenn Johanna ihrer Mutter eines zu verdanken hatte, dann, dass sie schon früh ihre musische Begabung gefördert hatte. Während sie aus der Erinnerung eine Anzahl verschiedener Stücke spielte, kam ihr der Gedanke, dass ihre Mutter nicht nur schlechte, sondern auch ein paar gute Eigenschaften hatte. Johanna schlug die Tasten immer dramatischer an, gab der Melodie einen fremdartigen Rhythmus. Draußen regnete es. Die Schwertlilien auf dem Fenstersims waren am Verwelken und ihre violetten Blütenblätter nahmen langsam eine bräunliche Färbung an.

Philipp und sie hatten sich seit zwei Wochen nicht mehr gesehen. Johanna war nicht mehr unten in der Halle zum Essen erschienen und wahrscheinlich war ihr Mann auch nicht mehr aufgetaucht. Vielleicht hatte er aber auch einsam am Ende der langen Tafel auf sie gewartet? Vermutlich nicht. Allerdings fragte Johanna auch nicht bei ihren Dienerinnen nach. Sie wollte überhaupt nicht wissen, wie es wirklich war. Sie hatte keine Lust mehr, über Philipp nachzudenken. All ihre Pläne, wie sie sich ihm gegenüber am sinnvollsten verhalten sollte, hatten nirgendwohin geführt. Dafür hatte sie dieses Clavichord in ihrem Zimmer stehen und ihre Kinder, mit denen sie sich auf Kastilisch unterhielt.

Inzwischen beherrschten sie die Sprache ihrer Mutter so sicher und flüssig, dass sie ganze Sätze bilden konnten. Bald würde Johanna sich mit Karl, Eleonore und Isabella so ausgefeilt in ihrer Heimatsprache unterhalten können, dass Philipp überhaupt nicht mehr verstehen würde, worum es eigentlich ging. Sein Pech. Der Weltenlauf ging unaufhörlich weiter, auch für jene, die meinten, ihn zu beherrschen. Die Sprache war Begleiterin eines jeden Imperiums. Also sollte Philipp zusehen, dass er den Anschluss nicht verlor!

Johanna war dabei, sich ein neues Bild von sich einzuprägen. Sie war eine Frau ohne Mann. Keine Witwe. Keine unglückliche Geliebte. Auch keine Tochter, die überhaupt erst etwas wert war, wenn sie endlich von ihrer Mutter anerkannt wurde. Sie musste aufhören, auf etwas zu hoffen, das sich in ihrem Leben niemals einstellen würde: Liebe von ihrem Mann. Anerkennung von ihrer Mutter. So simpel war das. Und gar nicht schlimm. Sie war einfach eine Frau mit Kindern ohne Mann. Das war doch ein ganz wunderbares Schicksal. Nicht einmal die Beichte wurde hier in Brüssel von ihr gefordert. Kein Geistlicher wurde ihr zur Aufsicht aus Spanien hinterhergeschickt. Niemand zwang sie, irgendwelche halbherzigen Briefe an ihre kranke Mutter zu schreiben. Soweit es ihr hier im Schloss möglich war, traf Johanna ihre eigenen Entscheidungen. Viel gab es momentan ja nicht zu regeln. Natürlich würde sich das ändern, sobald sie Philipp bitten würde, mit ihr nach Spanien zu reisen, um ihren kleinen Sohn aus der Obhut ihrer Mutter nach Brüssel zu holen. Das musste unweigerlich zu Reibereien führen. Aber erst einmal sollten sich ihre drei anderen Kinder noch mehr an sie gewöhnen. Johannas Bedürfnis, sich wieder in den Einflussbereich ihrer Mutter zu begeben, wo jede freie Lebensregung ein Verbrechen war, hielt sich ohnehin in Grenzen. Schlimm genug, dass Ferdinand dem ausgesetzt war.

Ab jetzt aß Johanna mit ihren Kindern unten in der Küche. Umgeben von den Mägden und Knechten, von Hühnern und erlegtem Wild, von Gemüse, Kupfertöpfen und Pfannen, saßen sie in der Mitte des großen Raumes am dunklen Holztisch und sahen zu, wie Korn gemahlen, Teig geknetet und Obst aus dem Garten eingekocht wurde. Meist hatte Johanna eines ihrer Kinder auf dem Schoß. Philipp verpasste wirklich eine ganze Menge. Sie hatten ihren Spaß.

Manchmal gingen Johanna und die Kinder allein zu viert hinaus, liefen die breite Allee hinunter, hinüber zu den Obstgärten, oder sie schlugen sich in die entgegengesetzte Richtung durchs nasse Unterholz, um umgefallene Bäume herum, auf deren furchiger Rinde seltsame weiß glänzende Pilze wuchsen. Sie kletterten den Trampelpfad hinunter bis zum See am Waldrand. Im Gras hockend ließen sie Rindenboote am Ufer treiben, bis die kleinen Strudel die Schiffe mit den Figürchen aus Eicheln zum Kentern brachten. Das war jedes Mal ein Geschrei. Die Kinder liefen am Ufer entlang und versuchten, ihre Besatzung zu retten und sicher an Land zu bringen. Es war, als würden Johannas Kinder ihre ganz eigenen Gesetze, ihre ganz eigene Welt mit sich führen, in der jeder in Sicherheit war und in der niemandem etwas passieren konnte. Eine Kinderwelt, in der die reale Welt noch nicht existierte.

Plötzlich wurde es hinter Johanna hell. Sie nahm die Finger von den Tasten und drehte sich um. Philipp stand in einem violetten Hemd wie hingezaubert neben einem Kerzenständer und zündete eine Kerze nach der anderen an. Sie fragte perplex: »Was tust du da?«

»Ich sorge für Helligkeit.« Er lächelte.

Dieser Mann war einigermaßen unverschämt! »Wer hat dir erlaubt, mein Zimmer zu betreten?« Johanna stand von ihrem Clavichord auf und machte einen warnenden Schritt auf ihn zu.

Glücklicherweise hatte sie sich heute schon angezogen und trug statt ihres Nachthemdes ein schwarzes Kleid mit Perlenbesatz an den Schultern. Nichts Aufwändiges. Nichts Fröhliches. Dafür aber offiziell und förmlich.

Er pustete das Streichholz aus. »Ich.«

»Nach dem, was neulich vorgefallen ist?« Johanna vermied es absichtlich, Philipps bodenlosen Fehltritt direkt auf sich zu beziehen, um sich gar nicht erst vor ihm zum Opfer seiner Taten zu machen.

»Ja.« Er kam in seiner aufgebauschten farbenfrohen Bluse näher. All die Farbigkeit in diesem Land war für Johanna wirklich gewöhnungsbedürftig. Was nicht heißen sollte, dass sie keine Freude an leuchtend farbiger Kleidung hatte. Sie war nur so anders geprägt. In Spanien, in ihrem streng katholischen Land, trug man lieber unauffällige Kleidung in dunklen, gedeckten Farben.

»Schönes Hemd«, sagte sie, um irgendetwas zu sagen. Sie hatte keine Lust, sich mit Philipp in irgendeiner Form ernsthaft auseinanderzusetzen. Was ja mit ihm ohnehin kaum möglich war. Vielmehr versuchte sie, ihn als männlichen Besucher anzusehen, mit dem sie keinerlei Vergangenheit teilte. Ab jetzt war er ein Fremder für sie. Am liebsten hätte Johanna ihn spaßeshalber gefragt, ob er verheiratet sei. Es wäre köstlich gewesen, sich mit Philipp in einem wohltemperierten Gespräch über seine Einstellungen zur Partnerschaft und zum Leben im Allgemeinen zu unterhalten. Doch vermutlich würde er den Spaß gar nicht verstehen. Humor war jedenfalls nicht gerade seine Stärke. Schon allein diese Tatsache war Grund genug, dass sie froh war, mit ihm so wenig Zeit wie möglich verbringen zu müssen.

Er trat näher an das Clavichord heran und schlug mit seinem beringten Zeigefinger irgendeine Taste an. Das Resultat klang schauerlich. Johanna stellte sich neben ihn und schlug die gleiche Taste an. Allerdings ganz sanft. Tatsächlich brachte ihr Anschlag einen komplett anderen Klang hervor. »So muss es klingen. So lieblich«, sagte sie und lächelte gnädig.

Philipp machte es ihr nach und drückte nun die Taste ganz sanft herunter. Jetzt war auch sein Ton überraschend angenehm.

»Ja, so in etwa.« Johanna nickte knapp und bewegte sich hinüber ans Fenster, um Abstand zu bekommen. Ihr wurde gerade etwas warm. Allein das zarte Hinunterdrücken einer einzigen Taste in Philipps Gegenwart war ihr schon zu intim.

»Ich sehe, du brauchst neue Blumen.« Philipp blieb neben dem Instrument stehen und wies zur Vase mit den müden Schwertlilien.

»Danke, ich habe noch«, sagte Johanna und wurde rot. Schnell drehte sie sich von ihm weg, sodass ihr Blick in den nassen Park hinausging, an dessen Ende sich der dunkelgrüne Waldrand wie eine Decke um den See legte. Der Himmel war, trotz Regen, irgendwie hellblau und die Sonne warf ihr strahlendes Licht direkt in ihr Fenster. So etwas bekam auch nur das flämische Wetter hin.

Hinter ihr schlug Philipp schon wieder mit Gefühl die Taste an. Jetzt klang der Ton noch lieblicher. Ihr Mann hatte es wirklich drauf, eine knisternde Atmosphäre zu erzeugen. Das musste sie ihm leider lassen. Aber auf diese Spielchen würde sie natürlich nicht eingehen. Dieses Getue hatte ja keinerlei Substanz! Als der Ton schließlich verklungen war, bemerkte Philipp: »Das Clavichord hat meiner Mutter gehört. Sie konnte wunderbar spielen. Wie schön, dass ihr beide offenbar die gleiche Leidenschaft teilt. Nicht jeder hat solch eine musische Begabung.« Philipp drückte noch einmal die Taste herunter. »Wie unschwer zu hören ist. Ich bin durch und durch untalentiert.«

»Klingt doch schon ganz nett«, sagte Johanna mit leicht süffisantem Unterton, wobei ihre Stimme vor Anspannung zitterte.

Philipp kam näher zu ihr. Johanna spürte hinter sich seine Körperwärme, ohne dass er sie berührte. Er fragte leise in ihren Nacken: »Wirst du unseren Kindern diese Kunst auch beibringen?«

»Ich bin dabei.« Johanna konzentrierte sich auf diesen einen Busch draußen auf der matschigen Wiese. Dieser wunderbare Busch war ihr Freund, der ihr half, genau jetzt ruhig zu bleiben. Sie durfte sich von Philipp nicht erweichen lassen. Er war ihr vollkommen gleichgültig. Sie mochte ihn eigentlich gar nicht mehr. Doch ihr ahnungsloses Herz pochte so heftig, dass sie befürchtete, es würde ihr gleich aus dem Korsett springen. Oder aber eine Ohnmacht verursachen.

Philipp strich kurz mit seinen Fingerspitzen über ihren Nacken. »Du bist eine gute Mutter.« Seine Stimme war sanft. Was versuchte er hier gerade? Seinen Betrug ungeschehen zu machen? Sie war die angehende Herrscherin von Spanien und der restlichen halben Welt. Beinahe so mächtig wie Kleopatra. Und nun musste sie sich hier solche frechen Anzüglichkeiten von einem Ehebrecher bieten lassen?! Die Mühe konnte er sich sparen. Sie atmete tief ein, sah noch einmal hinüber zu dem Busch, um sich dann mit einem kühlen Lächeln zu Philipp umzudrehen. Sie sah ihm direkt in die hellgrünen Augen, in denen sie früher willensschwach versunken war. Jetzt war sie resistent. Sie griff sogar nach seinen Händen. So stark fühlte sie sich gerade. Absolut unerschütterlich. Sie sagte: »Wir sollten uns zukünftig aus dem Weg gehen.«

»Wieso?« Er sah sie verständnislos an. »Es läuft doch gut zwischen uns.«

»Nein, tut es nicht.« Johanna lächelte, wobei sie weiter seine Hände festhielt.

»Wie meinst du das?« Philipp war ehrlich überrascht.

Johanna ließ ihre Stimme sanft, aber souverän klingen: »Ich möchte mir nicht weiterhin von dir wehtun lassen. Das heißt, wir sollten miteinander wie zwei gute Bekannte umgehen. So gewinnst du Freiheit und kannst tun und lassen, was auch immer du möchtest.«

»Aber das kann ich doch sowieso?«

Sie schüttelte den Kopf. »Nicht, wenn ich noch etwas für dich empfinde. Denn deine Untreue macht mich wahnsinnig.«

»Dann nimm es hin wie jede andere Frau auch.« Philipp hatte wirklich Schwierigkeiten zu verstehen, was Johanna ihm sagen wollte.

Nun klang sie doch etwas verärgert: »Das sage ich ja. Ich nehme es ab jetzt hin. Denn offenbar kannst du es nicht lassen, dich mit anderen Frauen zu vergnügen. Das bedeutet aber auch, ich werde für dich nichts mehr empfinden, um an deiner Untreue nicht zu verzweifeln.« Nach einer kurzen Pause fügte sie hinzu: »Dabei haben wir uns einmal sehr geliebt. Wenn du dich noch daran erinnerst?«

»Ja«, er lachte auf. »Daran erinnere ich mich.«

Sie sah ihn ernst an. »Wir haben Kinder.«

»Ich weiß.«

»Wir werden einmal den Thron meiner Eltern besteigen. Es ist schade, dass es mit uns so weit gekommen ist.«

Nun machte auch Philipp ein ernstes Gesicht. Doch anstatt noch irgendetwas zu sagen, sah er sie nur an. Als wäre er überrascht, dass sein Betören keine Wirkung mehr auf Johanna zeigte. Schließlich zog er seine Hände aus ihrem Griff und bewegte sich zögernd zur Tür. Bevor er sie öffnete, drehte er sich noch einmal zu ihr um. Nach einem Moment der Stille sagte er zu ihrer Verblüffung: »Ich werde über deine Worte nachdenken.«

Johanna nickte. »Ich danke dir.«

»Außerdem werde ich dir frische Schwertlilien bringen lassen. Ich hoffe, du weißt um ihre Bedeutung?«

Johanna schüttelte überrascht den Kopf. »Nein?«

»Sie sind das Symbol für Beständigkeit.« Eigentlich schien

Philipp mit diesem Paukenschlag aus der Tür gehen zu wollen. Doch anstatt sie ganz zu öffnen, schloss er sie wieder und kam ein paar Schritte zurück ins Zimmer. Mit einem Mal wirkte er angespannt. Mit finsterer Miene nahm er sich den Stuhl, der vor dem Clavichord stand, und platzierte ihn zwischen sich und Johanna als eine Art Barriere. Er räusperte sich: »Es gibt noch etwas, das du wissen solltest.« Er blickte direkt in ihr Gesicht.

Johanna richtete sich gerade auf, stellte sich mit den Füßen fest auf den Dielenboden. Sie spürte, dass sie gleich etwas erfahren würde, wovor sie sich besser wappnete. Sie konnte Philipp ansehen, dass er sich ebenfalls innerlich wappnen musste, um ihr diese Botschaft zu übermitteln. Doch was konnte das sein? Johanna fiel als Erstes Ferdinand ein. War ihrem kleinen Sohn etwas passiert? War er krank? Gab es Grund zur Sorge? Ihr Hals fühlte sich wie zugeschnürt an. Sie bekam plötzlich kaum Luft. Sie flüsterte heiser: »Was ist? Sag es!«

»Es scheint, als hätten einige Leute hier am Hof ungünstig über dich und dein Verhalten geredet.« Er lächelte nervös.

»Über mich und mein Verhalten? Was habe ich denn getan?«

»Die Tatsachen wurden etwas verdreht.«

»Welche Tatsachen?« Johanna versuchte zu atmen. Sie hielt sich am gedrechselten Bettpfosten fest. Schon allein sein Gesichtsausdruck löste in ihr latente Panik aus. Dabei verstand sie überhaupt nicht, worum es hier gerade ging. Sie hatte doch gar nichts getan! Aber ihrer Erfahrung nach war das egal. Seit ihrer Kindheit wurde sie isoliert und eingesperrt, wann immer irgendjemand in ihrer Umgebung der Auffassung gewesen war, dass sie sich nicht »entsprechend« verhalten hatte. Sie wollte nicht wieder weggesperrt werden. Sie fing doch gerade erst an zu leben!

Philipp zuckte hilflos mit den Schultern: »Der Vorfall von neulich wurde ein wenig aufgebauscht. Und zwar zu deinen Ungunsten.«

»Der Vorfall?« Johanna hatte wirklich Schwierigkeiten, ihm zu folgen. Wovon redete er? »Du meinst *deinen* Fehltritt?«

»Nein, ich meine *deinen* Fehltritt.« Er räusperte sich.

»Meinen Fehltritt?«

»Nun ja, du weißt ja, die Leute berauschen sich an üblen Gerüchten. Nachrichten über Tobsuchtsanfälle von Thronfolgerinnen verbreiten sich wie ein Lauffeuer. Die Geschichte gelangte über Frankreich nach Spanien …«

»Welche Geschichte?«

Philipp machte ein bekümmertes Gesicht. »Wie du mit der großen Schere auf Valérie losgegangen bist und sie …«

»Aber ich bin nicht mit der Schere auf das Mädchen losgegangen!« Johanna hatte wirklich Mühe, zu atmen.

Philipp wiegte bedauernd den Kopf. »Ich sage ja, die Geschichte wurde ziemlich aufgebauscht. Am französischen Hof munkeln sie sogar, du hättest dem armen Mädchen aus Raserei das Gesicht zerfleischt, und in Spanien hörten sie, du hättest ihr auch noch die Haare abgeschnitten. Das kastilische Volk ist nun nach all deinen Wutanfällen in großer Sorge, du könntest den Irrsinn deiner Großmutter geerbt haben.« Er machte eine kurze Pause und fügte dann leise hinzu: »Sie nennen dich Johanna die Wahnsinnige.«

Johanna konnte nichts mehr sagen. Sie sah Philipp einfach nur an. Wann hörten diese boshaften Verleumdungen endlich auf? Warum sah niemand, wie es wirklich war? Warum wurde ihr Mann nie für seine Taten zur Rechenschaft gezogen? Trat gerade der Fall ein, vor dem ihre schwächelnde Mutter sie auf La Mota gewarnt hatte? Dass die Welt für eine Thronfolgerin gefährlich werden würde, sobald sie nur minimal von dem ihr zugedachten Weg abwich? Johanna sagte mit zitternder Stimme: »Das ist doch lächerlich.«

»Leider nicht.« Philipp sah sie unglücklich an. »Man hört, deine Mutter sei ebenfalls in Sorge, was deinen Geisteszustand anbelangt und deine Fähigkeit zu regieren.«

»Meine Mutter?« Johanna setzte sich auf ihre Bettkante und starrte Philipp an. Dann das Clavichord. Sie sah einfach nur elfenbeinfarbene Tasten vor sich. Und schwarze Tasten. Mehr nicht. Ihre Mutter hatte es ihr gesagt: Sobald sie Spanien verlassen hätte, könnte sie ihr nicht mehr helfen. War dies hier ein Komplott? Philipp kam zögernd näher.

»Darf ich mich zu dir gesellen?«

Sie nickte, ohne ihren Blick von den Tasten abzuwenden. Sie spürte, wie die Matratze unter ihr nachgab, als sich Philipp neben sie setzte. Er griff nach ihrer Hand und hielt sie fest, während draußen der Regen immer heftiger gegen die Fensterscheiben prasselte und den hellmilchigen Himmel mit den dunkelgrünen Baumkronen zu einem diffusen Bild verwischte. Hier saß sie. Wie ein hilfloses Kind. Im prunkvoll eingerichteten Zimmer eines riesigen Schlosses. Ohne einen Freund oder Vertrauten. Ohne jemanden, mit dem sie über ihre Not hätte sprechen können. Dabei hatte Johanna doch schon alles versucht, ihre Wut und ihre Verzweiflung zu bezähmen! Sie hatte die Schere doch gleich wieder fallen lassen. Zählte ihr Bemühen denn gar nichts? War ihr Weg als Thronfolgerin denn wirklich so schmal? Was würde jetzt passieren? Würde ihr das Thronrecht entzogen werden? War sie bereits verloren? Hatte sie gar keine Bedeutung mehr? Keine Macht mehr? Wozu brauchte sie die überhaupt? Sie wusste ja nicht einmal, wie man regierte, geschweige denn, wie man sich so verhielt, dass man nicht sofort wieder für wahnsinnig gehalten wurde! Wie sollte sie da die Welt verändern? Philipps Schulter berührte ihre Schulter. Ihr war kalt in ihrem schwarzen Kleid. In Flandern war es zu dieser Jahreszeit so viel kälter als in Spanien. Philipp zog die gesteppte Überdecke zu ihnen heran und legte sie sich und Johanna über die Schultern. Ihre Zähne klapperten leise aufeinander und Philipp flüsterte: »Es tut mir leid. Es ist meine Schuld.«

Johanna schüttelte den Kopf, obwohl sie natürlich fand, dass er recht hatte. In ihren Augen war er der Wahnsinnige. Aber sie wollte ihn nicht allein diese immense Schuld tragen lassen. Dafür war sie zu froh, dass er gerade bei ihr war. »Ich habe mich aber auch nicht genügend unter Kontrolle gehabt«, sagte sie, um das ungute Gefühl mit ihrem reumütigen Mann zu teilen. Als angehende Königin hätte sie überhaupt keine Reaktion auf Philipps Untreue zeigen dürfen. Wie ein Fels hätte sie den ganzen Zirkus ertragen müssen. Genau dadurch zeichnete sich eine würdige Thronfolgerin aus. Wollte Johanna tatsächlich eine neue Welt nach ihren Vorstellungen erschaffen, musste sie von ihren eigenen Befindlichkeiten absehen. Die waren nicht wichtig im Verhältnis zu ihrer Verantwortung als Regentin. Wenn Macht zu haben bedeutete, alles ändern zu können, was sie wollte, dann musste sie sich so verhalten, dass sie die Macht nicht verlor. Aber war sie dann überhaupt frei? Eigentlich wäre es gut gewesen, sich auf La Mota mit ihrer Mutter ein wenig über das Regieren zu unterhalten, anstatt anzunehmen, alles besser zu wissen! Johanna wusste gar nichts. Zumindest nicht, was das Regieren anbelangte. Philipp strich über ihre Hand. »Deiner Mutter geht es nicht gut. Das Ganze scheint in Kastilien für einiges Aufsehen gesorgt zu haben. Auch weil meine … unsere Dienerinnen wohl überall verbreitet haben, sie müssten Angst um Leib und Seele haben, weil du jedes Mädchen verdächtigen würdest, meine Geliebte zu sein.«

Johanna stand vom Bett auf. Ihrem Empfinden nach ging Philipp nun doch ein wenig zu weit. Schließlich hatte er das ganze Unheil angerichtet. »Nun? Sind sie das nicht? Vielleicht ist es ja ihr schlechtes Gewissen, das sie vor Angst erzittern lässt? Wie kannst du es zulassen, dass irgendwelche Mädchen über mich triumphieren, während ich direkt über dir schlafe? Findest du das nicht selbst ein wenig geschmacklos?« Johanna warf Philipp einen scharfen Blick zu, den sie sofort wieder weich werden ließ. »Es ist aber auch egal. Wie vorhin bereits erwähnt, bin ich nun an dem Punkt angelangt, an dem ich mich davon nicht mehr treffen lasse. Ich werde dir also keine Schwierigkeiten mehr machen. Nur scheint es für meinen Gleichmut offenbar schon zu spät zu sein. Das öffentliche Urteil wurde längst über mich gefällt.«

»Ich habe dir all das angetan.« Philipp sah Johanna unglücklich an. Als würde ihm tatsächlich gerade das gesamte Ausmaß seiner Zügellosigkeit bewusst werden.

Sie zuckte mit den Schultern, obwohl sie ärgerlich auf ihn war. »Du wusstest es nicht besser. Genau wie ich es nicht besser wusste.«

»Nun aber ist ein Bild von dir in der Welt, das nur schwer zurückgenommen werden kann.«

»Es fiel auf fruchtbaren Boden.«

Philipp nickte stumm und blickte hinüber zu den Bildern seiner Kinder, die auf dem kleinen Tisch neben dem Bett aufgebaut waren. Johanna fuhr mit leiser, ein wenig kalter Stimme fort, während sie sich ans Fenster stellte: »Du warst eben sehr lange alleine mit all diesen Mädchen und musstest gepflegt werden. Und dann komme ich wieder und verderbe euch den ganzen Spaß. Wobei du noch aus unseren ersten Ehejahren hättest wissen können, dass du mich mit deiner Unersättlichkeit, die sich leider nie auf mich bezog, verletzt.«

Philipp erhob sich nun auch und machte ein paar Schritte auf Johanna zu, die ihm den Rücken zugekehrt hatte. Er blickte auf ihren schwarzen, mit Perlen bestickten Rücken. »Das stimmt nicht. Vom ersten Augenblick an war ich dir verfallen.«

»Ach ja? Wozu dann die Untreue?«

Er hob hilflos die Hände. »Du wolltest einfach zu viel von mir.«

Johanna drehte sich zu ihm um. Da war schon wieder diese

Wut, diese Verzweiflung über seine Unverfrorenheit. Sie zischte: »Was bist du? Ein Mann? Und dann bist du zu schwach, die Liebe deiner Frau zu tragen?« Am liebsten hätte sie alles kurz und klein geschlagen. Wenn hier in diesem Raum einer noch unfähiger war als sie, den Thron ihrer Eltern zu besteigen und ihr Land zu regieren, dann war es Philipp! Wie war es möglich, dass jemand derart anmaßend und selbstgefällig durch die Gegend lief, sich Freiheiten herausnahm, die ihm nicht zustanden, und trotzdem nicht dafür belangt wurde?! Sie warf seinen Eltern in ihren dicken, geschnitzten Holzrahmen einen vernichtenden Blick zu. Hatten sie das mit ihrer Erziehung verbrochen? Sie blickten stumm zurück. Philipp ließ zerknirscht die Arme hängen. »Kann ich irgendetwas für dich tun?«

»Bete darum, dass uns nicht der Thron aberkannt wird.«

Er nickte.

»Ansonsten sollten wir uns vollkommen aus dem Weg gehen und sämtliche unserer Dienerinnen gegen maurische Sklavinnen austauschen.«

Philipp machte große Augen. »Maurische Slavinnen?«

»Ja, ganz recht. Maurische Sklavinnen.«

»In Flandern haben wir keine Sklavinnen.«

»In Sevilla gibt es welche. Die sind froh, wenn sie Spanien verlassen können.«

Sie schob Philipp aus ihrem Zimmer. Als er schon draußen im dämmrigen Flur stand, unschlüssig, was all das jetzt für sie beide zu bedeuten hatte, sagte Johanna: »Ich vergebe dir.«

Damit schloss sie die Tür und sah hinüber zu den verwelkten Schwertlilien auf dem Fenstersims, die wirkten, als hätten sie noch einmal all ihre Kraft zusammengenommen, um ihre violetten Blüten aufzurichten. Sie hörte Philipp durch die Tür rufen: »Johanna! Lass mich dir zeigen, dass ich ein Mann bin, der deine Liebe tragen kann!«

Johanna starrte auf die geschlossene Tür und schüttelte den Kopf. Sie wollte Philipp nie wieder sehen. Abgesehen von den Momenten, in denen es nicht anders ging. Er würde nie verstehen, was er tat, warum er es tat und welche Folgen es für andere hatte. Und doch fühlte es sich an, als hätte sie in diesem Augenblick etwas voreilig beendet, das noch nicht gänzlich beendet war. Es tat weh.

10

Es dauerte eine Weile, bis sämtliche Dienerinnen im Palast durch
maurische Sklavinnen ausgetauscht waren. Einige von ihnen sollten über geheimes Wissen verfügen und beherrschten wohl das
Wunder der Magie. Bisher hatte Johanna noch keine Erfahrungen mit solchen Künsten gemacht. In den Palästen ihrer Eltern
waren magische Kräfte nicht sonderlich beliebt gewesen. Nun
aber waren die jungen Mädchen froh, dass sie Spanien entkommen waren, dass sie hier in der nordischen Nässe ein seltsames
neues Leben beginnen konnten, wenn auch weiterhin als Unterworfene. Außerdem hatte es sich bereits bis zu ihnen herum-
gesprochen, dass bei ihrer Auswahl darauf geachtet worden war,
dass sie alles andere als hübsch waren. Johanna wollte nur noch
unansehnliche Geschlechtsgenossinnen in ihrer Nähe haben.
Nicht ein einziges weibliches Wesen in ihrer Umgebung sollte
Anlass für Spekulationen bieten, ihr Mann habe ein Auge auf sie
geworfen. Johanna wollte sich nicht fragen, ob sie ihren Sklavinnen vertrauen konnte. Und sie wollte auch keine Wut auf sie ent-
wickeln. Sie wollte mit ihnen befreundet sein. Wenigstens ein
wenig. Fern dem Land, in dem diese Mädchen verfolgt, gefoltert,
zur Taufe gezwungen und dann doch als Ungläubige auf Scheiterhaufen verbrannt wurden. Die Mädchen erzählten ihr von furchtbaren Inquisitionszügen. Von Verrat und Massenverbrennungen.
Abends gruppierten sie sich um Johanna herum, die nach dem

Essen in ihrem Zimmer bereits auf ihre neuen Freundinnen wartete. Diese neuen Freundinnen mit ihren goldenen Ohrringen, klimpernden Armreifen und dunklen Zöpfen zündeten Räucherstäbchen an und erzählten Johanna von ihrem Herrscher Boabdil, der nach der Eroberung der Alhambra durch die Spanier von den Schneegipfeln der Sierra Nevada hinunter auf Granada gesehen und geweint hatte. Denn seine Mutter hatte wohl zu ihm gesagt: »Weine wie eine Frau um das, was du nicht wie ein Mann verteidigen konntest.« Johanna liebte diesen Satz. Wie wunderbar knapp er die beiden Geschlechter charakterisierte. Die Mutter von diesem Herrscher Boabdil musste eine wirklich weise Frau gewesen sein. Frauen weinten, Männer verteidigten. Doch nach dieser Empfehlung würde Johanna nicht leben wollen. Vielleicht eher nach dieser: »Kämpfe nicht wie ein Mann um Liebe, wenn sie dir als Frau nicht entgegengebracht wird.«

Johanna wusste nicht einmal, ob Philipp sich im Schloss aufhielt oder ob er im Palast seiner Schwester Margarete von Savoyen in Mechelen war. Sie wusste nicht, was er tat. Sie wusste nicht, ob er sich ihr vor lauter Scham entzog oder ob er dankbar war, dass sie keine Zeit mehr miteinander verbrachten. Es war, als gäbe es Philipp gar nicht. Als wäre er einfach eine eigenartige Fantasie, die sich hin und wieder in Johannas Erinnerung materialisierte und wieder auflöste. Es war, als säße sie im Geister-Schloss eines Geister-Prinzen. Wohin sollte ihr Aufenthalt in Brüssel überhaupt führen? So, wie es aussah, würde sich Philipp nicht von hier wegbewegen, bis ihre Mutter nicht mehr fähig war zu regieren und Johanna in Toledo den Thron überließ. Wenn sie ihr den Thron überhaupt noch überließ und nicht schon längst überlegte, wer besser für die Nachfolge geeignet sein könnte! Tatsächlich brauchte Johanna vor allem diesen Thron, um sich aus ihrer Abhängigkeit von Philipp zu befreien. Im Grunde blieb Johanna jetzt gar nichts anderes übrig, als dem kastilischen Volk und ihrer Mutter zu beweisen, dass sie sich durchaus im Griff hatte. Dass sie sich keine Ausfälle mehr leisten würde, weil sie inzwischen verstanden hatte, welche Verantwortung sie als Thronfolgerin trug. Dafür würde es gut sein, ihrer Mutter einen Brief nach Segovia zu schreiben und ihr von ihrem erfüllenden Mutterdasein hier in Brüssel zu berichten und davon, welche Freude es ihr machte, auf dem Clavichord zu musizieren. Dass Johanna dank ihrer maurischen Freundinnen inzwischen schon recht gut aus der Hand lesen konnte, würde sie selbstverständlich verschweigen. Vielmehr würde sie die besondere Intelligenz ihrer Kindern hervorheben, wie fließend sie die kastilische Sprache beherrschten und dass sie mit ihrem Zeichenlehrer kleine Miniaturen malten. Womöglich würde sich Johanna sogar ein wenig aufgeschlossener zeigen und mit ihrer Mutter von Frau zu Frau korrespondieren. Denn in gewisser Hinsicht interessierte es Johanna nun doch, wie ihre Mutter eigentlich mit den Respektlosigkeiten ihres Mannes umgegangen war? Mit Sicherheit hatte auch ihre Mutter irgendwann einsehen müssen, dass es nichts brachte, Ferdinand von Aragón zu einem Besseren bekehren zu wollen. Jedenfalls hatte Johanna später nie wieder erlebt, dass ihre Mutter verzweifelt durch die Flure und Gänge ihrer Paläste geirrt war, weil ihr Mann abtrünnig geworden war.

Johanna erhob sich unruhig von ihren Kissen. Sie sah auf ihre maurischen Dienerinnen, die sich in ihrem Zimmer im Halbkreis um den Kamin herum gruppiert hatten. Die Mädchen waren vielleicht nicht hübsch, dafür strahlten sie eine eigentümliche Schönheit aus, die jenseits des Fassbaren lag. Ihre exotische Ausstrahlung, ihre dunkle Haut. Ihre Füße in den Seidenpantoffeln. Ihre verführerische Art, sich zu bewegen und mit dunklen Stimmen arabische Gedichte zu rezitieren, lenkte Johanna von ihren Gedanken ab. Sie trat aus ihrem Kreis heraus. »Ich möchte baden.« Mit einem Mal hatte Johanna das Gefühl, sich von der

Vergangenheit reinigen zu müssen. Sie wollte essen, sie wollte baden, sie wollte beichten und in der Heiligen Schrift lesen, sie wollte ihrer Mutter einen Brief schreiben, sie wollte sich wie eine Frau verhalten, die ihr Leben im Griff hatte und erkannte, dass ihre eigene Mutter es vielleicht auch nicht nur leicht gehabt hatte.

Im Badezimmer waren sämtliche Wände mit riesigen Schmuckteppichen behängt, die Szenen aus dem Alten Testament zeigten. Adam und Eva, die von Gott einen schönen Garten voller Tiere und Pflanzen geschenkt bekamen. Das glückliche Paar stand unschuldig und nackt und vielleicht auch ein wenig naiv in seinem Garten Eden herum, ahnungslos, dass sie aufgrund ihrer Verführbarkeit geradewegs auf den Sündenfall zusteuerten. Da hatte sie es! Schon Adam und Eva waren aus dem Paradies vertrieben worden, wieso sollte es mit Philipp und ihr anders sein? Philipp war eben verführbar. So jemand konnte nur Schuld, Scham und Schmerzen verursachen. Von solchen Männern durfte man sich nicht vom eigenen Weg abbringen lassen. Ihre Mutter hatte sich von ihrem Mann auch nicht vom Weg abbringen lassen. Daher war sie so eine große Herrscherin. Darin lag das Geheimnis, oder nicht? Auch wenn Johanna selbstverständlich ein anderes Königreich anstrebte als ihre Mutter.

Sie stellte sich auf die Dielen, in die Mitte des Raumes. Die Fensterläden waren geschlossen, im Kamin brannte ein Feuer. Sie ließ sich von ihren Dienerinnen ausziehen, bis sie vollkommen nackt war. Hier in Brüssel hatte sie nichts dagegen, ein Bad zu nehmen. In ihr regte sich überhaupt kein Widerstand mehr. Sie wollte nur noch Dinge tun, von denen sie ihrer Mutter berichten konnte. Johanna stieg ins warme Wasser.

»Soll ich die Fensterläden öffnen?« Eines der maurischen Mädchen stand vor der dunklen Holzwanne, ihre Handrücken waren zum Schutz vor bösen Geistern mit diesen seltsamen, orangefarbenen Hennamustern geschmückt.

»Warum nicht?« Es konnte ja nicht schaden, etwas flämisches Mondlicht hereinzulassen. Draußen hinter den Scheiben fielen zögerlich ein paar Schneeflocken vom bläulichen Abendhimmel, während Johanna die Wandteppiche mit den verschiedenen Szenen aus dem Alten Testament betrachtete. Die abgebildeten Geschichten wiederholten sich seit Jahrhunderten auf der Erde unausweichlich wieder und wieder. Denn kaum ein Mensch schien die darin enthaltene Lehre und den Aufruf zur Erkenntnis zu begreifen. Und auch bei Johanna hatte es einige Zeit gedauert, bis sie die darin verborgenen Wahrheiten erkannte und verstand.

Dort drüben zum Beispiel der bunte Wandteppich, der die fertig gebaute Arche Noah zeigte. Ein Tierpärchen nach dem anderen versammelte sich um das große Holzschiff, um gerettet zu werden. Rehe, Hirsche, Schafe und Füchse. Doch die sündige Menschheit, die unersättlich und nicht bereit war, im Einklang mit allen Lebewesen zu existieren, musste von der Sintflut verschluckt werden. »Gott bewahrt nur die Verkünder der Gerechtigkeit, während die Welt der Gottlosen untergeht«, flüsterte Johanna. Noah war diese Aufgabe letztendlich nicht geglückt. Das Böse war aus der Welt nicht zu beseitigen. Noch immer löschten sich die Menschen aus Mangel an Liebe gegenseitig aus. Warum war es ihrer Mutter nicht möglich, ihr Reich anders zu regieren, als sie es tat? Lag das in der Natur der Sache? Johanna würde es herausfinden, indem sie gleich nachher den von ihrer Mutter lang ersehnten Briefwechsel begann. Jetzt würde sie ihr endlich all jene Fragen stellen, die sie schon lange beschäftigten. Sie wollte wissen, wie es war, solch eine bedeutende Herrscherin zu sein, sie wollte die Gesetzmäßigkeiten kennen, die Zwangslagen und Abwägungen, die Rechtfertigungen für Unterdrückung. Auch wenn es immer aussichtsloser schien, als mächtige Herrscherin eine freiere und friedlichere Welt zu erschaffen. Aber noch wollte Johanna ihren Traum nicht aufgeben.

Sie lag bis zum Hals im Badewasser, als plötzlich die Tür aufging und Philipp hereinkam. Ohne seine Frau aus den Augen zu lassen, nahm er sich einen Stuhl und setzte sich dicht neben die Wanne. Was hatte das zu bedeuten? Hatte Johanna nicht darum gebeten, dass sie sich nur noch im Notfall begegneten? Die Dienerinnen zogen sich unter dem nervösen Geklimper ihrer goldenen Armreifen bis in die hinterste Ecke des Zimmers zurück. Sie schienen sorgfältig darauf zu achten, einen großzügigen Sicherheitsabstand zum Thronfolger einzuhalten, um nicht in den Verdacht einer Schwärmerei zu geraten. Das war wirklich ein vorbildliches Verhalten! Doch Philipp drehte sich zu ihnen um. »Lasst uns allein.«

Die Mädchen drängten aus der Tür in den Nebenraum und um Johanna und Philipp breitete sich eine eigenartige Stille aus. Johanna sah ihren Mann abwartend an. Was konnte der Grund für sein unerwünschtes Auftauchen sein? Seinem Gesichtsausdruck war keinerlei Regung zu entnehmen. Sie hob die Augenbrauen. »Was ist los?«

Er lächelte. »Gib mir deine Hand.«

Johanna hob ihren Arm aus der Wanne und legte ihre nasse Hand auf den hölzernen Rand. Was sollte das werden? Sie beobachtete Philipp, wie er ihre Hand nahm und einen schweren Goldring auf ihren Finger schob. Das alles war sehr merkwürdig! Johanna hob ihre Hand leicht an, um sich das Schmuckstück, das überraschend gut auf ihren Finger passte, genauer anzusehen. Der Kopf des Ringes bestand aus einem großen Diamanten, der von beiden Seiten von Adlerköpfen gehalten wurde, die sich aus Lilienkränzen erhoben.

»Diesen Diamant hat meine Mutter meinem Vater für seine Treue geschenkt. Zum Zeichen seiner Liebe und Verbundenheit ließ er den Diamanten zur Antwerpener Rose schleifen und für meine Mutter in diesen Ring mit seinem Wappentier einfassen.

Nun schenke ich dir diesen Ring. Meiner Antwerpener Rose. Zum Dank für deine Treue. Im Tausch gegen meine Liebe.«

Jetzt also war sie Philipps Antwerpener Rose? Johanna starrte auf den Ring an ihrem Finger, der zuvor seiner Mutter, Maria von Burgund, gehört hatte. Dieser Frau, die in Johannas Zimmer als Gemälde an der Wand hing und sich nie zu einer Gemütsregung hinreißen ließ. Johanna fragte heiser: »Was soll das? Ich dachte, wir gehen uns zukünftig aus dem Weg?«

Ihr blasser, hagerer Mann küsste ihre Fingerspitzen und sagte: »Deine Mutter, die Königin von Spanien, ist tot.«

Es war still in diesem Raum mit der ovalen Badewanne, in der Johanna saß. In diesem Raum, durch dessen Fenster das winterliche Mondlicht des voranschreitenden Abends brach. Philipp bewegte sich leicht auf seinem Stuhl. Ein knappes Knarren war zu hören. Dann wieder Stille, die durch ein zaghaftes Plätschern durchbrochen wurde. Johanna fühlte ihre Füße unter Wasser, ihre Beine, ihren Bauch, ihre Brust, ihre Arme, ihre Schultern, ihren Hals. Ihr Gesicht, ihren Kopf über Wasser. Sogar ihr Haar konnte sie fühlen. Sie hatte keine Mutter mehr. Ihre Mutter, die vor fast einem Jahr bei ihr in der Wachstube auf La Mota schwer atmend gesessen hatte, existierte nicht mehr. Ihre Mutter, die schließlich dafür gesorgt hatte, dass Johanna eine Flotte bekam, die sie endlich zurück nach Flandern gebracht hatte. Ihre Mutter, die nie ihre drei Enkelkinder kennengelernt hatte. Ihre Mutter, der sie heute einen Brief hatte schreiben wollen. Ihre Mutter, der Johanna so viel Kummer bereitet hatte, war tot.

Philipp zog sich aus. Zuerst die Stiefel. Dann den Umhang, die Hose und sein Hemd, ohne Johanna dabei auch nur einen Moment aus den Augen zu lassen. Abwartend sah sie ihm dabei zu, wie er immer nackter wurde. Er war so schmal, dass jeder seiner Muskeln zu sehen war. Und die zähe Kraft, die in ihnen gespeichert war. Nur seine breite goldene Halskette behielt er um. Und seine Ringe. Vorsichtig stieg er zu Johanna in die Wanne. Sie machte ihm Platz, indem sie ihre Beine auseinandernahm, sodass er sich zwischen ihre Schenkel setzen konnte. Sie berührten sich nicht, sie saßen nur im ölig duftenden Wasser. Johanna wusste gar nicht, ob sie das überhaupt wollte. Sie wusste gar nichts mehr. Es war nur gut, dass irgendetwas passierte und sie nicht alleine war. Philipp zog Johanna langsam zu sich heran. Das bleiche, rothaarige Geschöpf mit dem schweren Diamantring am Finger war seine Frau. Er war ihr Mann. Wer sollte sie trösten, wenn nicht er? Johanna rutschte benommen auf Philipps Schoß, sodass sie auf ihm sitzen konnte. Er strich ihr Haar zur Seite und küsste ihren Hals. Er flüsterte in ihr Ohr: »Verzeih mir, dass ich dich damals alleine in Spanien zurückgelassen habe. Ich kann nicht vergessen, wie du mich weinend angefleht hast, dich nicht zu verlassen …«

Johanna lächelte, als sie ihre Arme um seinen Hals schlang. So, als hätte sie einen Triumph zu verzeichnen. Dieses Lächeln war ein reiner Reflex. Denn eigentlich musste sie weinen. Um ihre Mutter und um all die Momente, in denen sie sich mit ihr hätte verbinden können, aber Abtrennung gewählt hatte. Den gleichen Fehler wollte sie nun nicht auch noch bei ihrem Mann machen. Vielleicht war es doch ihre Schuld, dass es zwischen ihm und ihr immer so schwierig wurde! Hatte er ihr nicht in Form dieses Ringes eben seine Liebe versprochen? Sie sollte aufhören zu zweifeln. Sie sollte darauf vertrauen, dass auch er fähig war, dazuzulernen. Philipp legte seine Hände um ihre Hüften und hob sie unter Wasser leicht an, sodass er in sie eindringen konnte. Voller Ruhe, Stille und Andacht, befreit von dem Gefühl der Nervosität und Angst. Vielleicht liebte er sie wirklich! Als kleines Mädchen war ihr gesagt worden, dass die wahre Liebe nur Gott gelten dürfe. Dass diese Liebe zwischen Menschen eine Sünde sei. Dass diese Liebe schuld an ihrer Vertreibung aus dem Paradies sei. Doch nicht die Liebe war schuld, sondern die Versuchung. Sie warf alle Menschen aus der Gnade. Immer und immer wieder. Daher war es so wichtig, an die Liebe zu glauben, denn nur sie konnte die Menschheit zurück in den Garten Eden bringen.

II

Nach zwei Wochen hatte Johanna sich noch immer nicht wieder angezogen. Notdürftig in Tücher gewickelt waren Philipp und sie, noch feucht vom Baden, die Gänge und Treppen hinunter in sein Zimmer gelaufen, wo sie sich von den Dienerinnen Kerzen anzünden und das Feuer im Kamin wieder und wieder neu entfachen ließen, während sie sich bis zur Erschöpfung liebten. Es gab einiges nachzuholen. Draußen wechselten sich die Tage mit den Nächten ab und vor der Tür wurden Boten und Würdenträger immer unruhiger. Es gab allerlei Formalitäten zu erledigen, nachdem Johanna, trotz der bekannten Bedenken, von Isabella der Katholischen zu ihrer rechtmäßigen Nachfolgerin ernannt worden war. Die Reise nach Spanien musste geplant werden. Der Kastilische Thron wartete auf Johanna. Und ihr Vater wartete auf sie, um ihr die Krone zu übergeben. Eine Menge offener Fragen musste also umgehend geklärt werden. Würde Johanna zukünftig von Brüssel aus ihr Reich regieren? Welche Berater würden ihr zur Seite gestellt? Es war wichtig, dass sie ihren Anspruch ohne zu zögern geltend machte, damit vonseiten der kirchlichen Würdenträgern und kastilischen Feudalherren, die von ihrer Mutter so geknechtet worden waren, erst gar kein Widerstand aufkam. Denn unter ihnen gab es einige, die sich jetzt, nach dem Tod der Königin, ein größeres Maß an Freiheit und Mitbestimmungsrecht wünschten.

Doch gerade konnte Johanna sich nicht darum kümmern. Sie lag auf dem Bauch, ihr Gesicht in den Kissen, ihre Hüften angehoben, Philipp kniete hinter ihr. Seine Hände umfassten ihre Taille, damit er sie kräftig zu sich heranziehen konnte, während er zustieß. Vermutlich waren ihre Mutter und ihr Vater niemals derart intim miteinander gewesen, wie nun ihre Tochter mit Philipp intim war. Es war so echt! Von dem, was Johanna hier die letzten zwei Wochen erlebte – dem Glückstaumel, dem überirdischen Beben, der Lust –, davon hatte ihre Mutter wahrscheinlich gar keine Ahnung gehabt, weil sie sich dazu entschlossen hatte, für ihren Mann nur noch oberflächlich etwas zu empfinden. Aus purem Selbstschutz natürlich. Ihre arme Mutter, die mächtige Isabella die Katholische, hatte nie diese berauschende Verbundenheit erfahren. Aber Johanna erfuhr sie gerade! Immer und immer wieder. Weil sie sich wider jegliche Vernunft ihrem Mann öffnete. Und er dankte es ihr. Auf unterschiedlichste Art und Weise und in sämtlichen Positionen. Wie gut, dass Johanna die Begabung hatte, ständig aufs Neue zu verzeihen, zu vergeben, zu vergessen. Und zu vertrauen. Philipp legte sich von hinten auf sie und stöhnte überwältigt in ihren Nacken: »Dein Reich komme. Dein Wille geschehe.« Und während Philipp hinter ihr keuchte und heftiger zustieß, fand nun Johannas Verlangen, das sie als Sechzehnjährige so tief empfunden hatte, endlich wieder seine außerordentliche Bestätigung und Erfüllung. Jetzt lag sie hier in den Kissen und sie konnte sich gar nicht vorstellen, dass dieser gegenseitige Hunger jemals gestillt werden könnte. Philipp drehte sie herum. Sie sah sein glückliches Gesicht. Sein feuchtes Haar, das vor seinem Lächeln hing, seine angespannten Brustmuskeln, die hervortretenden Adern an den Unterarmen. Seinen immensen Trieb.

»Sie sollten sich ankleiden.«

Ein Mann stand plötzlich mitten im Zimmer. Er hielt ein Schriftstück in der Hand. Johanna hatte diesen Mann mit dem langen schwarzen Haar noch nie gesehen, obwohl er spanisch aussah und auch einen spanischen Akzent hatte. Gehörte er zu ihrem Gefolge? In jedem Fall wirkte er ziemlich arrogant. Philipp stieß noch einmal zu. Und noch einmal. Und noch einmal. Er konnte nicht aufhören. Johanna fand es überhaupt nicht angemessen, dass dieser Mann ihnen bei ihrem Liebesakt zusah. In seiner schwarzen, gesteppten Montur kam er näher an das Bett heran. Er warf Johanna, die mit zerzaustem Haar auf dem Rücken zwischen den Laken lag, einen missbilligenden Blick zu.

»Der König von Aragón hat in Medina del Campo auf dem Platz vor dem Palast ein Podest aufbauen lassen, um dem Volk von dort oben mit großer Feierlichkeit zu verkünden, dass er bis auf Weiteres Kastilien regieren wird ...«

»Ferdinand? Was soll das heißen?« Philipp ließ augenblicklich von Johanna ab, die eilig eines der Laken zu sich heranzog und es über ihren erhitzten Körper deckte. »Ich denke, meine Mutter hat mich in ihrem Testament zur rechtmäßigen Thronfolgerin bestimmt?« Sie setzte sich auf und blickte den fremden Mann direkt an, der viel zu dicht an ihrem Bett stand und offenbar noch etwas zu sagen hatte.

»Nun ja. Das stimmt. Aber wie wir gerade erfahren haben, hat Ihre Mutter Ihren Vater, den König von Aragón, zu Ihrem bevollmächtigten Stellvertreter ernannt. Die Cortes haben seine Regierungsrechte bereits einstimmig anerkannt. Aus den altbekannten Gründen ...«

Philipp stieg von der Matratze und zog sich sein Hemd an. Seine Stimme klang hart und gleichzeitig wacklig. »Das kann doch gar nicht sein!«

»Doch. Solange sich Ihre königliche Hoheit, Johanna von Aragón und Kastilien und León, nicht in ihren Königreichen oder in den Ländern jenseits der Meere aufhält oder nicht fähig sein sollte, zu regieren, ist es genau so vorgesehen.«

Johanna sah Philipp erstaunt an. Dann den Boten. Sie fragte mit heiserer Stimme: »Wie heißen Sie?«

»Martin de Moxica.«

»Woher kommen Sie?«

»Vor acht Jahren bin ich mit Ihnen per Schiff von Laredo hier-hergekommen. Sie sollten mich also kennen, Hoheit.«

Johanna erhob sich von der Bettkante. »Aus welchem Grund sollte meine Mutter diesen Zusatz verfügt haben?«

De Moxica warf Philipp einen hilfesuchenden Blick zu. Da Philipp aber genauso überrascht aussah, erklärte er schließlich: »Nun, die Königin hatte offenbar den Wunsch, dass ihr Reich auch zukünftig so regiert wird, als wäre sie noch am Leben. Und sie sah, wie wir ja wissen, ein gewisses Risiko, was Ihre geistige Verfassung anbelangt, Hoheit.«

»Was maßen Sie sich an!«

»Ich gebe nur wieder, was wir aus der Heimat gehört haben.«

»Schweigen Sie!«

Martin de Moxica lächelte ergeben und fügte freundlich hinzu: »Jedenfalls hat, um etwaige Wirren oder Unsicherheiten zu vermeiden, Ihr Vater nun Ihren Platz eingenommen.«

Johanna seufzte.

»Das Ganze ist natürlich vorläufig. Nur bis zu Ihrem Eintreffen in Spanien. Solange befindet sich die Regentschaft in den Händen Ihres Vaters. Daher sollten wir uns bald auf den Weg machen …«

»Welche Funktion haben Sie genau?« Johanna sah ihn an.

Philipp zog sich seine Hosen an und schnallte sich seinen Gürtel um. Er klang nervös. »Er ist mein Sekretär.«

»Einer meiner Gefolgsleute ist dein Sekretär? Ist das nicht ein wenig seltsam?« Johanna warf Philipp einen verwunderten Blick zu. Dann de Moxica. »Und warum habe ich Sie noch nie gesehen?«

»Ich bin ein unauffälliger Sekretär.« De Moxica lachte auf, als wäre ihm ein Scherz gelungen.

Johanna zog das Laken enger um ihren nackten Körper. »Gerade sind Sie alles andere als unauffällig.«

De Moxica machte eine Verbeugung. »Ich versuche nur, Ihnen zu Diensten zu sein.« Er lächelte noch immer, als er sich langsam in den Flur zurückzog. Philipp sagte gar nichts mehr. Offenbar überstieg es seine Aufnahmefähigkeit, dass Johannas Vater, sein erwiesener Gegner, sich nun einfach auf den Thron gesetzt hatte! Schließlich hatte Philipp damals sein Glück nicht fassen können, als Johannas zweijähriger Neffe Miguel gestorben war und Johanna plötzlich die rechtmäßige Thronfolgerin für das Spanische Reich war. Sie sah alles wieder deutlich vor sich. Wie Philipp mit zurückgelegten Haaren und hocherfreutem Lächeln zu ihr und den Kindern in ihr entlegenes Hinterzimmer gekommen war. Sie hatte mit der kleinen Eleonore auf dem Arm vor dem Kamin gesessen, Karl war über den Teppich gekrabbelt und die gerade geborene Isabella hatte in ihrer Wiege am Fenster geschlafen. Philipp war derart ergriffen hereinstolziert, dass der Holzboden geknarrt hatte. »Papst Alexander hat uns seine begehrte Auszeichnung übersandt. Die Goldene Rose.«

All das schimmernde Gold in diesem kargen Raum. Fein geschmiedete Blütenblätter, sechs goldene Rosenzweige, die Abtraktion von Jesus Christus in den Händen eines Narzissten, der vergessen hatte, dass streng genommen gar nicht er der Anwärter auf den Thron war, sondern seine Frau. Und der Papst gratulierte dazu. So, als wäre es ein Verdienst, durch den Tod eines Zweijährigen Herrscher zu werden. Wie konnte ein Vater sich freuen, wenn ein Kind starb? Nicht einmal zwei Jahre alt, schon war das Dasein des kleinen Miguel Vergangenheit.

Johanna sah Philipp jetzt durchdringend an. »Dich scheint diese Nachricht nicht allzu sehr zu beunruhigen.«

Philipp zog sich ein lockeres Leinenhemd an und zwang sich eine heitere Miene ab. »Wieso auch? Wir werden dem kastilischen Volk schon zeigen, dass es sich glücklich schätzen kann, dich als seine neue Regentin zu haben.«

Mit dem Laken über den Schultern und ihrem welligen roten Haar sah Johanna aus wie Venus, die Göttin der Liebe. Wie die beunruhigte Göttin der Liebe, die gerade um ihr Vorhaben bangte, die Welt mit Nächstenliebe zu fluten. Sie sagte heiser: »Aber sie nennen mich Johanna die Wahnsinnige. Sie werden immer sagen, dass ich nicht fähig bin zu regieren. Und du weißt, wie mein Vater ist. Er nimmt sich alles, was er haben will. Egal, wie blutig es wird. Du hast deine Erfahrungen bereits mit ihm gemacht.«

Philipp sah Johanna freundlich an, als würde sie eine Gefahr wittern, wo keine war. Milde lächelnd kam er näher und legte ihr wie einem Kind seine Hände ums Gesicht. »Mach dir keine Sorgen. Noch einmal wird ihm das nicht gelingen.«

Dann drehte er sich um und ging zu einem Schrank aus dunklem Holz. Er öffnete die mit Schnitzereien verzierte Tür, sodass Johanna nicht sehen konnte, wonach er darin suchte. Schließlich schloss er die Tür wieder und kam durch das inzwischen nur noch von Dämmerlicht erhellte Zimmer zu ihr zurück. Er hielt ein kleines, goldeingefasstes Buch in der Hand. Er reichte es ihr und sagte: »Das wollte ich dir schon längst gegeben haben.«

»Ein Stundenbuch?«

»Das meiner Mutter.«

Er zündete neben dem Kamin ein paar Kerzen an, sodass Johanna genügend Licht hatte, um die Bilder in dem Buch zu betrachten. Das Bild auf der Vorderseite zeigte einen von Marmorsäulen eingefassten Fensterrahmen, auf dessen Sims ein Brokatkissen lag, darauf eine Perlenkette, daneben ein Schatzkästlein, als hätte gerade noch jemand am Fenster gesessen, der nun verschwunden war. Auf der grünen Wiese vor dem Fenster wurde Jesus gekreuzigt.

Um ihn herum hatten sich Schaulustige versammelt. Neben ihm fiel die Heilige Maria verzweifelt auf die Knie. Die meisten Umstehenden blickten teilnahmslos. Das Bild war wirklich meisterlich getroffen, fand Johanna. Die Teilnahmslosigkeit der stummen Menge, während ein anderer vor ihren Augen bei lebendigem Leib gekreuzigt wurde. Ja, dieses Gefühl kannte sie nur zu gut. Sie streichelte über das Bild. »Es ist sehr schön.«

»Es ist für dich.« Philipp gab ihr einen flüchtigen Kuss auf die Stirn. Zwei Wochen hatten sie sich nicht voneinander lösen können, nun wirkte Philipp mit einem Mal seltsam distanziert. Vielleicht bildete sich Johanna das aber auch nur ein. Sie sah ihn an, mit dem Stundenbuch seiner Mutter in den Händen. »Und was machen wir jetzt?«

Ihr Mann starrte mit leerem Blick zurück, als wäre er gar nicht mehr hier in diesem Raum. Als wäre er mit seinen Gedanken sehr weit weg. Würde er trotzdem noch irgendetwas sagen? Darüber, wie sie zueinander standen? Was er fühlte? Was er vorhatte? Wie sie nun am günstigsten vorgehen sollten? Johanna hätte sich gerne darüber beraten, wie sie das Problem mit der Regentschaft lösten. Aber Philipp durchquerte wie abwesend das Zimmer und verschwand durch eine Tür in den benachbarten Raum. Johanna stand da, fast nackt, den Körper lose mit dem Laken umwickelt, und hielt sich am Stundenbüchlein der Maria von Burgund fest. Sie blickte auf das zerwühlte Bett, in dem Philipp und sie die letzten vierzehn Tage gemeinsam verbracht hatten. Johanna hörte, wie nebenan Wasser in eine Schüssel gegossen wurde. Sie hörte das Plätschern, als Philipp all die Leidenschaft der letzten zwei Wochen von seinem Körper wusch. In ihrem Inneren fühlte sie ihr Herz aufgeregt schlagen. War all das nun schon wieder Vergangenheit? Sie kam sich so mickrig vor. So entblößt. Warum hörte dieses minderwertige Gefühl niemals auf? Wo war ihre neue Sicherheit, die sie gerade noch empfunden hatte?

Jetzt war sie umgeben von Lautlosigkeit. Johanna hörte nur ihr zaghaftes Atmen. Ihre Fußsohlen fühlten unter sich den Teppich überdeutlich. Ihr Blick streifte ratlos durch den Raum, bis er an dem Gemälde mit dem Turmbau zu Babel hängen blieb. War ihr Sehnen nach einem freieren Leben genauso utopisch wie der Turmbau? Würde Gott sie niemals dorthin kommen lassen, wo sie sein wollte? Kämpfte sie genauso blind um ihre Vorstellung, wie diese armen Irren, die nicht aufhören konnten, diesen viel zu hohen Turm zu bauen?

Vielleicht sollte Johanna sich wirklich einfach fügen und darauf vertrauen, dass alles, was ihr passierte, einem höheren Zweck diente. Ohne noch irgendetwas zu wollen oder zu hoffen. Sie kniete an der Längsseite des Bettes nieder, legte das Stundenbuch vor sich auf die Laken und schlug es auf. Sie faltete die Hände zum Gebet und flüsterte: »Gott ist mein Fels, meine Hilfe, meine Burg, darum werde ich nicht wanken.«

Und plötzlich, in der Stille des Zimmers, in dem es am Morgen noch so zügellos zugegangen war, erkannte Johanna, wie schnell sich die Dinge ändern konnten. Nichts war von Beständigkeit. Einmal war sie Thronfolgerin, dann wieder nicht. Dann wieder doch. Dann wieder nicht. Die gemeinsame Zeit mit Philipp war auch nur eine atemlose Illusion gewesen. Nichts außer der Erinnerung war mehr davon übrig. Dann war das kastilische Volk eben in Sorge um ihre geistige Stabilität. Dann wurde sie eben Johanna die Wahnsinnige genannt. Vielleicht sogar zu recht? Sie war ein fühlendes Wesen. Sie wollte Verbundenheit und kein fremdgesteuertes Leben. Sie hatte keine Ahnung, wie man ein Land regierte. Und schon gar nicht ein solch großes Reich. Wie sollte sie je ihren Traum vom Miteinander verwirklichen, wenn sogar ihr eigener Vater sich ihr in den Weg stellte und ihr eigener Mann sein Spiel spielte und sich ihr erneut entzog? Sie war nicht Jesus. Und auch er war verraten worden. Sollte ihr Vater doch der rechtmäßige Herrscher bleiben. Sollte Philipp sich doch wieder von ihr abwenden. Reichte es nicht, dass die einzige Beständigkeit die es in ihrem Leben gab, die Liebe zu ihren Kindern war?

12

Im Park war der See mit einer dünnen Eisschicht überzogen. Es war Mitte Februar. Johanna stand mit ihren Kindern am Ufer. Isabella, Eleonore und Karl hielten sich an den Händen. Um Johannas Schultern hing ein violetter Umhang mit Kaninchenpelzkragen. Alle vier atmeten sie neblige Wolken in die feuchte Luft. Mit ihren Schuhspitzen tippten sie vorsichtig auf das tauende Eis. Johanna ermahnte ihre Kinder: »Seid vorsichtig!« Obwohl sie am liebsten selbst einfach auf das Eis hinausgelaufen wäre, um zu sehen, ob es fähig war, sie zu halten. Sie fragte ihre Kinder: »Wie tief der See wohl ist?«

Karl löste sich ein Stück von der kleinen, frierenden Gruppe und lief suchend am Ufer entlang. Schließlich bückte er sich, hob einen faustgroßen grauen Stein auf und schleuderte ihn mit einem beachtlichen Wurf weit auf den See hinaus, wo er klirrend und wabernd über die Eisfläche rutschte, bis er liegen blieb. Johanna und die Mädchen klatschten begeistert! »Wirf noch einen Stein!«

Sofort machten sich die Mädchen daran, Steine für ihren Bruder zu suchen. Sie trugen immer mehr davon zusammen, bis sich vor Karl ein ordentlicher Hügel Munition aufgehäuft hatte. Seine Schwestern riefen: »Wirf! Wirf!«

Karl nahm einen Stein nach dem anderen und schleuderte ihn hinaus über die weiße Oberfläche. Mit jedem Wurf flogen seine

Geschosse weiter. Doch keiner seiner Steine schaffte es, die Eisschicht zu durchbrechen. Johanna sagte: »Vielleicht ist die Eisschicht gar nicht so dünn, wie sie aussieht.«

Isabella, Eleonore und Karl sahen ihre Mutter erstaunt an. Was für unvernünftige Andeutungen sie äußerte! Johanna lächelte und machte mit ihrem Stiefel einen tastenden Schritt die gefrorene Uferböschung hinunter, dann noch einen Schritt, bis sie auf dem Eis stand. Sie rief vergnügt: »Es trägt mich!« Wieder machte sie einen vorsichtigen Schritt weiter auf den See hinaus. Unter ihr knirschte das Eis. »Seht mal! Ich kann übers Wasser laufen!« Die Kinder hüpften aufgeregt am Ufer auf und ab und klatschten in die Hände. »Wie Jesus!«

Sie lachten und sprangen vergnügt hin und her, bis Johanna plötzlich ihren Blick hob und die Augen zusammenkniff, um besser erkennen zu können, wer oberhalb des Wäldchens so eilig die Seitentreppe des Schlosses herunterkam und sich ihnen mit schnellen Schritten näherte. Die Person mit dem dunklen Umhang sah aus wie Adeeba, eine ihrer maurischen Dienerinnen, über deren Gesicht sich eine entstellende Narbe zog. Was wollte sie?

Johanna verfolgte das laufende Mädchen mit ihren Blicken, bis es hinter den kahlen Baumkronen verschwunden war und vermutlich den schmalen Trampelpfad als Abkürzung zu ihnen herunterkam. Das war der Weg, den Johanna auch immer mit ihren Kindern nahm. Durchs Unterholz und dann schräg über die aufgeweichte Wiese bis zum See, auf dem sie gerade stand. Unter ihr blubberte das kalte Wasser unter der dünnen Eisschicht. Es knackte. Johanna sah hinunter. Um ihren Rocksaum bildeten sich Pfützen auf der eisigen Oberfläche. Langsam hob sie einen Fuß an und machte ganz ruhig einen Schritt in Richtung Ufer, wo ihre drei Kinder nebeneinander standen. Erst Karl, dann Isabella und schließlich Eleonore. Es knackte wieder. Nun schon etwas lauter.

Ihre Kinder hielten sich an den Händen, die ängstlichen Gesichter waren von der Kälte gerötet und ihre Augen riesig. Johanna winkte ihnen zu: »Mir passiert schon nichts.«

Und in diesem Augenblick brach das Eis unter ihren Stiefeln. Johanna rauschte in die Tiefe und stand sofort bis zu den Hüften im eisigen Wasser. Ihre Röcke stauchten sich auf dem Eis. Ihre Kinder kreischten und die kleine Isabella und Karl schlugen sich die Hände vor die Augen. Eleonore fing an zu weinen. Hilflos lief sie am Ufer hin und her, während Johanna mit ihren Fäusten vor sich auf die dünne Eisschicht einschlug, um sich eine Schneise zum Ufer zu brechen, durch die sie eilig zu ihren Kindern zurückwaten konnte. Immer wieder blieb sie mit ihren Röcken im gesplitterten Eis hängen. Ihre Hände bluteten. Sie konnte kaum noch ihre Beine spüren, in diesem betäubenden Eiswasser. Die maurische Dienerin kam aus dem Wäldchen heraus und hastete so schnell sie konnte über die schlammige Wiese zu ihnen hinunter. Johanna sah Adeebas erschrockenes Gesicht, so, als wäre sie bereits verloren. Ihre Kinder schrien noch immer, als Johanna endlich keuchend das Ufer erreichte und sich die Böschung hochkämpfte. Das Entsetzen in ihren kleinen Gesichtern war herzerweichend. Sie hob die weinende Isabella auf den Arm und küsste Eleonore beruhigend auf die Stirn. Dann griff sie mit ihrer aufgeschürften Hand nach Karls Hand. »*Todo está bien*«, brachte sie zitternd hervor. »*Todo está bien.*«

Aber er sagte böse: »Du wirst sterben.«

»So schnell stirbt man nicht.« Johanna lief mit ihren Kindern zügig auf Adeeba zu, die sie nun beinahe erreicht hatte. Das Mädchen fragte außer Atem: »Hoheit, sind Sie im Eis eingebrochen?«

»Ich habe nur ein wenig nasse Füße bekommen.«

»Sie müssen sofort ein heißes Bad nehmen, Hoheit. Sonst holen Sie sich den Tod.«

Johanna sah die kahlen Bäume um sich herum, das schüttere

Gras. Ihre stillen Kinder. »Den werde ich mir schon nicht holen.«

»Laufen Sie! Ich komme mit den Kindern nach.« Adeeba sah wirklich besorgt aus. Sie kannte diese Kälte eben noch nicht. Sie nahm die kleine Isabella auf den Arm und flüsterte gleichzeitig in Johannas Ohr: »Unter Ihrem Kopfkissen liegt ein Brief, Hoheit.«

Ein Brief? »Von wem?«

Doch bevor Adeeba antworten konnte, lief Johanna schon in ihren nassen Kleidern los und ließ ihre Kinder ohne Verabschiedung und ohne beruhigende Worte zurück. Sie hetzte über das rutschige Gras, weiter den Trampelpfad hinauf, unter tiefhängenden Ästen hindurch, die immer wieder versuchten, sich an ihrem Haar festzukrallen. Ihr feuchter Rocksaum rauschte über das modernde Laub. Sie hatte keine Ahnung, von wem der Brief sein konnte. Von ihrer vereinsamten Schwester Katharina aus England, ein trauriger Gruß zum Tod ihrer Mutter? Oder war es eine Nachricht von Maria, wie es Ferdinand ging?

Johanna raffte ihre schon eisig gewordenen Röcke und sprang die Außentreppen hinauf, durch das Tor, am Brunnen und den verwelkten Rosenbeeten vorbei, durch den Kücheneingang in die Haupthalle. Dort ließ sie ihren Umhang neben der Treppe auf den Boden fallen, um schneller die Stufen hinaufzukommen. Sie lief den Gang entlang, wo die Porträts von Philipps Vorfahren hingen, und stieß dann die Tür zu ihrem Zimmer auf. Im Fenster flackerte eine heruntergebrannte Kerze. Keine frischen Schwertlilien. Woher sollten die zu dieser Jahreszeit auch kommen? Johanna eilte hinüber zum Bett, griff unter das Kopfkissen und tastete mit ihrer zerschundenen Hand nach dem Brief. Als sie ihn hatte, stellte sie sich damit ans Fenster, durch das sie gerade Adeeba mit ihren drei Kindern weit hinten über die Wiese auf das Schloss zukommen sah.

Der Brief kam von Juan Rodriguez. Sie waren damals auf La Mota nicht gerade im Guten auseinandergegangen. Er war verärgert über ihre Unbelehrbarkeit gewesen, sie war wütend gewesen, dass er sie nicht hatte fliehen lassen. Wobei Johanna dem Geistlichen und seiner Unnachgiebigkeit inzwischen dankbar war. In der Dunkelheit der Nacht hätte sie gar nicht gewusst, in welche Richtung sie sich überhaupt hätte bewegen müssen, um an die Küste zu kommen. Das Ganze war wirklich ziemlich unüberlegt gewesen. Nun stand sie hier in nassen Kleidern, weil sie über viel zu dünnes Eis gelaufen war.

Johanna brach das rote Siegel auf und faltete das Papier auseinander. Was er wohl wollte? In dem Umschlag lag ein weiterer versiegelter Brief. Johanna legte ihn auf das Fensterbrett neben die Kerze, während sie Juan Rodriguez' Zeilen las. Zuerst fragte er nach ihrer Zufriedenheit, nach den Kindern, nach Philipp und natürlich auch nach ihrer Frömmigkeit, um dann kurz von sich und seinen Schwierigkeiten zu erzählen, die mit Christoph Kolumbus zu tun hatten. Der große Entdecker war gerade von seiner vierten Reise aus Jamaika zurückgekommen, hatte zwei seiner Schiffe versenkt und entsetzliche Unkosten für die Staatskasse verursacht. Außerdem erwähnte der Bischof, dass ihr kleiner Sohn Ferdinand sich vorzüglich am spanischen Hof entwickle und sich mit seinen eineinhalb Jahren schon zuweilen in der traditionellen Scholastik übe, was immer wieder zur Freude und zum Erstaunen der Anwesenden beitrage. Gerade wenn Ferdinand versuche, seinen Willen durchzusetzen, schaffe er es auch, seine Erzieher durch das Austarieren von Für und Wider geschickt zu überzeugen. Den Dingen durch ständiges Hinterfragen bis auf den Grund zu gehen, darin sei Johanna ja auch eine Meisterin. Der Geistliche schloss sein Schreiben mit einer ehrfurchtsvollen Würdigung von Isabella der Katholischen und seiner tiefen Trauer und Bestürzung über ihren Tod.

Johanna schlotterte vor Kälte in ihren vor Nässe triefenden Kleidern. Und vor Anspannung. Tatsächlich hatte sie den Verlust ihrer Mutter noch immer nicht ganz begriffen. Es war für sie einfach nicht vorstellbar, dass diese übermächtige Frau nicht mehr da war. Johanna nahm den zweiten Brief und brach auch dessen Siegel auf. Sofort erkannte sie die Handschrift ihrer Mutter.

Ich bitte die Kronprinzessin, mein liebes Kind, diese Zeilen ohne Groll gegen mich, die Königin, ihre sterbende Mutter, zu lesen.

Diese Ansprache reichte schon, dass Johanna augenblicklich diesen alten Groll auf ihre Mutter empfand. Sie konnte gar nichts dagegen tun. Zu tief saß die Verzweiflung darüber, niemals von ihr fühlbar angenommen worden zu sein. Johannas Herz schlug heftig. Das Schlimmste an diesem hitzigen Gefühl war, dass es niemanden mehr gab, gegen den sie ihre Wut hätte richten können. Ihre Mutter war unerreichbar. Sie war von dieser Erde gegangen und diese Tatsache war kaum zu begreifen, schließlich spürte Johanna noch deutlich ihre Gegenwart. Sie hielt hier einen Brief von ihrer Mutter in Händen. Noch vor ein paar Wochen war ihre Hand beim Schreiben über dieses Papier geglitten. Nun existierte sie nicht mehr. Ihr Körper, ihr Geist waren verschwunden. Johanna musste sich beruhigen. Sie setzte sich in ihren feuchten Röcken an den Tisch und las weiter.

*Du, meine Tochter, hast mir vorgeworfen, dass ich
kein Mitgefühl habe. Daher will ich Dir heute, während
meine Kräfte schwinden, mitteilen, dass ich auf Deine
Anregung hin den Befehl erlassen habe, dass niemand
sich unterstehen sollte, irgendjemanden von den Indios
zu ergreifen und gefangen zu setzen, noch auch sonst
ihnen irgendeinen Schaden an Leib und Gut zuzufügen.*

Um die Indios zu ermutigen, dass sie wie vernünftige Menschen leben, habe ich einige Geistliche auf die Inseln geschickt, die ihnen predigen und sie in den Dingen unseres heiligen katholischen Glaubens unterrichten. Alle Einwohner der Inseln und des Festlandes am Ozean sollen Christen werden. Mein Kind, ich beute die Indios nicht aus. Ich ermögliche ihnen ein gottgefälliges Leben, auf dass es ein erfülltes sein möge.
In Liebe, Deine Mutter. Die Königin von Kastilien und León und der westindischen Inseln.

Johanna blickte auf den Brief in ihren Händen. Das dicke Papier flatterte. Ihre Knie zitterten. Sie hörte die Stimme ihrer Mutter, die mit ihr sprach. Doch es war nicht diese unnachgiebige, gefühllose Stimme, die sie als Kind und auch noch auf La Mota gehört hatte. Plötzlich klang ihre Stimme sanft, beinahe flehend. So, als bettle Isabella die Katholische darum, endlich von ihrer Tochter als diejenige erkannt zu werden, die sie war: eine fühlende Frau, eine gutmeinende Mutter, die davon überzeugt war, dass ihre Entscheidungen immer zum Wohle der Allgemeinheit waren. Wie unglücklich und einsam musste ihre Mutter gewesen sein, um nicht zu erkennen, wie viel Unglück sie mit ihrer grausamen Herrschaft über andere brachte?

Eigentlich wollte Johanna den Brief zur Seite legen, damit die Worte, die ihre Mutter mit ihren letzten Atemzügen zu Papier gebracht hatte, nicht durch ihre Tränen zu unleserlichen, braunen Tintenpfützen wurden. Doch Johanna konnte den Brief nicht loslassen. Sie hatte keinen einzigen gütigen Gedanken in die Richtung ihrer Mutter geschickt. Keinen einzigen Brief hatte sie ihr geschrieben, während sie im Sterben lag. Sie hatte die Königin verurteilt und gar nicht bemerkt, dass sich dahinter eine Frau verbarg, die sich jedenfalls zuletzt nach Zuneigung sehnte. Johannas Kinn zuckte. Die Tränen liefen aus ihren Augen und während sie nach innen, in die Tiefe ihrer Erinnerungen starrte, tauchte mit einem Mal ein Moment aus der Kindheit auf, den sie vollkommen vergessen hatte. Ihre Mutter trug sie auf dem Arm durch einen von hohen Mauern umgebenen Garten. Es war der üppig bewachsene Innenhof in der Festung ihrer Großmutter, in dem Sperlinge zwitschernd in den Ästen der Bäume herumflatterten. Die Burg stand auf einem kleinen felsigen Plateau am Rand von Arévalo, von dem aus man zum hellgrünen, sich windenden Rio Adaja hinunterblicken konnte. Johanna sah alles ganz deutlich vor sich. Sie sah das Gesicht ihrer jungen Mutter vor einem milden, hellblauen Himmel, der sich in die unbekannte Ewigkeit weitete. Ihre Mutter trug ihr langes Haar offen, der schwarze Schimmer legte sich über ihre blasse Haut im Ausschnitt und über die Ärmel ihres dunklen Kleides. Isabella war noch nicht Königin, sondern eine Tochter, die sich um ihre verwirrte Mutter kümmerte, die seit mehr als einem Vierteljahrhundert in ihrer Festung in Arévalo festgehalten wurde, weil sie ihre Gefühle nicht unter Kontrolle hatte.

Hinter den massiven Felssteinmauern hörte Johanna ihre Großmutter schreien. Ihre heisere Stimme hallte aus den Fenstern zu ihnen hinaus in den flirrenden Garten. Ihre junge Mutter flüsterte in Johannas Ohr: »So machtlos und ausgeliefert wie meine arme Mutter will ich niemals enden. Und auch du, mein geliebtes Kind, wirst lernen, dich gegen die Eitelkeit, Treulosigkeit und Herrschsucht der Männer zu wappnen.«

Johanna ließ sich auf den Boden unter ihrem Fenster sinken. Ihre Mutter hatte an ihrer eigenen Mutter gesehen, was mit einer mächtigen Frau passierte, die sich selbst und der Welt nicht mit Härte und Unerbittlichkeit begegnete, sondern auf Zuneigung hoffte: Sie wurde eingesperrt. Und genau vor diesem Schicksal hatte Isabella die Katholische ihre Tochter bewahren wollen. Johanna bekam kaum Luft. Mit einem Mal schien es ihr, als hätte ihre Kindheit nur aus diesem einzigen wunderbaren Moment auf dem Arm ihrer Mutter bestanden. Diesem Moment der absoluten Nähe, in dem ihre Mutter sich aus Liebe zu ihrer Tochter nicht anders zu helfen gewusst hatte, als sie mit Unerbittlichkeit zu erziehen, in der Hoffnung, dass Johanna nicht an dieser erbarmungslosen Welt zerbrechen würde. Doch genau darüber hatten sie sich entzweit und verloren. Johanna drückte den Brief fest an ihre Brust und flüsterte: »Mama.«

13

Inzwischen hielt es Johanna nicht für ausgeschlossen, dass sie wieder schwanger war. Offenbar hatten die beiden weltentrückten Wochen mit Philipp ausgereicht, dass sie erneut guter Hoffnung war. Allerdings bewahrte Johanna ihre Vermutung erst einmal für sich. Mit wem sollte sie sich darüber auch unterhalten? Philipp hatte sie schon seit bestimmt zwei Monaten nicht mehr gesehen. Er schien sich nicht einmal im Schloss aufzuhalten. Wahrscheinlich hatte er endgültig kein Interesse mehr an ihr, jetzt wo ihre Thronfolge gefährdet war. Oder aber er bereitete ihre Reise nach Spanien vor, um ihren Thron zurückzuerobern. Johanna wusste es nicht und sowieso hatte sie es nicht mehr eilig, dorthin zu kommen. Es würde nur noch mehr von dem geben, was sie bereits hatte: Verworrene Verhältnisse. Wollte sie sich tatsächlich mit ihrem Vater um den Thron streiten? Wie sollte ihre Herrschaft je die erwünschte Freiheit bringen? In ihrer Heimat hieß sie jetzt schon »Die Wahnsinnige«! Johanna hatte verstanden, dass ihre Mutter sie geliebt hatte. War das nicht Befreiung genug? Oder sollte sie darauf hoffen, dass Philipp sie tatsächlich als Herrscherin achten würde? Wie sie gehört hatte, nannte er sich bereits stolz »König von Gottes Gnaden«.

Johanna saß am Tisch in ihrem Zimmer, die Bilder ihrer Kinder waren so aufgestellt, dass sie alle im Blick hatte. Eleonore, Karl, Isabella und Ferdinand. Gerne hätte Johanna auch ein Bild von ihrer Mutter gehabt. Es war seltsam. Die letzten Zeilen ihrer sterbenden Mutter hatten ihren Blick auf eine tieferliegende Wahrheit gerichtet, die sie vorher nicht hatte sehen können: Die Angst sorgte dafür, dass sich Menschen schlimme Dinge antaten.

Es klopfte an der Tür. Johanna zuckte erschrocken zusammen, erhob sich von ihrem Stuhl und stellte sich vor das Fenster. »Ja, bitte?« Sie faltete ihre Hände und lächelte sanftmütig. Sie hatte keine Ahnung, wer hinter der Tür stehen konnte. Seit dem unangenehmen Auftritt von Martin de Moxica rechnete Johanna täglich mit weiteren unangenehmen Besuchen. Doch es war weder de Moxica noch Philipp, der zögernd in ihr Zimmer kam, um sie über den Stand der Dinge zu unterrichten. Durch die Tür trat ein Mann, den Johanna noch nie zuvor gesehen hatte. Er war, genau wie de Moxica, Spanier. Das war klar. Kein Flame hatte derart dunkles Haar. Er deutete eine Verbeugung an und blieb direkt neben der offenen Tür stehen, unsicher, ob er weiter in den Raum hineinkommen durfte. »Hoheit, ich bin Lope de Conchillos, der Sekretär Ihres Vaters.«

Johanna machte große Augen. »Was wollen Sie hier?«

Der junge Mann mit dem schönen kinnlangen Haar und dem Bart warf einen kurzen Blick in Richtung des Stuhles, auf dem Johanna eben noch gesessen hatte. Offenbar zum Zeichen, dass sie besser Platz nehmen sollte, bevor er sie über den Grund seines Besuches aufklärte. Sie hob die Augenbrauen und setzte sich. »Also?«

Draußen im Flur wehten die Dienerinnen hinter Lope de Conchillos hin und her, in der Hoffnung, von Johanna einen Blick zu erhaschen, ob sie Alarm schlagen sollten. Aber Johanna gab ihnen nicht den kleinsten Hinweis. Ihre Aufmerksamkeit war ganz und gar auf ihren Besucher aus Spanien gerichtet, der jetzt seinen dunklen Umhang ablegte. Ihm schien etwas warm zu sein. Offenbar war er in Eile hierhergekommen und wollte auch gleich wieder los. »Wäre es möglich, dass wir uns alleine unterhalten?«

Er drehte sich zu den Dienerinnen um, die sich inzwischen um ihn herumgruppiert hatten. Johanna legte den Kopf schief. »Fünf Minuten.« Sie gab den Dienerinnen ein Zeichen, im Flur vor der Tür zu warten.

Nun waren sie beide allein in Johannas Zimmer. Lope de Conchillos verbeugte sich noch einmal, offenbar bemüht, die Atmosphäre im Raum etwas angenehmer zu gestalten. »Die herzlichsten Grüße an Sie, Hoheit, von Juan Rodriguez de Fonseca.«

»Sie kennen ihn?«

»Wir erarbeiten gemeinsam ein Regelwerk, wie mit den Indios auf den westindischen Inseln zu verfahren ist.«

»Das heißt, Sie handeln im Sinn meiner Mutter, was dieses Thema anbelangt?«

»Durchaus.« Lope de Conchillos stand mitten im Raum auf den dunkel glänzenden Dielen.

Auch wenn Johanna fand, dass die Indios nicht bekehrt werden mussten, empfand sie doch eine gewisse Erleichterung, dass dieser Mann sich in der Pflicht sah, den letzten Wünschen ihrer Mutter nachzukommen und die Eingeborenen zumindest vor Gewalt zu beschützen. Ganz schlecht konnte dieser Mann also nicht sein. Aber natürlich konnte sie das nicht wissen. In Wahrheit konnte sie überhaupt nicht wissen, wem sie vertrauen konnte und wem nicht. Doch wenn sie ihr weiteres Schicksal mitbestimmen wollte, blieb Johanna gar nichts anderes übrig, als sich Verbündete zu suchen. »Und was kann ich für Sie tun?«

»Wie Sie sicherlich wissen, Hoheit, besticht Ihr Ehemann im Landesinneren die Adligen mit großzügigen Geldsummen, um sie auf seine Seite zu ziehen, damit sie ihren Vater innenpolitisch zermürben.«

»Nein, davon weiß ich nichts.« Johannas Stimme wackelte leicht. Ihre Hände waren kalt, als würde ihr Körper jetzt schon ahnen, dass sie gleich noch Schlimmeres erfahren würde.

»Parallel dazu hat Ihr Mann Sie, die legitime Königin von Kastilien, in der Öffentlichkeit als geisteskrank hinstellen lassen. Mithilfe eines von seinem Sekretär angefertigten Journals, in dem feinsäuberlich Ihre angeblichen Rasereien aufgeführt waren.«

»Von Martin de Moxica?«

»Von eben diesem.« Lope de Conchillos nickte resigniert. »Ihr Mann will sich, an Ihnen vorbei, auf den spanischen Thron setzen. Das dürfen wir nicht geschehen lassen.«

Johanna schüttelte matt den Kopf. »Nein.«

Der Mann knöpfte seine Jacke auf und lehnte sich an den gedrechselten Bettpfosten. Er machte ein betrübtes Gesicht. »Das kastilische Volk hat Ihre Mutter geliebt und verehrt. Sie hätten sehen sollen, was zu ihrer Beerdigung in Granada los war.«

Johanna konnte nur nicken. Sie öffnete den Mund, aber es kam kein Laut heraus, in ihrem Kopf rauschte es. Da waren keine Worte mehr. Nichts mehr. Nur noch gähnende Leere. Sie stand von ihrem Stuhl auf, trat nah ans Fenster heran und drehte ihrem Besucher nun ganz den Rücken zu. Sie sah hinunter auf die blühenden Rosenbeete, um ihn nicht sehen zu lassen, dass Tränen zwischen ihren Lippen versickerten. Johanna schloss für einige Sekunden die Augen, während Lope de Conchillos fortfuhr: »Wie Sie sich denken können, Hoheit, wünschte sich Ihre Mutter ein Begräbnis von äußerster Schlichtheit. Die dabei eingesparte Summe sollte für die Mitgift bedürftiger junger Mädchen verwendet werden. Sie war eben eine Heilige. Als ihre Tochter wissen Sie das natürlich. So ist es kein Wunder, dass sich in Begleitung ihres nüchternen Holzsarges geistige Würdenträger, Mönche, Höflinge und Soldaten drei Wochen lang auf schwarz verhängten Pferden durch gewaltige Regenfälle apokalyptischen Ausmaßes nach Granada kämpften. Der Tod Ihrer Mutter schien der Auslöser für die Unwetter zu sein, die das ganze Land in Schlamm versinken ließen. Unzählige Male gefährdeten die ihr Ergebenen ihr Leben auf

Wegen, die sich in Flüsse aus Matsch verwandelt hatten, auf sturm-
gepeitschten Höhen, auf maroden Brücken, bis sie endlich, in
den ersten Sonnenstrahlen seit Wochen, die Hügel hinauf zur
Alhambra erklommen hatten. Ich kenne niemanden ihres Ge-
schlechts, weder in vergangenen Zeiten noch heute, der im gleichen Atemzug mit Ihrer Mutter genannt werden könnte. Wir
müssen verhindern, dass Philipp der Schöne ihr Lebenswerk zu-
nichtemacht.«

Johanna drehte sich langsam wieder zu Lope de Conchillos um.
Ihre Stimme klang dünn, als sie tapfer sagte: »Das war sicherlich
eine ganz wunderbar feierliche Beisetzung.«

»Sie sind Spanierin, Hoheit. Sie wissen, wovon ich spreche. Sie
sehen das Licht. Die Menschen. Die Umgebung. Die Vegetation.
Sie spüren die Atmosphäre, sie hören die Geräusche. Die Vielzahl
an Vogelstimmen. Wer will es Ihrem Mann verübeln, dass er nicht
ganz so viel Gespür für unseren Landstrich und unsere Kultur
hat? Ist es ein Wunder, dass er heißblütige Leidenschaft mit blin-
der Raserei verwechselt? Nun denn. Ich habe ja auch keinerlei
Gefühl für seine plumpe Kultur.« Er lachte kurz auf. Doch als er
sah, dass Johanna nicht in sein Lachen einstimmte, verstummte
er sofort und fuhr fort: »Was ich damit sagen möchte, ist, dass es
angebracht wäre, wenn Ihr Vater, Ferdinand von Aragón, die Re-
gierungsgeschäfte in Kastilien weiterführen würde, bis Sie in Ihrer
Heimat eintreffen. Denn wir haben Grund zu der Annahme, dass
Ihr Leben in Gefahr ist, sollte Ihr Ehemann aufgrund Ihrer angeblichen Geistesstörung tatsächlich von den zuständigen Cortes zum rechtmäßigen Thronfolger bestimmt werden.«

»Wieso sollte mein Leben in Gefahr sein?«

»Weil er Sie dann nicht mehr braucht.«

Auch wenn es Johanna schwerfiel zu glauben, was dieser fremde
spanische Mann ihr erzählte, musste sie doch zugeben, dass all das
nicht vollkommen aus der Luft gegriffen schien. Immerhin hatte

sie Philipp nicht mehr gesehen, seitdem klar war, dass die Cortes die Regierungsrechte ihres Vaters anerkannt hatten. Also lächelte sie erschöpft. »Was kann ich tun?«

»Das ist genau die Frage, die ich hören wollte. Sehen Sie, Hoheit, auch Sie sind eine weise Frau. Genau wie Ihre Mutter. Ihr Vater, der König, wird sich sehr über Ihre Vernunft freuen, diese Freude mit dem kastilischen Volk teilen und Ihre Untertanen auf Ihr baldiges Kommen derart vorbereiten, dass sie Ihnen, Hoheit, bereits treu ergeben sein werden, wenn Sie in Ihrer Heimat erscheinen. Dann werden sich Ihre Untertanen augenblicklich von den liederlichen Bestechungsversuchen ihres Mannes abwenden und Sie genauso verehren wie ihre bescheidene Mutter.«

Der Sekretär stellte sich neben Johanna ans Fenster und blickte hinaus in das frühlingshafte Grün, das sich bis zum Kanal hinunterzog. Er tastete im Inneren seiner geöffneten Jacke herum und zog ein gefaltetes Blatt hervor, das er vor Johanna auf das Fensterbrett legte. »Um diesen Plan durchzusetzen, benötige ich nur Ihre Unterschrift unter dieser Urkunde, mit der Sie bestätigen, dass Sie als rechtmäßige Königin von Kastilien der stellvertretenden Regentschaft Ihres Vaters zustimmen, bis Sie in Spanien angelangt sind. So können wir verhindern, dass Sie hier, in der Heimat ihres Mannes, um Ihr Leben bangen müssen.«

Johanna nahm den Vertrag und las ihn in Ruhe durch. Mit Sicherheit verstand sie nicht alles, was darin stand. Das war aber auch egal. Denn eine Sache hatte sie verstanden, dass Philipp sie aufs Furchtbarste hintergangen hatte und sie mit diesem seltsamen Journal von Martin de Moxica als unzurechnungsfähig hingestellt hatte. Sie wollte gar nicht wissen, welche infamen Lügen diese Schmierereien beinhalteten, die ihr eigener Mann in Auftrag gegeben hatte. Johanna setzte sich mit der Urkunde an ihren Tisch, nahm die Feder und tauchte sie in das braune Tintenfass. Sie brauchte nicht lange, um ihre Unterschrift unter das Dokument zu setzen. Bis die Tinte getrocknet war, nahm sie den goldenen Ring von ihrem Finger, den ihr Philipp vor einigen Monaten so feierlich in der Badewanne an den Finger gesteckt hatte, diesen Ring mit dem wunderschön geschliffenen Diamanten, der beidseitig von Adlerköpfen gehalten wurde, die sich aus Lilienkränzen erhoben. Damit stand sie auf, öffnete mit Schwung das Fenster und schleuderte ihn hinaus, bis sie das edle Schmuckstück weit hinter dem Festungsgraben aus ihrem Blick verlor. Dann schloss sie wieder das Fenster und sah zuerst den jungen Boten ihres Vaters an, dann glitt ihr Blick hinüber zum Bildnis der Maria von Burgund. Sie hörte Lope de Conchillos neben sich fragen: »Darf ich erfahren, was das für eine Kostbarkeit war, die Sie gerade aus dem Fenster geworfen haben?«

Johanna drehte ihm leicht den Kopf zu und lächelte: »Der Treueschwur meines Mannes.«

Ein paar Abende später saß Johanna auf einem Stuhl neben der Badewanne und sah zu, wie Karl, Isabella und Eleonore von ihren Kinderfrauen gebadet wurden. Die Fensterläden waren zugeklappt, im Kamin knisterte die Glut und in den Raumecken flackerten Kerzen. Mit jedem Luftzug warfen die Flammen neue Schattenformationen auf die bunten Wandteppiche. Noahs Arche befand sich noch immer im Aufbruch. Die Pflanzen wuchsen üppig, der Himmel war blau. Die versammelten Tiere warteten geduldig, bis sie an der Reihe waren, im Inneren des großen Holzschiffs zu verschwinden. Die alles vernichtende Flut war noch nicht einmal zu erahnen. Noch schien die Welt in Ordnung zu sein.

Gerade als die Kinderfrauen Johannas Kinder aus der Wanne hoben und auf den ausgebreiteten Handtüchern abstellten, um sie abzutrocknen, flog die große Flügeltür auf und Philipp kam herein mit seinem Orden vom Goldenen Vlies um den Hals. Mit ein paar großen Schritten war er bei Johanna, packte sie wortlos am Arm, zerrte sie vom Stuhl und riss sie mit sich aus dem Zimmer. Draußen brüllte er sie an: »Du bist noch wahnsinniger, als ich gedacht habe!«

Während Johanna die Treppe in den ersten Stock hinuntergezerrt wurde, hörte sie ihre drei Kinder nach ihr schreien. »Mama! Mama!«

Johanna konnte ihnen keine beruhigenden Worte zurufen, weil sie aufpassen musste, dass sie nicht die Stufen hinunterstürzte. Philipps Hand griff fest um ihren Nacken. Mit heruntergedrücktem Kopf trieb er sie durch die engen Flure, an mehreren geschlossenen Zimmertüren und großen Gemälden vorbei, bis sie am Ende des Ganges angekommen waren. Da stieß Philipp die Tür zu einem kleinen Zimmer auf, in dem nur die schattenhaften Umrisse eines Bettes und einer Kommode mit einer Waschschüssel zu erahnen waren. Johanna taumelte in den düsteren Raum hinein und prallte mit der Schulter gegen das Bettgestell. Ihr offenes Haar lag über ihren Schultern, ihr schwangerer Bauch stand hervor. Im Zimmer war es kalt. Kein Feuer brannte im Kamin. Die Fensterläden waren geschlossen. Sie blinzelte in Philipps Richtung, der entrüstet vor ihr auf und ab lief. »Was soll das?«

»Was meinst Du?«, fragte sie, wobei sie schon ahnte, worauf ihr Mann hinauswollte.

Er ging hinüber zur hohen Kommode und riss ein zerfleddertes Schriftstück herunter, das er Johanna wütend entgegenhielt. »Wieso hast du das unterschrieben?«

Sie antwortete heiser: »Weil ich darum gebeten wurde.«

»Darin forderst du deinen Vater zum Weiterregieren auf.«

»Ja.«

»Nachdem ich fast so weit war, so viele seiner Unterstützer auf unsere Seite zu bringen, dass er uns den Weg zum Thron freimachen muss. Kannst du mir das erklären?«

»Er ist mein Vater.«

»Ist dir eigentlich klar, was du mit dieser erneuten Wahnsinnstat hättest anrichten können, wenn meine Leute diesen Brief nebst dem Sondergesandten Lope de Conchillos nicht abgefangen hätten? Du hättest deinem Vater die Macht überschrieben!«

»Nur, bis wir in Kastilien sind.«

»Sieh dich an. Du bist schwanger! Wann möchtest du aufbrechen, um die Angelegenheit vor Ort zu klären?«

»Ich wollte, dass meine Untertanen sich weiterhin sicher fühlen.«

»Du verstehst überhaupt nicht, welches Spiel hier gespielt wird, nicht wahr? Offenbar kann jeder zu dir kommen, dir einen Lappen unter die Nase halten und du unterschreibst ihn. Egal, was darauf steht.«

»Ich habe nur bestätigt, was meine sterbende Mutter sich gewünscht hat, nämlich, dass Kastilien auch zukünftig in ihrem Sinne regiert wird. Als wäre sie noch am Leben.«

»Das klingt so schön, nicht wahr? Bist du denn nicht auf die Idee gekommen, dass dein Vater, der König von Aragón, dich deiner Macht berauben will, indem er deine Untertanen davon überzeugt, dass du wahnsinnig bist?«

»War das nicht viel eher dein Plan?« Johanna starrte Philipp an. »Ich weiß von deinem geheimen Journal, das du Martin de Moxica über mich hast anfertigen lassen. Ich weiß von deinem unsühnbaren Verrat, mich mutwillig als geisteskrank hinzustellen.«

Philipp zuckte mit den Schultern. »Glaub, was du willst. Natürlich ist es schade, dass du so schlecht über mich denkst. Aber das hast du ja schon immer getan. Dennoch bin ich weiterhin selbstlos und sorge mit meiner Wachsamkeit dafür, dass du dich nicht selbst deiner Macht beraubst. Also sei mir dankbar, dass ich deinen Fehler korrigieren konnte. Es ist so, als wäre nichts passiert. Nur nicht für den armen Lope de Conchillos. Du ahnst vielleicht, wie erbärmlich die Gefangenen in den Kerkern von Vilvoord untergebracht sind.«

Johanna starrte Philipp noch immer an. Sie war bemüht, sich ihr inneres Beben nicht anmerken zu lassen. Dieses Bemühen kostete so viel Kraft, dass sie nicht fähig war zu sprechen.

Philipp lächelte. »Ich sehe, du bist dir deiner Schuld vollkommen bewusst. Hättest du dieses Schriftstück nicht unterschrieben, wäre der gute Mann unbescholten zurück in dein Heimatland entschwunden, um dort ehrfürchtig von deiner unbeugsamen Stärke zu berichten. Jetzt ist es anders gekommen und er vegetiert in einem feuchten, dunklen Keller gefesselt bei Brot und Wasser.« Philipp klappte den Fensterladen auf, sodass etwas rötliches Abendlicht hereinfloss. »Ich habe gehört, er hat vor lauter Leidensdruck mit einem Schlag all seine Haare verloren.«

Johanna sah von ihrem Platz aus über die Parklandschaft hinweg, die sich in sanft geschwungenen Terrassen bis hinunter zum Kanal zog. Jenseits des Kanals waren ein paar Bauernhäuser und Felder zu erkennen. Sie hatte Mitleid mit dem jungen Mann, der nun für sehr lange Zeit, vielleicht für immer, in Gefangenschaft bleiben würde. Und all das geschah in dieser wunderbaren Üppigkeit der Natur. Sie trat näher an das Fenster heran.

»Ich liebe dein Land«, flüsterte sie und war tatsächlich von ihren eigenen Worten ergriffen. Aber es war das, was sie, trotz all des Schreckens, gerade sah und empfand. Tatsächlich konnte sie sich der flämischen Schönheit da draußen losgelöst von ihrem Mann erfreuen. Philipp blickte sie für einen Moment irritiert von der Seite an, dann drehte er sich um, ging schnellen Schrittes über die Holzdielen nach draußen, schloss die Tür hinter sich und drehte den Schlüssel zweimal im Schloss herum.

Johanna spürte ein zaghaftes Flattern in ihrem Bauch, als würden Schmetterlinge an der Innenwand entlangflattern. Sie legte ihre Hände auf den Bauch. Es war Anfang Mai.

14

Die Blätter der Rosenbüsche im Innenhof färbten sich gelbrötlich. Über den Wiesen und den Feldern lag der nachmittägliche Nebel, die Schwaden zogen dicht über den Kanal hinweg und von ferne waren die vielstimmigen Glocken der Sint-Michiels-Kathedrale zu hören. Unten an der Böschung saßen Johannas Kinder nebeneinander auf Melkschemeln und malten konzentriert ihre Landschaftsminiaturen unter der Anleitung ihres Zeichenlehrers Simon Bening. Die Kinderfrauen hatten ihnen zum Schutz vor der herbstlichen Kühle Samtmützen aufgesetzt und sie in warme Umhänge gewickelt.

Dreimal in der Woche wurden Karl, Eleonore und Isabella nachmittags zu Johanna ins Zimmer gebracht. Karl hatte neuerdings immer sein Holzschwert dabei und die beiden Mädchen wiegten ihre Puppen in den Schlaf oder deckten für sie auf Johannas Nachtschränkchen mit ihrem Spielzeuggeschirr den Tisch. Johanna ließ sich von ihren Kindern die gemalten Miniaturen zeigen, einen Jäger, der mit einem erlegten Hirsch auf seinem weißen Pferd auf den Hof geritten kam. Ein anderes Bild illustrierte, wie es unten in der Küche aussah, wenn Brot gebacken wurde. Daraus wollten die Kinder mit Hilfe ihrer Mutter kleine Kalender basteln, in die sie ihre Gebete eintrugen. Dazu erzählte Johanna ihnen Geschichten aus der Bibel. Von Moses im Schilfkörbchen, den zehn Plagen, von der Flucht aus Ägypten und davon, wie Moses mit ausgestreckter Hand das Rote Meer teilte, um Gottes auserwähltes Volk ins gelobte Land zu führen, dahin, wo die Menschen für immer sicher sein würden. Vorausgesetzt, dass sie ihrem Schöpfer vertrauten. Die Kinder hörten mit großen Augen zu und wurden ganz still.

Gerne hätte Johanna sich jetzt dort unten zu ihnen an die Böschung gesetzt, um ganz und gar in der Lieblichkeit ihrer Kinder aufzugehen. Doch leider befand sie sich noch immer im Arrest ihres Mannes. Seit gut einem halben Jahr gab es kein Entkommen aus diesem abgeschlossenen Zimmer. Johanna stand halb verdeckt vom Rahmen am Fenster. Jeden Tag erwartete sie die Geburt ihres fünften Kindes. Sie fühlte die heftigen Tritte gegen die Innenwand ihrer Bauchdecke. Sollten die Wehen einsetzten und niemand sie rufen hören, würde sie dieses Kind alleine auf die Welt bringen müssen. Auch das würde sie schaffen. Karl hatte sie ebenfalls ohne Hilfe im Prinzenhof von Gent während eines Festes geboren.

Als es draußen plötzlich zu nieseln anfing, packten ihre drei Kinder Malpapier, Pigmente und Pinsel zusammen, nahmen ihre Holzschemel und liefen mit ihrem Zeichenlehrer über die wehenden Wiesen und dann die Treppen hinauf in den Innenhof. Johanna zog sich weiter hinter den Rahmen zurück. Sie wollte nicht, dass ihre Kinder sahen, dass sie hier oben am Fenster stand und sie beobachtete. Sie wollte nicht, dass ihre Kinder auf die Idee kamen, dass sie einsam war. Die drei sollten sich gar keine Gedanken über ihr Befinden machen. Sie waren Kinder.

Eleonore, Karl und Isabella liefen in ihren hübschen Umhängen unter Johannas Fenster um den Brunnen herum, zwischen den ringförmig angelegten Rosenrabatten hindurch Richtung Seiteneingang, der direkt zur Küche führte. Dort würden sie sich aufwärmen und etwas zu essen bekommen.

Im nun verlassenen Innenhof wiegten sich die letzten hellgelben Rosen im Wind, während sich am Himmel tief hängende, dunkle Wolken zusammenballten. Johanna atmete ruhig ein und aus. Sie hatte nichts mehr zu tun, als zu warten. Es wäre schön gewesen, ein paar Gedanken aufzuschreiben. Aber sie hatte weder Papier noch Feder. Keine Bücher. Keine Briefe. Nur Stille. Von außen wurde der Schlüssel im Schloss herumgedreht. Sie wandte sich kurz um und war überrascht, dass nicht eine ihrer Dienerinnen in der Tür stand, sondern Philipp. Seit Beginn ihrer Gefangenschaft hatte sie ihn nicht mehr gesehen. Wäre es nach ihr gegangen, hätte er nun auch nicht auftauchen müssen. Sie sah wieder hinunter in den Innenhof.

Sie hörte ihn hinter sich sagen: »Es gibt Neuigkeiten.«

»Bist du es, Philipp?«, fragte sie mit Blick auf die wehenden Herbstrosen in der Dämmerung.

»Wer sonst?«

Sie zuckte mit den Schultern. »Martin de Moxica?«

»Warum sollte er zu dir kommen?«

Johanna sah noch immer aus dem Fenster und spürte, dass Philipp hinter ihr ein bisschen unruhig wurde. Sie sagte: »Er war schon ein paar Mal hier und nie war für mich so richtig ersichtlich, was er eigentlich von mir wollte. Einmal hat er sogar am helllichten Tag die Fensterläden geschlossen, sodass es hier im Zimmer plötzlich stockdunkel war. Wir beide konnten nicht mehr die Hand vor Augen sehen. Wir waren vollkommen blind.« Johanna hörte, wie sich Philipp über den Holzboden ein paar Schritte näherte. Ohne dass sie ihn sah, hatte sie doch seinen perplexen Gesichtsausdruck vor Augen. Es war klar, dass ihr Mann angestrengt versuchte, herauszubekommen, was das alles zu bedeuten hatte. Er hatte solche Sorge um sein männliches Ansehen, dass er gar nicht merkte, wenn sich seine Frau einen kleinen Scherz mit ihm erlaubte. Ansonsten gab es in diesem Raum ja nicht viel Ablenkung und Vergnügen. Martin de Moxica war nie bei Johanna gewesen. Aber was sprach gegen eine kleine Irritation aufseiten Philipps?

Er stand schräg hinter Johanna, sodass sie ihn aus dem Augenwinkel erahnen konnte. Sie musste auf ihre Gesichtszüge achten. Nicht die kleinste Freude durfte er ihr ansehen. Er fragte: »Und was sollte dieses Spiel?«

Nun drehte sich Johanna doch zu ihm um. Sie machte ein erstauntes Gesicht. »Welches Spiel meinst du?«

Ihr Mann wurde tatsächlich nervös. »Das Spiel mit den geschlossenen Fensterläden.«

Johanna legte den Kopf ein wenig schief und erklärte: »Das war kein Spiel. Das war vollkommen ernst gemeint von deinem Geheimsekretär. Er meinte, er wollte es schön dunkel haben. Ich dachte, du hättest ihm dieses Vorgehen aufgetragen?«

»Wozu?« Philipp versuchte, seine Stimme hart klingen zu lassen, aber tatsächlich zitterte sie. Ihr Mann mochte es also nicht, wenn hinter seinem Rücken unkontrolliert Dinge passierten.

Johanna zuckte wieder mit den Schultern und wisperte: »Ich weiß es nicht. Dein Geheimsekretär hat es mir nicht gesagt. Während wir uns unterhielten, klappte er plötzlich den Fensterladen zu, und mit einem Mal war es so dunkel um uns herum, dass ich nicht wusste, wo er sich im Zimmer aufhält und was er vorhat.«

»Und was hat er dann getan?«

»Dann war er ganz still. Ich habe mich angestrengt, damit ich ihn atmen höre.«

»Und?«

»Nichts. So blieben wir eine Weile regungslos. Wir waren beide ganz still. Du kannst dir vorstellen, wie unangenehm mir das war. Wahrscheinlich hoffte er darauf, dass ich wieder die Nerven verliere, weil er neues Material brauchte, um sein von dir in Auftrag gegebenes Journal zu erweitern? Das wirst du besser wissen als ich.«

Philipp schüttelte energisch den Kopf. »So ein Unfug!«

»Ach ja?« Johanna warf Philipp einen vorwurfsvollen Blick zu.

Philipp brauchte ein wenig, um zu seiner Überlegenheit zurückzufinden. Dieser kurze Moment der Verstörung reichte Johanna schon aus, um wieder einmal zu erkennen, wie leicht Philipp zu verunsichern war. Sich immer wieder selbst mit allen Mitteln zu einem unerschütterlichen Machthaber aufzubauen, war bestimmt anstrengend für ihn. Aber genau darum würde sie ihm nie vertrauen können. Draußen wurden im Innenhof die Fackeln angezündet, sodass die roten Backsteinmauern im Licht erstrahlten und die umliegende Landschaft in der sich niedersenkenden Dunkelheit verschwand. Philipp strich Johanna mit den Fingerspitzen behutsam über den Nacken, so, wie er es schon häufiger getan hatte, um seine Frau wieder gefügig zu machen. Seine Stimme klang nun sanft und gefühlig, als hinter dem Fenster die Nacht hereinbrach und er in ihr offenes Haar fragte: »Wo ist der Diamantring, den ich dir geschenkt habe? Willst du ihn nicht mehr tragen? Er ist doch Symbol für unsere Treue und bedingungslose Liebe.«

Johanna blickte hinaus in den mit Fackeln erhellten Innenhof und sagte trocken: »Ich habe ihn schon vor einiger Zeit aus dem Fenster geworfen. Dem Symbol fehlte es an einer Entsprechung in der Realität.«

Philipp nickte. Es traf ihn spürbar, dass Johanna diesen bedeutsamen Ring seiner Eltern weggeworfen hatte. Doch anstatt darüber ein Wort zu verlieren, ging er hinüber zu der hohen Kommode und stellte sich daneben. »Du erinnerst dich, welche Urkunde ich damals von dieser Kommode geholt habe?«

»Ja, meine Erlaubnis, dass mein Vater weiterhin in Kastilien regieren darf.«

»Verstehst du unter ›bedingungsloser Liebe und Treue‹ solche konspirativen Winkelzüge gegen deinen Mann?«

»Gegen meinen Mann?« Nun wandte sich Johanna mit einem

Ruck um. Sie musste aufpassen, dass sie nicht doch noch die Ruhe verlor, mit der sie Philipp gerade so wunderbar in Schach hielt. Sie zwang sich zu einem Lächeln und sagte: »Nun, dieser konspirative Winkelzug wurde notwendig, nachdem du Martin de Moxica diesen Bericht über mich hattest anfertigen lassen, der detailliert meinen angeblichen Wahnsinn belegen sollte, in der Hoffnung, dass du einfach meine Krone bekommen kannst. Jetzt stehst du leider vor dem Problem, dass mein Vater dir offenbar noch immer nicht die Herrschaft über mein Reich überlassen hat. Denn sonst wärest du ja nicht hier bei mir, sondern säßest in Spanien auf dem Thron. Geschickter wäre es gewesen, meinem Vater meine unterschriebene Erlaubnis durch Lope de Conchillos übermitteln zu lassen, sodass er den Eindruck bekommt, dass ich zu eigenen Entscheidungen fähig bin und er sich daher lediglich auf eine kurzfristige Regentschaft einstellen muss. Jetzt aber hat mein Vater gar nichts von mir gehört und muss denken, dass ich von dir gefangen gehalten werde. Wo soll das hinführen?«

Philipp öffnete den Mund, um etwas zu sagen, aber Johanna hob ihre Hand und nun klang ihre Stimme doch temperamentvoller als eigentlich geplant: »Mein Vater wird sich natürlich auch fragen, wo sein Sekretär Conchillos bleibt. Vermutlich hat er sogar schon mitbekommen, dass er in einem deiner Kerker kläglich zugrunde geht. Und warum sitzt er in einem deiner Kerker, wird sich mein Vater fragen? Richtig! Damit er nicht mit der von mir unterschriebenen Urkunde zurück nach Kastilien gelangt. Daraus wiederum wird mein Vater schließen können, dass du – an mir vorbei – versucht hast, dich auf meinen Thron zu setzen. An meiner Seite hättest du es wesentlich leichter gehabt, ans Ziel zu kommen. Aber dein Größenwahn hat dir ein Bein gestellt.«

Überraschenderweise lächelte Philipp nun auch. »Ja, so könnte es sein. Aber das ist auch nur eine Theorie. Du weißt, es gibt die unterschiedlichsten Theorien. Je nachdem, wer die Fakten zusammenträgt und analysiert. Das Ende meiner Geschichte sieht allerdings etwas anders aus. In der Zwischenzeit konnte ich das kastilische Volk mit großzügigen Spenden überzeugen, dass es auch ein Leben jenseits des eisernen Griffes deines Vaters gibt. Es ist also nur noch eine Frage der Zeit, wann es im Land zu Aufständen kommt und ich meine politische Position gewinnbringend einsetzen kann, um unseren spanischen Untertanen neue Hoffnung zu bringen.«

Johanna zog die Augenbrauen hoch. »Deine politische Position?«

Philipp lächelte noch immer. »Als Mann an deiner Seite. Sobald du unser Kind bekommen hast, werden wir über Land nach Spanien aufbrechen, um uns von deinem Vater die Krone über Kastilien und León zu holen, die dir rechtmäßig zusteht.«

Johanna nickte. »Unter diesen Umständen ist es wohl an der Zeit, dass ich diesen Raum als freie Frau verlasse, um mich wieder in mein Zimmer zu begeben und etwas auf dem Clavichord zu spielen.« Damit ging sie an Philipp vorbei durch die Tür den schmalen Gang hinunter.

Weiter als bis zur Treppe kam sie nicht, denn plötzlich lief eine warme Flüssigkeit an den Innenseiten ihrer Oberschenkel herunter und ein entsetzlicher Schmerz ließ ihren Körper zusammenkrampfen. Johanna klammerte sich an dem Treppengeländer fest. Sie keuchte. Sie versuchte, aufrecht stehen zu bleiben, während ihr Blick an den Treppenstufen vorbei hinunter in die Tiefe ging. Hinter sich hörte sie Philip rufen: »Sieh dich an, wie schwach du bist. Du brauchst mich, denn ohne mich wirst du es niemals bis auf den Thron schaffen.«

Sie drehte ihren Kopf so gut es ging in seine Richtung. Durch die roten Haarsträhnen sah sie, wie ihr Mann gemächlich den Gang hinunterkam und sie abschätzig musterte. Mit heiserer Stimme presste sie hervor: »Hol meine maurischen Dienerinnen.«

Philipp blieb für einen Augenblick unschlüssig neben Johanna stehen, die sich breitbeinig und schwer atmend an das Geländer klammerte. Dann ging er gemäßigten Schrittes weiter die Treppenstufen hinunter. Eine nach der anderen. Er rief nach oben: »Fühlst du, wie es ist, ganz auf sich allein gestellt zu sein?«

Johanna sah ihm aus halb geöffneten Augen nach. Ihre Arme zitterten vor Anspannung. Ihr Kiefer malmte. Um sie herum flackerten ein paar Kerzen. Es war kalt in diesem Flur, von dessen Wänden Philipps Ahnen, alle mit diesem unvorteilhaften Kinn, aus geschnitzten Rahmen auf sie herabschauten. Eine gewaltige Macht schien Johanna von innen her zerquetschen zu wollen. Aber sie schrie nicht. Sie stöhnte nur in den Schmerz hinein, bereit, neues Leben zu schenken.

15

Drei Monate später saß Johanna vor dem Schloss auf einem Pferd. Es war Ende Dezember. Gleich würden Philipp und sie mit ihrem Gefolge quer durch Flandern nach Seeland zur Küste aufbrechen, wo eine Flotte mit mindestens vierzig Schiffen auf sie wartete. Philipp wollte Eindruck da drüben in Spanien machen und mit seinem Reichtum weitere begeisterte Anhänger für sein Imperium finden. Anfang Januar würden sie in See stechen und sich genau in jene gefürchteten Winterstürme hineinbegeben, die Johanna damals, als sie aus Laredo zu ihrer Familie nach Flandern hatte aufbrechen wollen, daran gehindert hatten, sofort die Meere zu überqueren.

Doch Philipps Ungeduld, endlich nach Spanien zu kommen, um die komplizierten Machtverhältnisse zu regeln, war mit einem Mal so groß, dass er sich nicht einmal mehr vor der Unberechenbarkeit der See fürchtete. Vielleicht lag der Grund für seine Zuversicht aber auch darin, dass er der irrigen Annahme verfallen war, er hätte es endlich geschafft, Johanna zu bezähmen und zur Vernunft zu bringen. Denn seit der Geburt ihrer kleinen Tochter war sie auffallend still geworden. Alle Entscheidungen, die Philipp hinsichtlich ihrer gemeinsamen Zukunft in Spanien getroffen hatte, hatte sie widerstandslos hingenommen. Nur deutete Philipp die Gründe für ihre Gefügigkeit falsch. In Wahrheit gab sich Johanna nicht geschlagen, sie fand es nur unklug, mit Philipp jetzt schon all die Fragen um ihre zukünftige Herrschaft zu diskutieren, die sich ihnen in Spanien vermutlich noch einmal ganz anders stellen würden. Hauptsache, sie kamen überhaupt dort an!

Tatsächlich wirkte Philipp, der neben ihr auf seinem Pferd saß, von sich selbst berauscht. Sein Pferd tänzelte nervös, als wäre ihm die Selbstherrlichkeit seines Reiters körperlich unangenehm. Philipps Pelzkragen plusterte sich in der eisigen Brise auf. Das lange Haar wehte. Sein Blick war starr und fokussiert, als würde er sein entferntes Ziel von hier aus anvisieren können und sich von seinem Weg auf den spanischen Thon nicht mehr abbringen lassen, egal, was auch immer auf dieser Reise nach Spanien passieren würde.

Johanna blickte, zwischen all den Reitern, Karren und Mägden hindurch, hinüber zum Seiteneingang, der zur Küche führte. Dort standen ihre drei Kinder, aufgereiht wie kleine Kerzen, neben Adeeba, ihrer Dienerin, die die drei Monate alte Maria auf dem Arm hielt. Johanna fühlte, wie ihr die Tränen in die Augen stiegen. Sie sah in diese offenen Kindergesichter, die genauso wenig Ahnung hatten wie sie selbst, wie lange sie voneinander getrennt sein würden. Sie flüsterte lautlos in ihre Richtung: »Ich werde euch vermissen.« Um sie herum gerieten die Pferde in Bewegung und wichen unruhig auseinander. Philipp hob seine schweren Zügel an. »Wir müssen los.«

Johanna warf ihren Kindern ein letztes Mal liebende Blicke zu. Sie wollte sich ihr Bild für immer ins Gedächtnis brennen. Dann gab sie ihrem Pferd die Sporen und ritt neben Philipp an den verwelkten Rosen vorbei, durch das Tor, über den Vorplatz des Schlosses und die Allee hinunter. Die kahlen Baumkronen umarmten sich über ihnen und auf dem heruntergefallenen Laub zwischen den Stämmen lag Raureif. Johanna saß aufgerichtet, die Kapuze ihres Umhanges war heruntergerutscht. Sie blickte nach rechts den Trampelpfad hinunter, der weit unten auf die schlammige Wiese traf, über die sie mit ihren Kindern bis zum See gelaufen war. In ihrer Erinnerung sah sie sich fröhlich auf dem dünnen Eis stehen, während Karl, Eleonore und Isabella aufgeregt am Seeufer entlangliefen und riefen: »Du kannst übers Wasser laufen wie Jesus!« Bis sie eingebrochen war.

Johanna lachte kurz auf und hob ihren Blick hinauf zu dem Gewirr aus Zweigen und Ästen, hinter dem der helle Vormittagshimmel schwebte. Würde jemals der Zustand eintreten, in dem ihr nichts mehr fehlte? In dem sie nichts mehr vermisste? Um an einem Ort zu sein, musste sie den anderen verlassen. Um bei ihrem Sohn in Spanien zu sein, musste sie ihre anderen Kinder hier in Flandern zurücklassen. Um Königin zu werden, musste sie sich vor ihrem Mann in Acht nehmen. Um ihrer inneren Stimme zu folgen, so hatte sie zumindest gedacht, müsste sie sich gegen ihre Mutter wenden.

»Woran denkst du?« Philipp ritt neben Johanna die Allee hinunter.

»Was?« Sie sah ihn überrascht von der Seite an.

»Du hast eben gelacht, also habe ich mich gefragt, worüber du lachst.«

»Ich habe mich daran erinnert, wie ich im zugefrorenen See eingebrochen bin.«

»Und das findest du witzig?«

»Ja.«

Philipp sah sie verständnislos an. Er und sie würden sich in diesem Leben nicht mehr verstehen. So gut wie alles, was sie sagte oder tat, jede Regung, jeder Gedanke, jede Äußerung lösten bei ihm nur noch größere Verwirrung aus. Und mit jedem Mal fühlte sie sich fremder in seiner Gegenwart. Früher hatte dieses Unverständnis dafür gesorgt, dass Johanna wie selbstverständlich davon ausgegangen war, dass mit ihr etwas nicht stimmte. Sie war gar nicht auf die Idee gekommen, dass vielleicht mit Philipp etwas nicht stimmte. Sie lächelte ihm freundlich, aber distanziert zu, während hinter ihnen der Tross stetig anschwoll. Von allen Seiten schlossen sich ihnen mehr und mehr Gefolgsleute an. Edle Herren, Soldaten, Knechte und Mägde mit ihren Karren und Maultieren. Feine Schneeflocken fielen vom Himmel und legten sich auf Johannas Kapuze, die Schultern und ihren Umhang.

Es war kein angenehmes Reisen zu dieser eisigen Jahreszeit. Sie waren inzwischen seit mehreren Tagen unterwegs und Johanna spürte ihre Füße nicht mehr. Ihre Hände, die steif gefroren um die Zügel lagen, brannten von der Kälte. Im Schneegestöber, das mit der Dämmerung hereinbrach, war der Weg vor ihnen kaum noch zu erkennen. Irgendwo im Augenwinkel, in den vorbeijagenden Schneeflocken, erahnte sie Philipp auf seinem Pferd. Er hatte den Oberkörper gegen den Wind nach vorne gebeugt. Sein Haar flatterte als wilder Schatten in der blauschwarzen Luft. Hinter ihnen wiegte sich ihr Tross seufzend und ächzend in Richtung Nacht. Erschöpfte Körper, denen nichts anderes übrig blieb, als immer weiter einen Schritt vor den anderen zu tun, während über ihnen die trockenen Äste der Baumkronen gegeneinanderschlugen. Der schneidende Wind zog ungehindert über die weiten schneebedeckten Flächen hinweg und durch jede noch so feine Ritze in den Kleiderschichten.

»Halt!«, hallte es mit einem Mal über ihre Köpfe hinweg. Der Mond stand diffus hinter schweren Wolken am Abendhimmel. Zu ihrer Rechten lag ein weites, offenes Feld, auf dem sie in dieser Nacht ihr Lager aufschlagen würden. Johanna ritt neben Philipp auf den Acker und blieb so lange reglos inmitten des eifrigen Treibens auf ihrem Pferd sitzen, bis die Hofknechte mehrere Feuer angezündet, Fackeln aufgestellt und die Zelte aufgebaut hatten. Philipp war schon im Getümmel verschwunden, als Johanna mit schmerzenden Knien aus dem Sattel stieg und über die matschige Erde hinweg, zwischen abgekämpften Tieren, denen die Knechte eilig Heu hingeworfen hatten, hindurchwatete. Sie wollte nur noch in ihr Zelt und schlafen.

Langsam wurde es wärmer unter den Decken und Fellen, während sich die Dunkelheit längst über das weite Land herabgesenkt hatte. Johanna küsste die Bildnisse ihrer Kinder in den Klapprahmen und flüsterte leise ein Nachtgebet. Dann glitt ihr Blick, über die Körper der schlafenden Dienerinnen und die Glut des Feuers hinweg, hinüber zum Zelteingang, dessen Vorhang plötzlich von außen aufgeschoben wurde. Philipp kam leise zu ihr heran, kniete sich im Widerschein des matten Lichts zu ihr nieder, beugte sich über sie und gab ihr einen Kuss auf die Wange. Johanna blickte ihm direkt in die Augen, ohne etwas zu sagen.

Philipp öffnete den Verschluss seines Umhangs und begann, sich Schicht um Schicht auszuziehen. Schließlich hockte er mit nackter Brust vor ihr. Als wäre es ganz selbstverständlich, dass er zu ihr kam. Dabei waren sie sich seit Marias Zeugung körperlich nicht mehr nahe gekommen. Und Johanna sah auch keinen Grund, Philipp noch einmal an sich heranzulassen. Ihm war einfach nicht zu trauen. Er konnte ja nicht einmal sich selbst trauen. Er war sich und seinen Gefühlsbewegungen und Gelüsten hemmungslos ausgeliefert. Was immer er haben wollte, meinte er, sich sofort nehmen zu müssen, um es kurz darauf wieder mitleidslos fallen zu lassen, wenn es ihn nicht mehr interessierte. Das war schade, aber ganz offenbar nicht zu ändern. So jedenfalls würde sein Streben nie von Hingabe und Dauer gekrönt sein. Johanna sah seine Arme. Das flackernde Orange des niederbrennenden Feuers legte sich über seine Haut. Sicherlich war er noch immer reizvoll. Nur nicht für sie. Als Philipp ihre Decken zurückschlug, fragte sie tonlos: »Was tust du da?«

»Ich will zu dir.« Philipp lächelte wie jemand, der vollkommen seiner Erinnerung beraubt worden war. Seine kaltherzigen Fehltritte und hinterhältigen Komplotte schien er längst wieder vergessen zu haben, als wäre nichts davon jemals passiert. Johanna rührte sich nicht, um ihm Platz zu machen. Stattdessen sagte sie: »Ich liebe dich nicht mehr.«

»Aber ich bin dein Mann.« Philipp küsste sie wieder auf die Wange und drängte sich an sie.

»Das ist in Ordnung. Nur komm mir nicht zu nahe«, sagte Johanna etwas zu laut ins Halbdunkel des Zeltes hinein. Gleich würden sich ihre Dienerinnen anfangen zu rühren. Philipp küsste Johanna auffordernd auf den Mund. »Kann ich dein Herz gar nicht mehr erweichen?«

Sie stieß Philipp mit beiden Händen von sich weg und setzte sich auf. »Hörst du nicht, was ich sage?«

Ihr Mann hockte überrascht auf den Decken. Er brauchte einen Moment, bis er verstand, dass Johanna es dieses Mal offenbar ernst meinte. Nachdem sie sich einige Augenblicke stumm in die Augen gesehen hatten, suchte Philipp nach seinen Kleidern, erhob sich wortlos von ihrem Lager und verließ entrüstet ihr Zelt.

Nachdem Johanna zumindest ein wenig geschlafen hatte, ließ sie sich in der Stille des frühen Tages von ihren Dienerinnen ankleiden. Sie sah blass aus mit ihren vor Kälte aufgesprungenen Wangen und Lippen, dem schmalen Gesicht und dem roten Haar, das ihr im Nacken in Schnecken gelegt wurde. Dann trat sie hinaus in den kalten Dezembermorgen. Über den niedergebrannten Feuern, Heuhaufen und dampfenden Pferdeäpfeln spannte sich der graue Himmel. Sie hob ihre Röcke an, um über den aufgeweichten Untergrund hinüber zu ihrem Pferd zu laufen, das von einem jungen Knecht am Zaumzeug gehalten wurde. Er zitterte vor Kälte, als er ihr die Zügel übergab.

Sobald Johanna auf ihrem Pferd saß, legten zwei ihrer Dienerinnen das Kleid und den Umhang zurecht, und Johanna bahnte sich einen Weg zwischen all den Menschen, Karren und Tieren hindurch zu Philipp, den sie weiter vorn hinter den letzten Rauchschwaden der heruntergebrannten Feuer auf seinem Pferd entdeckt hatte.

Heute würden sie die Küste von Seeland erreichen. Johannas Blick schweifte über all die bunten Zelte hinweg und ab und an blieb ihr Blick an Gesichtern und Körpern haften. Lauter Menschen, die sie noch nie gesehen hatte. Unzählige Soldaten, zu Fuß und auf Pferden, in Rüstungen, mit Schwertern und Pieken. Was für ein Getümmel! Für einen Augenblick meinte sie, Martin de Moxica in seiner schwarzen Steppkleidung hinter einem der Karren gesehen zu haben. Und dort drüben stand Valérie im Matsch. Einige Hofdamen umkreisten die Geliebte ihres Mannes in ihrem auffälligen blauen Kleid. Die Augen des Mädchens bewegten sich suchend durch die Menge. Was machte sie hier? Dieses Mädchen war schuld daran, dass die furchtbaren Gerüchte über Johannas angebliche Raserei hatten in Umlauf gebracht werden können. Johanna ritt dicht an ihr vorbei, sodass sich ihre Blicke trafen. Doch überraschenderweise wich Johannas Ärger über Valéries Anwesenheit augenblicklich einem Gefühl des Mitleids. Vermutlich war dieses Mädchen auch nur für Philipps und de Moxicas Pläne missbraucht worden. Wie sollte sich eine junge Frau den Zudringlichkeiten des Erzherzogs von Burgund entwinden? War es nicht sogar ihre Pflicht, sich ihm hinzugeben, wenn er danach verlangte? Valérie war lediglich ein weiteres tragisches Symbol für die Unberechenbarkeit und Selbstbezogenheit ihres Mannes, oder nicht?

Johanna lenkte ihr Pferd weiter zu Philipp. Gemächlich ritten sie nebeneinander über das braune, schlammige Feld hinaus auf die Straße, während sich ihr Tross mit flatternden Flaggen träge hinter ihnen in Bewegung setzte. Der Himmel war so schwer und ohne Sonne, dass sich die Stoppelfelder am Horizont in seinem

Grau auflösten. Johanna richtete ihren Blick starr nach vorne auf den Weg, der vor ihnen lag. »Was macht sie hier?«

»Wen meinst du?« Philipp kam auf seinem Pferd näher zu ihr heran, sodass sich für einen Moment ihre Unterschenkel berührten.

»Valérie.«

»Sie begleitet uns nach Spanien.«

»Wozu? Willst du sie noch einmal für deine Zwecke missbrauchen?« Jetzt sah Johanna Philipp doch ein wenig wütend an. Offenbar waren noch nicht alle emotionalen Verknüpfungen zwischen ihnen durchtrennt. Das war ärgerlich. Aber eben auch selbstverständlich. Die Verletzungen gingen zu tief.

»Ich mag sie.« Philipp lächelte. Als hätte die Tatsache, dass Johanna ihn in der Nacht zuvor abgewiesen hatte, ihn rätselhafterweise mit neuer Energie aufgeladen. Was Johanna noch ein wenig mehr aufbrachte. Gleichzeitig fühlte sie eine zunehmende innere Sicherheit. »Sie wird hier in Flandern bleiben. Oder die Schiffe werden nicht ablegen«, sagte sie bestimmt.

»Willst du sie allein am Hafen stehen lassen? Nach tagelangem Marsch durch Matsch und Schnee?«

»Allerdings.«

»Das ist sehr unmenschlich.«

»Unmenschlich ist, dass du sie überhaupt mitgenommen hast.«

»Sie begleitet uns freiwillig.« Philipp warf seiner Frau einen amüsierten Blick zu. Für einen Augenblick hatte sie das Gefühl, dass Philipp sie reizen wollte. War er gestern Nacht von ihr direkt zu Valéries Zelt hinübergewechselt? Anzunehmen war es.

Es hatte keinen Sinn, mit Philipp weiter über dieses Thema zu verhandeln. Johanna musste sich selbst um die Angelegenheit kümmern. In Begleitung von Valérie würde sie jedenfalls nicht das Meer überqueren. Johanna wollte nichts, was sie an die schmerzhafte Vergangenheit erinnerte, mit in die Zukunft nehmen.

Sie hielt ihr Pferd an. Und zwar so plötzlich, dass die nachfolgenden Reiter und Fußsoldaten gar nicht so schnell verstanden, was eigentlich los war. Die Kolonne aus Reitern und Karren schob sich unablässig rechts und links wie eine Geröilllawine an ihrer Herrin vorbei. Sie war der Fels darin. Philipp drehte sich mit beunruhigtem Blick zu ihr um, wurde aber von der sich vorwärts wälzenden Masse einfach weitergedrängt.

Vom Himmel prasselten Hagelkörner. Gleichzeitig riss der Himmel auf und ließ ein paar gleißende Sonnenstrahlen durch die dichte Wolkendecke, sodass Johanna unter ihrem Umhang heiß wurde. Das war typisch für dieses Land. Es war widersprüchlich und kalt und doch von einer bestechenden Schönheit. Wie ihr Mann. Johanna ließ ihren Blick konzentriert schweifen. Ihr Herz pochte unter ihrem Korsett.

Mit Dreck überzogene junge Männer mit Schildern und Pieken guckten aus ungläubigen Augen und matschverschmierten Gesichtern zu Johanna hinauf, als sie an ihr vorbeizogen. Sie alle schienen sich zu fragen, warum die angehende Königin mit ihrem Pferd einfach im schiebenden und drängenden Getümmel stehen blieb, während der Erzherzog an der Spitze des Zuges ritt. Von hier aus war seine rot-weiße Flagge im Dunst zu sehen. Schließlich schlingerten ein paar Maultierkarren an ihr vorbei, die mit Kisten, Teppichen und Möbeln beladen waren.

Endlich folgten die Hofdamen auf ihren Pferden. Einige von ihnen hingen schon ziemlich abgekämpft in den Sätteln. Als würde jeder Schritt ihrer Pferde sie empfindlich schmerzen. Ihre violetten und hellblauen Umhänge hatten längst dunkle Ränder und Flecken bekommen und ihre Stiefel glänzten nicht mehr. Am Waldrand, ein gutes Stück von ihr entfernt, kam Valérie endlich unter tief hängenden Ästen entlanggeritten. Gerade beugte sie sich nach vorne, damit sich ihr blondes Haar nicht in den feinen Zweigen verfing. Als sie beinahe auf Johannas Höhe war, trafen sich die Blicke der beiden Frauen. Jetzt wirkte Valérie doch etwas erschrocken, die angehende Königin plötzlich inmitten des Zuges in ihrer Nähe zu entdecken. Johanna bohrte die Hacken in die Flanken ihres Pferdes und ritt quer durch den Strom aus Menschen, Tieren und Karren dicht an Valérie heran. Johanna sah das junge Mädchen scharf an und rief: »Ich befehle dir, augenblicklich umzukehren!«

»*Son Altesse Royale.*« Valérie ritt tapfer weiter. Ihre Stimme brach.

Johanna spürte den Vernichtungswillen in sich aufsteigen. »Sofort!«

»*Mais,* ich bin Ihretwegen hier.« Valérie rutschte vom Französischen ins Flämische und warf Johanna einen flehenden Blick zu.

»Wegen mir? Damit dich mein Mann erneut gegen mich in Stellung bringen kann?« Es war schwer, sich in diesem Gedränge und Geschiebe aus Eseln, Karren und Hofdamen zu unterhalten. Ihre Pferde wurden immer wieder auseinandergetrieben, sodass es einiges an Kraft kostete, beieinanderzubleiben.

Mit ihrem seltsamen französischen Akzent fuhr das Mädchen kopfschüttelnd fort. »Ich weiß von einer Vereinbarung.«

»Was für eine Vereinbarung?« Johanna sah weit vorn, zwischen all den Pieken und Lanzen hindurch, die rot-weiße Flagge der Habsburger flattern. Ein rot-weißer Fetzen Stoff in hellblauer, kalter Unendlichkeit.

»Zwischen Philipp und ihrem Vater.« Valérie versuchte, ihr Pferd durch den Zug zu treiben, sodass sie auf dem angrenzenden Acker stehen bleiben konnten. Kleine Eisklumpen fielen auf Johanna und Valérie herunter und blieben in den Faltenwürfen ihrer Mäntel hängen.

Johanna fröstelte.

Valérie blinzelte angespannt. Dann senkte sie ihre Stimme ab.

»Sie sollten aufpassen, in welche Räume Sie sich in ihrer Heimat begeben, Hoheit.«

Johanna drängte ihr Pferd dicht an das von Valérie heran und klammerte sich an ihre Zügel. »Was soll das heißen?«

»Ihr Mann will Sie einkerkern lassen, sobald er ihren Vater vertraglich dazu gebracht hat, auf den Thron zu verzichten.« Das junge Mädchen machte ein Gesicht, als hätte sie Angst, dass Philipp auch sie einkerkern lassen könnte. »Das wollte ich Ihnen sagen, Hoheit.«

Für einen Moment legte Johanna ihre Hand auf Valéries Hände und sah sie offen an, während ihre Pferde unruhig umeinander kreisten. Dann war dieser eigenartige Moment schon wieder vorüber und Johanna gab ihrem Pferd die Sporen. Entlang des Trosses galoppierte sie den Acker hinunter zurück an die Spitze, sodass die Erdklumpen flogen. Sie würde ihren Mann vernichten.

16

Es war fast Sommer, als Johanna sich mit der flämischen Flotte ihrer Heimat näherte. Allerdings nicht der andalusischen Küste, wie von Philipp eigentlich geplant. Verheerende Orkane zwangen sie, Galizien anzusteuern. Johanna war das gleichgültig. Sie hatte eigentlich gedacht, sie würden wieder im Hafen von Laredo vor Anker gehen. Aber es gab offenbar gute Gründe, warum Philipp diesen Hafen, der einen kürzeren und weit weniger beschwerlichen Landweg nach Toledo bedeutet hätte, ganz und gar nicht ins Auge fasste.

Doch noch stürzten gewaltige Regenschauer vom Himmel auf die Schiffe und die tosenden Wellen herunter. Das Meer schäumte um die inzwischen kleiner gewordene Flotte, die hilflos in Richtung der spanischen Küste schlingerte. Die Wogen rollten aus der Ferne heran, zerbarsten an den Schiffen, um sich auf der anderen Seite sofort aufs Neue aufzutürmen, im Versuch, wenigstens eins von ihnen mit Schwung gegen die Felsen zu schlagen.

Johanna und Philipp hatten sich mit sämtlichen Reisenden unter Deck geflüchtet und Philipp ging es gar nicht gut. Er fürchtete sich, das war ihm anzusehen. Sein Gesicht war eingefallen und weiß, seine Lippen waren schmal. Das lange Haar hing ihm feucht und zerzaust um das Gesicht herum. Sein Körper hatte jegliche Spannung verloren. Johanna saß wieder auf der Holzkiste, die sie sich bereits vor einigen Tagen hatte geben lassen. Dieser

Platz hatte sie sicher bis hierher gebracht. Nun würde sie darauf vielleicht auch noch die Landung im Hafen von La Coruña schaffen. Johanna hatte keine Angst. Die Ungewissheit war längst ihre beste Freundin. Mit ihr an der Seite hatte sie die letzten zehn Jahre verbracht. Bereits vor Englands Küste war ihre Flotte in derart furchtbare Schneestürme mit kräftigem Gegenwind geraten, dass Philipp sich sogar in einen Sack aus Leder hatte einnähen und aufblasen lassen, in der Hoffnung, bei Schiffbruch nicht unterzugehen. Einige der Karavellen waren gesunken und die restliche Flotte hatte schwer beschädigt für drei Monate in England Station machen müssen, um repariert und wieder aufgerüstet zu werden. Doch kaum an Land, hatte Philipp mit König Heinrich VII. gefeiert, als gäbe es kein Morgen, während sich Johanna zu ihrer verwitweten und vereinsamten Schwester Katharina in das entlegene Durham House zurückgezogen hatte, um dort die Weiterreise abzuwarten. Philipp, der sich am englischen Hof wieder einmal als recht sorglos hervorgetan hatte, tastete nun nach Johannas ermutigender Hand.

Johanna versuchte gar nicht mehr, darüber nachzudenken, was als Nächstes passieren würde. Es brachte sowieso nichts, sich gegen das, was Gott mit ihnen vorhatte, zu sträuben. Sie hielt tröstend Philipps Hand, die auf ihrem Bein lag, und ihr Körper ging ohne Widerstand mit den heftigen Bewegungen des Wellengangs mit. Neben und hinter ihnen legten flämische Edelleute, deren Namen Johanna längst wieder vergessen hatte, Gelübde ab und warfen ihre kostbaren Ringe, goldenen Ketten und Hände voller Münzen in Spendenkörbe, die sich im Laufe der stürmischen Überfahrt gut gefüllt hatten. Um sie herum schwangen Laternen, die aschfahle Schatten auf die Wände des Schiffsrumpfes warfen. Die Männer beichteten einander ihre schlimmsten Vergehen. Johanna wollte sie sich gar nicht anhören. Wie lächerlich doch das menschliche Dasein war. In einem Moment fühlte sich der

Mensch stark und tat lauter dumme Dinge und im nächsten Augenblick kam er sich so mickrig und vergänglich vor. All die feierlich glänzenden Heldentaten voller Stolz und Überheblichkeit im Leben dieser Edelleute schrumpften auf erbärmliche, schuldbeladene Momente zusammen, die ihnen nun zeigten, was für bedeutungslose Winzlinge sie doch waren und dass der Tod nicht danach fragte, wie reich und mächtig jeder von ihnen war. Was wohl für diese Edelmänner eine wirklich erschütternde Einsicht war. Im Sturm des Atlantiks wandelten sie sich zu vollkommen ohnmächtigen Kreaturen, die nicht mehr und nicht weniger waren als jedes andere Lebewesen auch. Aber auch diese Einsicht würde selbstverständlich nur von tragisch kurzer Dauer sein und nicht mehr gelten, sobald sie wieder sicheres Land unter ihren Füßen hatten.

Philipp schien es nicht anders zu ergehen. Er stammelte unzusammenhängende Satzfetzen. Seine Beine hatte er hilflos über die Bodenbretter gestreckt. Als sei ihm plötzlich klar geworden, dass auch ein angehender König nur ein Mensch war. Vielleicht würde er in diesen Stunden noch Demut lernen und erkennen, wie verwerflich es war, seine eigene Ehefrau um ihre Krone zu berauben.

Johanna entzog sich Philipps Griff, beugte sich zu ihrem Gepäck herunter und holte die Holzschatullen mit den Bildern ihrer Kinder hervor. Da waren sie, ihre vier Evangelien. Karl, Eleonore, Isabella und Ferdinand. Und auch ein kleines Bildchen von ihrer neugeborenen Tochter Maria hatte sie noch vor ihrem Aufbruch vom Zeichenlehrer ihrer Kinder anfertigen lassen. Mit jedem hellen Lichtstrahl, der sich mit der schwingenden Laterne für Augenblicke über ihre hübschen Gesichter ergoss, fühlte Johanna sich ihnen nahe und verbunden. Ihre Kinder sahen sie aus ihren dunklen Augen unverwandt an. Nur das Bild von Philipp und sich, als wunderbares Herrscherpaar, deckte sie geschickt mit ihrem linken Unterarm zu. Diese Illusion war Vergangenheit. Philipp blinzelte matt. »Was hast du da?«

»Die Bilder unserer Kinder.«

»Willst du die Rahmen etwa spenden, um unser Leben zu retten?« Philipps Augen huschten unsicher über Johannas Gesicht.

»Wie bitte?«

»Ob du die Bilder in den Korb werfen willst? Unser Kostbarstes?« Seine Stimme bekam nun einen fast erschrockenen Klang. Er richtete sich auf. Im flüchtigen Lichtschweif sah Johanna die dunklen Schweißflecken unter seinen Armen und den Orden vom goldenen Vlies, den er sich lächerlicherweise umgelegt hatte, als könnte er ihn mit ins Jenseits nehmen. Sein Hemd und sein ärmelloses Wams waren verschmutzt, der Kaninchenfellkragen verfilzt. Johanna setzte sich ebenfalls aufrecht hin, die Hände fest um die vergoldeten Rahmen gelegt. Glaubte er tatsächlich, dass sie die Bilder in den Korb warf? Sie war sich nicht sicher. Zuzutrauen war es ihm allemal, dass er solch einen Akt für denkbar hielt. Sein Gesicht war so wächsern, als würde sein Herz vor Angst gleich aufhören zu schlagen. Sie sagte tonlos: »Hier unten ist es viel zu heiß für deinen Wams und deinen Orden. Du solltest beides ausziehen.«

»Woran sollen die Leute dann erkennen, wer ich bin, wenn ich an irgendeinem fremden Strand angespült werde?«

»Was hat das dann noch für eine Bedeutung?«

»Dass sie mich dir zuordnen und neben dich legen können.« Philipp lächelte matt.

»Sollte ich denn sterben.« Johanna guckte auf ihren Mann herunter und legte ihren Kopf leicht schief. Sie sah ihn in seinem ganzen Elend, seine Furcht vor der Verlorenheit und Finsternis. Der feinsinnige Mensch, der sich ihr damals bei ihrer ersten Begegnung für Augenblicke ungeschützt gezeigt hatte und den sie darum sofort geliebt hatte. Sie hatte gedacht, ihm könnte sie vertrauen, weil sie ähnlich fühlten. Und darum war es jetzt so schwer, gar nichts mehr für ihn zu empfinden. Johanna konnte nicht anders, als zumindest während des Sturms diesen echten Kern ihres Mannes zu mögen.

Philipp flüsterte: »Bitte opfere für unser Überleben nicht die Bilder unserer Kinder.«

Johanna rutschte auf die Kante ihrer Kiste. Sie umklammerte die Bilderkästchen mit der einen Hand, mit der anderen Hand hielt sie sich an einem Stützbalken fest. »Niemals würde ich …«

Die Karavelle brach in ein tiefes Wellental, Johanna glitt ab und prallte mit der Schulter schmerzhaft an den Balken. Ein Fass rollte gegen Philipps Oberschenkel. Die edlen Damen schrien und warfen sich Schutz suchend einander in die Arme. Die Laternen erloschen. Jetzt war es düster hier unten. Von draußen schlugen und krachten die Wogen gegen das Holz wie Bestien, die sich endlich, endlich ihre Opfer aus ihrer Zufluchtsstätte klauben wollten. Johanna spürte da draußen dieses tosende Element. Und sie spürte es tief in sich und wusste aus Erfahrung, dass auch die gewaltigsten Aufwallungen irgendwann wieder abebbten. Dann traten die Erschöpfung, die Stille und die Ruhe ein. Das Meer tobte sich an ihnen aus. Doch so, wie Johanna mit ihrer Wut und ihrer Verzweiflung immer wieder vergeblich versucht hatte, zu den Menschen, die sie eigentlich liebte, vorzudringen, so würde ja vielleicht auch die aufgewühlte See an ihnen scheitern? Philipp stöhnte, als sich jemand im Dunkeln bemühte, das Fass von ihm wegzurollen. Die Hofdamen schluchzten und beteten.

»Philipp?« Johanna flüsterte in das stickige Schwarz hinein.

Doch statt einer Antwort fühlte sie seine Hand, die wieder nach ihrer tastete. Sie griff danach und hielt sie fest. Und aus dieser heißen Finsternis, im absoluten Ausgeliefertsein, wisperte Philipp: »Ich möchte dich gerne festhalten.«

Johanna rutschte zu ihm herunter auf den feuchten, klebrigen Boden. Sie rückte eng an ihn heran. Sie fühlte, wie er zuerst den Orden abnahm und dann, unter einiger Anstrengung, das Wams auszog. Schließlich nahm er wieder ihre Hand. »Gibst du mir einen der Rahmen?«

Sie reichte ihm das Diptychon, in dem die Bilder von ihnen und von Ferdinand waren. Bald, schon sehr bald, würde sie ihren Sohn wiedersehen und er zum ersten Mal seinen Vater erblicken. Nicht wahr? Noch saßen sie schweigend nebeneinander, Eltern von fünf Kindern, mit den Bildern dieser kleinen Jungen und Mädchen im Schoß, während sich draußen der Sturm unermüdlich und verzweifelt an die Schiffsplanken warf, um diesen Holzkörper doch noch zum Bersten zu bringen, um die nichtigen Menschen mit einem einzigen salzigen Schmatzer auf ewig zu verschlucken. Wenn Gott sie nicht davor bewahrte.

Es dauerte die ganze Nacht, bis sich der Sturm endlich beruhigt hatte und Johanna und Philipp im Sonnenaufgang zitternd und erschöpft in einem der Beiboote an Land gebracht werden konnten. Schon von ferne sahen sie die Menschenmenge, die sich im Hafen von La Coruña angesammelt hatte. Vor Nässe triefende Adlige aus Galizien und Kastilien. Sie schwenkten ihre Flaggen. Mit Pauken und Trompeten ließen sie das Königspaar hochleben. Kinder und junge Männer kamen ihnen über den Strand und durch das seichte Wasser entgegengelaufen. Bis zu den Hüften standen sie in den sich kräuselnden Wellen, um ihre Königin und den König an Land zu geleiten und sie direkt weiter zum Festplatz oberhalb der schroffen Klippen zu bringen, an denen sich das hellgrüne Meer brach.

Es war seltsam, wieder festen Boden unter den Füßen zu haben, umgeben von lauter Menschen, die Johannas Sprache sprachen. Und es war seltsam, von all diesen Menschen bestürmt zu werden, die mit Philipps Erscheinen als neuem König offenbar große Hoffnungen verbanden. Johanna erdrückte die Vielzahl der aufgeregten, lärmenden Stimmen, die Hände, die nach ihr griffen. Girlanden flogen, Jubelchöre erklangen und ihr Mann blühte mit einem Schlag wieder auf.

Die erschöpfenden Feierlichkeiten, die auf der kleinen nördlich gelegenen Halbinsel rund um den Leuchtturm zu Ehren des Thronfolgerpaares stattfanden, zogen sich in die Länge. Außer Johanna schien sich niemand weiter daran zu stören, dass es ununterbrochen in Strömen regnete. Tatsächlich regnete es hier in Spanien dreimal heftiger als in Flandern. Der Himmel war durch den ungeheuren Niederschlag gar nicht mehr zu sehen. In den aufgebauten Festzelten standen die Leute knöcheltief im Schlamm. Die Kleider sogen sich bis zu den Knien mit Wasser voll. Philipp badete geradezu wie im Rausch in der Verehrung, die ihm die Adligen aus Galizien und Kastilien eifrig entgegenbrachten, so als glaubten sie, dass mit diesem jungen König die so schmerzlich vermisste feudale Selbstbestimmung zurückkehren würde, die durch die strenge Herrschaft ihrer Eltern, der Katholischen Könige, schwer gelitten hatte.

Warum nur hatte Philipp nicht gemeinsam mit Johanna eine völlig neue und gerechtere Wirklichkeit erschaffen wollen? Hätten sie zusammen nicht viel mehr Schönes erreichen können? Warum musste er sich stattdessen ihrer entledigen? Weil sie kein Interesse an Verrat und Größenwahn hatte? Was genau hatte ihr Mann eigentlich je für sie empfunden?

Johanna ließ ihren Blick schweifen auf der Suche nach einer Möglichkeit, dieser Massenansammlung zu entfliehen. Sie hatte hier nichts mehr verloren. Das war Philipps Fest. Sollte er doch mit jungen Mädchen tanzen. Es war egal. Er sollte sie küssen und sich mit ihnen vergnügen. Es war egal. Es war nur schade um den Mann, der er hätte sein können. Es war schade um das Herrscherpaar, das sie hätten sein können. Es war schade um die Freiheit, die sie hätten gemeinsam erschaffen können. Aber all das hatte nichts mehr mit ihr zu tun. Sie drängte zum Ausgang des Zeltes. Aus dem Augenwinkel sah sie Philipp, der mit einem Mal seinen Tanz unterbrach und misstrauisch den Kopf hob. Ganz so vereinnahmt war er offenbar doch nicht. Vielmehr schien er beunruhigt von dem, was Johanna vorhatte. Was, das wusste sie selbst auch noch nicht so genau. Dicht gefolgt von ihren Dienerinnen schlängelte sie sich zwischen den Anwesenden hindurch, die mit kleinen Verbeugungen höflichst zur Seite wichen.

Sie fühlte ihre nassen Füße im warmen Matsch. Es tropfte feucht vom Zeltdach, auf das der Regen schwallartig herunterklatschte. Auf ihrem Weg durch die Menge hörte sie, wie die Anwesenden darin übereinstimmten, dass dieser Regen alles andere als normal sei. Und doch standen sie mitten darin.

Sengende Hitze hing über der weiten staubigen Ebene. Es war Mitte August und der gewaltige flämische Tross aus schwitzenden Fußsoldaten, sonnengeröteten Knappen und schläfrigen Hofdamen auf durstigen Pferden wälzte sich mitsamt seiner neu dazugewonnenen Anhängerschaft aus kastilischem Adel und katholischem Hochklerus durch die flirrende Einöde langsam seinem Ziel entgegen. In Valladolid wollte Philipp triumphal als neuer König von Gottes Gnaden einreiten, um dann am nächsten Tag in Burgos den Thron zu besteigen. Johanna, die Erbin der Monarchie, hatte in den letzten Wochen nur noch wenige Worte mit ihm gewechselt, obwohl sie seit ihrem Aufbruch von der Küste über die von den unaufhörlichen Regengüssen aufgeweichte Hochebene bis hinunter ins ausgedorrte Landesinnere an seiner Seite geritten war. Schweigsam und mit nach innen gerichtetem Blick. Dass sie erneut schwanger war, ging ihn nichts an. Es war schon erstaunlich, dass eine einzige flüchtige Begegnung mit Philipp, abseits der höfischen Feste und Empfänge während ihres Aufenthaltes in England, wieder einmal ausgereicht hatte, dass sie sich erneut in anderen Umständen befand. Nun würde sie also ein zweites Kind in ihrer spanischen Heimat zur Welt bringen. Sollte es ein Mädchen werden, würde sie es Katharina nennen. Nach ihrer Schwester, die als Fünfzehnjährige alleine nach England geschickt worden war, um Arthur Tudor, den englischen Thronfolger, zu heiraten, der aber leider kurz nach der Eheschließung schon wieder gestorben war. Seitdem wartete ihre tapfere Schwester, vom Königshof verbannt und kinderlos, darauf, was als Nächstes mit ihr passieren würde. So wollte Johanna nicht enden. Und so würde sie auch nicht enden.

Johanna versuchte, die Hitze so gut es ging zu ignorieren. Sie konnte sich nicht erinnern, dass es in ihrer Kindheit jemals derart heiß gewesen war. Diese alles zerstörende gleißende Glut, die jeden Strauch, jeden Baum, jedes Feld sofort zu gelbgrauer Asche werden ließ, war merkwürdig. Seit Tagen kamen sie an staubigen Feldern und vergilbten Sträuchern vorbei. Nichts wuchs. Nichts konnte geerntet werden. Während auf der Hochebene der Rio Miño noch weit über die Ufer getreten war und große Teile der Landschaft überflutet hatte, lag nun das Flussbett des Aratoi ausgetrocknet da. Johanna konnte sich gar nicht vorstellen, dass er jemals wieder Wasser führen würde. Wovon lebten die Menschen, wenn sie nichts ernteten und ihre Tiere nichts zu fressen bekamen?

Philipp schien sich darüber keine tiefgehenden Gedanken zu machen. Ebenso wenig irritierten ihn die Hitze oder Johannas Schweigsamkeit. Für ihn war offenbar alles geklärt. Er hatte die Schiffsreise überlebt. Seine Anhängerschaft vergrößerte sich stetig und vor einigen Tagen hatte er auch noch auf halber Strecke in Villafáfila mit ihrem Vater einen für ihn sehr vorteilhaften Vertrag abgeschlossen. Ferdinand von Aragón war ihnen mit seinem Gefolge auf der angrenzenden Hochebene entgegengekommen und hatte tatsächlich auf die Regentschaft über sämtliche Ländereien der kastilischen Krone verzichtet und zugesichert, sich zurückzuziehen. Ihm war auch gar nichts anderes übrig geblieben, nachdem er mit Erschütterung hatte feststellen müssen, dass der gesamte Hochadel und auch seine treusten Bischöfe zu Philipp übergelaufen waren.

Johannas Herz klopfte. Sie befand sich in einem Zustand erhöhter Aufmerksamkeit. Schon bald würde Philipp versuchen, sich ihrer zu entledigen. Es war kaum auszuhalten, mit welcher Überheblichkeit er durch die Landschaft ritt. Sicher, er hatte ein beachtliches Gefolge hinter sich. Und doch hatte er es nur hinter sich, weil Johanna vor zehn Jahren so wohlerzogen gewesen war, ihn zu heiraten, und weil sie sich später aus Liebe zu Gott und aus Liebe zu ihren Kindern dagegen entschieden hatte, ihn zu vernichten. Aber aus Liebe zu sich selbst fühlte sie sich daran nun nicht mehr gebunden.

Johanna umklammerte den Sattelknauf. Ihr Umhang flatterte in der leichten Brise und ihre Augen sahen unter dem Rand der tief ins Gesicht gezogenen Kapuze hervor. Johanna hatte zu helle Haut, als dass sie sich ohne Bedenken dieser mittäglichen Sonne schutzlos hätte aussetzen können. Aber sie fühlte sich ohnehin wohler mit Kapuze über dem Kopf. So konnte sie vermeiden, dass sie Philipp ständig aus dem Augenwinkel sah. Es war fast schade, dass Valérie nicht hier war. Sie hätten sich ein wenig miteinander anfreunden können. Wahrscheinlich war es ein Fehler gewesen, Philipps Geliebte wegzuschicken. Immerhin hatte sie sich getraut, Johanna vor ihm zu warnen. Sie hätte Johannas engste Vertraute werden können.

Johanna stellte sich vor, das Mädchen ritte irgendwo weiter hinten im Tross. Oder auch neben ihr, sodass sie sich ein bisschen unterhalten könnten. Diese Fantasie wirkte seltsam erheiternd auf Johanna. So, als befände sie sich unbemerkt in einer ganz anderen, schöneren Wirklichkeit. Wäre Valérie tatsächlich an ihrer Seite geritten, wären Philipp und seine seltsamen Berater, die sich in den letzten Tagen auffällig nervös um ihn scharten, nur argwöhnisch geworden und hätten sich gefragt, warum diese beiden verfeindeten Frauen mit einem Mal freundlich miteinander umgingen. Noch in Flandern, als Johanna von ihrer kleinen konspirativen Unterredung mit Valérie wieder nach vorne zu Philipp an die Spitze des Zuges geritten war, hatte er unruhig von ihr wissen wollen, was sie mit seiner Geliebten gemacht habe? Er hatte sich sogar nach ihr umgesehen und gefragt: »Wo ist sie?« Als hätte er Sorge gehabt, dass Valérie seinen Plan verraten hatte! Johanna hatte ihm gar nicht auf diese Frage geantwortet. Nichts von dem, was sie dachte oder tat, ging Philipp noch etwas an. Sie unterhielt sich im Stillen mit Valérie. Über alles, was ihr so im Kopf herumging. Unter anderem über ihren Vater, der in Villafáfila keine großen Anstrengungen unternommen hatte, Johanna nach drei Jahren endlich wiederzusehen. Valérie fand dieses Verhalten auch sehr traurig. Sie vermutete, dass Ferdinand von Aragón wohl unter zu großem Druck gestanden habe. Er hatte mit Philipp einigermaßen übereinkommen und sich zudem noch eine beträchtliche Entschädigungssumme aus der Staatskasse für seinen Rückzug aus Kastilien sichern müssen. So hatte er wahrscheinlich einfach übersehen, dass ja noch seine Tochter zu begrüßen gewesen wäre. Johanna seufzte. Es war egal. Es war alles egal. Oder vielleicht besser gesagt: Alles war absehbar. Nun war sie an der Reihe, nicht wahr? Nichts würde Philipp davon abhalten, sich ihrer zu entledigen. In Zeiten des Triumphes hatte ihr Mann schon immer geglaubt, ohne sie besser zurechtzukommen. Und jedes Mal vergaß er erneut, dass auf den Triumph naturgemäß eine Niederlage folgte.

Johanna klopfte auf den feucht glänzenden Hals ihres dahintrottenden Pferdes. Es war ein gutes Tier.

»Wir werden bald Halt machen«, hörte sie Philipp durch den Staub sagen. Er hustete.

Johanna reagierte nicht. Wozu auch? Sie sah hinaus in diese weite, ockergelbe Landschaft. Am Horizont flimmerte die glühende Luft. Rechts und links von ihnen zogen sich niedrige Felsformationen entlang. Hier und da vertrocknete eine einzelne kümmerliche Korkeiche. Und irgendwo verschwand eine Schlange im Schatten eines Steins. Johanna schob ihre Kapuze ein Stück zurück und drehte ihren Kopf in Philipps Richtung. Sie hörte Valéries Stimme leise flüstern, Hoheit solle aufpassen, in welche Räume sie sich in ihrer Heimat begebe. Nun wollte Johanna doch wissen, wo sie Halt machten. »Wo?«

Ihr Mann antwortete nicht. Dafür holte Martin de Moxica auf seinem Pferd von hinten auf, und mischte sich ins Gespräch ein. »In Cójeces.«

Johanna mochte den schwarz gekleideten Sekretär mit den stechend grünen Augen immer noch nicht. Es war, als hätte er ihrem Mann ständig irgendwelche geheimen Mitteilungen zu machen. Nur während ihrer Überfahrt von Portland nach La Coruña, als die Winde so wild getobt hatten und Philipp nach Johannas Hand getastet hatte, war de Moxica nirgendwo unter Deck zu sehen gewesen. Wo hatte er sich da verkrochen, anstatt seiner Hoheit beratend zur Seite zu stehen?

»Was ist so lustig?« Philipps Haar klebte schweißnass an den Schläfen. Er sollte besser ein wenig aufpassen mit der Sonne. Seine flämische Haut war derartiges Licht nicht gewohnt. Er sah bedenklich rot im Gesicht aus. Sie sagte: »Du wirkst ein wenig erschöpft.«

»Wieso?«

Sie zuckte mit den Schultern. Sollte er sich doch verbrennen. Sollte er doch selber lernen, wie viel Sonnenlicht ihm gut tat. Johanna musste aufpassen. Sie war schon wieder dabei, ihren Mann zu provozieren. Sie konnte einfach nicht anders. Seine Dummheit reizte sie. Dennoch war er zu allem fähig. Und wenn er es nicht über sein mickriges Herz brachte, Johanna eigenhändig aus dem Weg zu schaffen, sein Berater Martin de Moxica würde das bestimmt gerne für ihn übernehmen. Philipp ritt dichter zu ihr heran. Trotz dieser quälenden Temperaturen hatte er sich wieder seinen mächtigen Orden vom Goldenen Vlies umgelegt. Der goldene Widder am Ende der Kette schien noch schlaffer als sonst herunterzuhängen. Sie lächelte freundlich und sagte: »Cäsar hat ja allerhand Rechtsbrüche begangen.«

»Ich weiß. Warum sagst du das?«

»Er fiel mir nur gerade ein, jetzt, wo wir durch unser großes Land reiten und du dich bereits als König von Gottes Gnaden siehst.«

»Lass das!« Philipp lief der Schweiß über das rotverbrannte Gesicht, während seinem spanischen Berater die Sonne nicht ganz so stark zuzusetzen schien. Philipp beugte sich in seine Richtung und schien ihm über den Sattelknauf etwas zuzuflüstern. Johanna konnte nicht verstehen, was die beiden miteinander besprachen.

Langsam zogen sattblaue Wolken auf, die sich im Laufe des späten Nachmittags rot und schließlich violett färbten. Der Abend war da und damit näherte sich ihre Ankunft in dem kleinen Ort Cójeces, wo sich der Tross auf das Kloster, die Burg und die umliegenden Scheunen verteilen würde.

In der Dämmerung ritten Johanna und Philipp direkt auf die Burg zu, um die sich ein paar Bauernhäuser und Scheunen gruppierten. Es war eine hübsche Burg, wie Johanna fand. Mit kleinen runden Aussichtstürmchen und Zinnen, die sich wie fein gearbeitete Spitze um das Gemäuer legten. Gar nicht bedrohlich, sondern freundlich und einladend. Am Weg vertrockneten ein paar Korkeichen, das Feld davor bestand aus purem Staub. Philipp wurde unruhiger. Er gab seinem müden Pferd aus heiterem Himmel die Sporen, als hätte er es plötzlich sehr eilig. Doch sein Pferd machte nur einen kleinen Satz und schleppte sich dann in gleichbleibend lahmer Geschwindigkeit auf die Burg zu. Normalerweise versuchten die Pferde beim Anblick einer Burg sofort loszugaloppieren, um endlich an ihr Wasser und den Hafer zu gelangen. Aber diese Pferde waren sogar dafür zu schlapp. Es war ein Wunder, dass sie es überhaupt bis hierher geschafft hatten. Im Gegensatz zu ihnen wurde Philipp immer lebhafter. Er fing sogar an, fröhlich zu reden. »Kennst du diese Festung?«

»Nein.«

»Ihr Spanier habt eine wunderbare Art, Festungen zu bauen.«

»Ihr Spanier?« Johanna lachte heiser. »In ein paar Tagen wirst du den Thron der spanischen Königreiche besteigen. Dann bist du Spanier.« Ihr Blick wanderte hinüber zur Zugbrücke. Das Tor stand offen. Hungrig und bereit, sie mitsamt ihrem Pferd für immer zu verschlucken. Und aus dieser plötzlichen Erkenntnis heraus lenkte Johanna ihr Pferd hinüber zu einer Korkeiche und stieg ab. Bevor Philipp überhaupt begriffen hatte, was los war, wogte er schon mit seinem Tross aus erschöpften Menschen und röchelnden Pferden, denen die Zunge aus dem Maul hing, über das Feld der Festung entgegen. All diese ausgelaugten Körper zogen an Johanna vorbei, mit schleppenden Schritten, verstaubten und zerrissenen Kleidern und kaputten Stiefeln. Es war herrlich, voller Ruhe in der dämmernden Landschaft neben ihrem Pferd zu stehen. Valérie war auch nicht weit. Sie blieb mit ihrem Pferd ganz in der Nähe. Ihre engste Vertraute und sie hatten beschlossen, die Nacht besser außerhalb der Burg zu verbringen. Schließlich wusste Johanna aus Erfahrung, wie schwierig es sein konnte, aus einer Festung zu entkommen, wenn erst einmal die Zugbrücke nach oben gezogen und das Fallgitter heruntergelassen worden war. Da war es mit Sicherheit vernünftig, genau hier anzuhalten.

Plötzlich tauchten Philipp und Martin de Moxica weit vorne am Rand der Menge auf ihren entkräfteten Pferden auf, um sie wieder in Johannas Richtung zurückzutreiben. Jetzt war Philipp nicht mehr ganz so fröhlich. Als er und sein Sekretär endlich bei ihr angekommen waren, rief er: »Was ist in dich gefahren? Warum hältst du hier einfach an?«

Und auch de Moxica machte ein strenges Gesicht. »Hoheit, Sie sollten vor Einbruch der völligen Dunkelheit in die Burg einreiten.«

Bevor Johanna antworten konnte, kam Valérie dichter auf ihrem Pferd heran, ihre geflochtenen Zöpfe hatten sich im Laufe ihrer Reise aufgelöst. Die beiden Frauen warfen sich kurze Blicke zu, Valéries Lippen bewegten sich und Johanna hörte sie leise sagen: »Hoheit, ich bin bei Ihnen.« Johanna würde mit ihrer neuen Freundin hier draußen bleiben.

»Was soll das?« Philipp ritt nah heran. So nah, dass Johanna seinem Pferd einen Klaps auf den Hals geben musste, um sich Platz zu verschaffen. »Das sollte ich dich fragen«, sagte sie trocken und kroch unter dem Hals von de Moxicas Pferd durch, dessen feuchter Körper ebenfalls dicht neben ihr stand. Die Nacht zog sich wie ein dunkler Ring immer enger um sie. Drüben, hoch oben auf den Zinnen der Burg, wurden Fackeln entzündet und das Feld um sie herum verlor sich in der Schwärze der Nacht.

»Wieso steigst du, kurz bevor wir in die Burg einreiten, von deinem Pferd ab? Das ist unvernünftig. Es werden Wölfe kommen.«

»Es ist das Vernünftigste, was ich tun kann«, antwortete Johanna in die Dunkelheit hinein. Es war schön, so über sich selbst zu bestimmen. Ihre Wünsche waren ganz einfach. Sie wollte sich gleich da vorne unter die Korkeiche setzen und überleben. Das war ihr Recht als zukünftige Königin. Philipp und de Moxica wollten sie doch nicht etwa in die Burg tragen? Das wäre etwas auffällig gewesen. Vor all den Menschen. Jetzt, wo auch noch im hellen Fackelschein um die Festungsmauern herum Zelte errichtet wurden. Allerdings wurde es merklich kühler. Die verschwitzten Kleider legten sich kalt und nass auf Johannas Haut. Sie fröstelte.

»Hoheit, folgen Sie uns in die Burg. Ruhen Sie sich aus.« Philipps treuer, spanischer Geheimsekretär ließ sein Pferd ungeduldig tänzeln. Mit welchem Recht glaubte er so mit ihr sprechen zu dürfen? »Ich bleibe hier.« Johanna, die baldige Herrscherin über halb Europa und Westindien, nahm ihr Pferd an den Zügeln und zog es hinter sich her, tiefer in die Finsternis hinein. »Ich werde mich dort unter der Korkeiche ausruhen.«

Philipp ritt neben ihr her. »Johanna! Ich befehle dir, mit uns in die Burg zu kommen.«

Johanna ging einfach wortlos weiter. Ihr Pferd trottete hinterher.

»Du bist irre.« Philipp umrundete seine Frau und ihr Pferd. »Sieh dich an! Eine Königin, die kurz vor ihrer Thronbesteigung unter einem Baum mitten im Nirgendwo schlafen will.«

Nun umkreiste sie auch noch de Moxica. »Hoheit, es tut Ihrem Ruf nicht gut, hier draußen zu nächtigen. Wenn das Ihre Untertanen mitbekommen.«

»Es wird mir besser bekommen, als in der Burg zu übernachten. Denn wenn ich erst einmal da drinnen bin, werden mich meine Untertanen gar nicht mehr mitbekommen. Ist es nicht so?«

»Johanna, ich flehe dich an.« Es kostete Philipp merklich Kraft, sich zu beherrschen, nicht in Gebrüll zu verfallen. Seine Stimme bebte.

»Das musst du nicht.« Johanna stellte sich dicht unter die Korkeiche und zog ihr Pferd zu sich heran. »Ich bin müde.«

Philipp versuchte es ein letztes Mal. »Ich als dein Mann bitte dich. Komm mit mir.« Nun konnten sie einander kaum noch sehen, nur ihre Stimmen hören. Und das Schnaufen der Pferde, die fernen Rufe ihres Gefolges, das sich um die aufgebauten Zelte tummelte.

Johanna holte tief Luft. »Noch einmal werde ich mich von dir nicht einsperren lassen. Du wirst mich niemals mehr meiner Freiheit berauben.« Sie strich über den Hals ihres Pferdes. Sollten die Wölfe doch kommen. Valérie und sie würden ihre eigenen Fackeln anzünden und hochhalten, bis die Sonne in ihrem Reich wieder aufging.

17

Es war sehr schnell gegangen. Kaum hatte Philipp mit Johanna in Burgos den Thron bestiegen und sich und seinen Sieg über Ferdinand von Aragón triumphal feiern lassen, war er krank geworden. Sein besorgter Hofarzt war der Meinung, Philipp habe ein paar Tage zuvor vielleicht etwas zu leidenschaftlich mit ein paar anderen jungen Männern im Innenhof des Palastes Schlagball gespielt.

Nun lag er in seinem Bett, in einem der vielen Zimmer des Casa del Cordón. Die Fensterläden waren beinahe geschlossen. Nur wenig Mittagslicht drang durch den schmalen Spalt zu ihnen in den Raum. Draußen auf dem Platz vor dem riesigen Atriumgebäude waren noch immer die Rufe, die Trompeten und Pauken der Kastilier und Flamen zu hören. Die Feierstimmung, die Begeisterung über das neue Herrscherpaar, ebbte nicht ab. Doch die eigene Begeisterung über die nun unermessliche Macht hatte Philipp offenbar in die Knie gezwungen.

Johanna saß neben seinem Bett. Ihr Bauch wölbte sich sichtbar unter ihren Kleidern. Sie spürte die sanften Tritte ihres ungeborenen Kindes, dessen Vater sich still und reglos seinem Schicksal ergeben musste. Sie sah ihn an. Er war so bleich und auf seiner hellen Stirn standen feine Schweißperlen. Philipp hatte die Augen geschlossen. Sein langes Haar wellte sich fiebrig um sein Gesicht herum und verlor sich unter den Decken, die Johanna fest um ihn gesteckt hatte. Hin und wieder klapperten seine Zähne aufeinander, begleitet von einem kräftigen Kälteschauer. Johanna beobachtete ihn ruhig. Alle paar Minuten gab sie ihm etwas zu trinken oder befeuchtete seine aufgesprungenen Lippen. Manchmal hielt sie nur seine Hand und strich mitfühlend darüber. Seit drei Tagen und Nächten ging es Philipp nun schon sehr schlecht. Ganz plötzlich hatte er Fieber bekommen. Ohne Vorwarnung, ohne jegliches Anzeichen für eine Erschöpfung oder Krankheit. Gerade noch war er mit ein paar flämischen jungen Männern wild herumgesprungen und dann war er in sich zusammengesackt und nicht wieder aufgestanden. Vielleicht war es die Hitze, die in diesem Sommer in Spanien herrschte? Vielleicht war es der Schock über die große, verantwortungsvolle Aufgabe? Vielleicht war es einfach nur ein vorübergehendes, heftiges Fieber? Es gab einige Möglichkeiten, was mit Philipp los war. Es gab Vermutungen und Gerüchte. Ein junger König, der über seinen Schwiegervater triumphierte, lebte gefährlich. Weswegen niemand Philipps Essen zubereiten durfte, der nicht zu seinen engsten Vertrauten gehörte. Nur ein einziger Mann durfte ihn bei Tisch bedienen. Und auch Astrologen hatten Philipp schon auf eindringlichste Weise vor der Gefahr eines Anschlags gewarnt, schließlich konnte die unauffällige Beseitigung eines Gegners durch Gift einen vollständigen politischen Umsturz zur Folge haben. Hatte Philipp nicht selbst damals in Brüssel weise erkannt: »In unseren Kreisen will einen doch immer irgendjemand töten. Nicht wahr?«

Johanna stand von ihrem Stuhl auf und ging hinüber zum Erker, um mehr Licht hereinzulassen. Sie öffnete die Fensterläden noch etwas weiter und sah hinaus. Auf und um den Platz tummelten sich unzählige Menschen. Die einen feierten und lachten, die anderen hämmerten verzweifelt unten an die Tore, in der Hoffnung, etwas zu essen zu bekommen. Heruntergehungerte Mütter und Väter schleppten sich mit ihren Kindern auf dem Rücken, in Lumpen gekleidet und halb verdurstet vom Land in die Stadt und über den Platz. Unter den gelb verfärbten Apfelsinenbäumen suchten sie Schatten. Das Volk hungerte. Und ausgerechnet in diesen Tagen hatte das Land keine Regenten, die sich um dieses schwerwiegende Problem kümmern konnten. Denn die Regentin pflegte den sterbenden Regenten.

Johanna würde so lange bei Philipp bleiben, bis er seinen letzten Atemzug getan hatte. Dann würde sie sich um ihre Herrschaft kümmern und sehen, was sie in diesem Land würde verändern können. Sie drehte sich wieder zu ihrem Mann um und nun lag der Lichtbalken genau über seinem fahlen Gesicht. Philipp sah aus, als wäre er bereits gestorben. Wächsern und leblos. Gerade noch war er so stolz und kraftvoll in Burgos eingeritten, unter Beifallsstürmen, in höfischer Glorie. Als wäre er der alleinige Thronfolger und nicht Johanna. Sie war zwar neben ihm durch die vielen engen Gassen und die feiernde Menschenmenge geritten, vorbei an all den schmückenden Wandteppichen, die ihr zu Ehren aus den Fenstern hingen. Huldvoll hatte sie mal hierhin, mal dorthin gelächelt, Kindern ein wenig Geld in die Hände gedrückt, doch Philipps Verblendung, seine Verweigerung, die Realität anzuerkennen, wer hier eigentlich zukünftig die Herrschaft über das Spanische Reich übernehmen würde, war tatsächlich grotesk gewesen. Und nun lag er hier. Von einem Moment zum anderen. Er konnte nicht einmal mehr sprechen. Er war vollkommen unfähig, auch nur einen Befehl zu erteilen, einen Gedanken zu fassen, die Hand zu heben, geschweige denn ohne Johannas Hilfe die Medizin zu schlucken, die ihm empfohlen worden war.

Nun hatte Johanna ihren Mann ganz für sich. In Ruhe. Endlich herrschten Frieden und Einigkeit zwischen ihnen, wie es eigentlich sein sollte. Sie war seine Königin. Er war ihr König. Es war schön und gleichzeitig auch traurig. Johanna hätte sich gerne ein wenig mit Philipp dem Schönen unterhalten. Über ihre erste

Begegnung in Lier. Über den kurzen Moment ihrer tiefen Verbundenheit. Hatte er ihn nicht als genauso überwältigend erlebt wie sie? Aber Philipp war einfach zu schwach, um wenigstens ein Wort zu sagen. Sie setzte sich wieder zu ihm und half ihm, sich aufzurichten, damit sie ihm mit einem Löffel die stärkende Medizin einflößen konnte. Es kostete sie einige Anstrengung, feste Kissen hinter seinen Rücken zu stopfen und seinen schlaffen Oberkörper aufzusetzen, sodass er nicht zur Seite wegkippte. Schließlich hatte Johanna es geschafft, dass er sich einigermaßen aufrecht im Bett hielt. Nur sein Kopf knickte immer wieder nach hinten. Er stöhnte. Seine Augenlider waren geschlossen. Sie flüsterte: »Mein Geliebter, du musst deine Medizin nehmen.«

Obwohl es im Zimmer heiß war, zitterte Philipp ununterbrochen. Sie sagte leise: »Wir müssen dein Fieber senken.« Sie füllte die Medizin aus der Flasche auf einen Löffel und hielt mit der linken Hand seinen Kopf, mit der rechten Hand versuchte sie, die Flüssigkeit zwischen seine Lippen zu bekommen. Doch Philipp machte nicht mit. Er schlug kurz die Augen auf, sah Johanna verwundert mit glasigem Blick an, dann fielen seine Lider wieder zu.

Er war nur noch eine flach atmende Hülle, die ab und an von schweren Zuckungen geschüttelt wurde. Sie ließ Philipp wieder zurück in die Kissen sinken. Ihr Blick streifte durchs Zimmer. Über den Marmorboden hin zur Kommode, auf der sie die Bilder ihrer Kinder aufgestellt hatte. Isabella, Eleonore, Karl, Maria und Ferdinand guckten mit ihren großen, kindlichen Augen in diesen dämmrigen Raum hinein, in dem ihr Vater im Sterben lag. Johanna betrachtete das Bild von sich und Philipp als stolzes Herrscherpaar. Dieses Bild, das sie damals von einem Maler in Medina del Campo hatte anfertigen lassen, erzählte von einem Traum, den Johanna in ihrer Naivität offenbar geträumt hatte. Den Traum von einer gemeinsamen Zukunft, von der Verwirklichung einer gemeinsamen Idee. Sie griff nach Philipps kalter Hand. Sie nahm ihm einen schweren Ring nach dem anderen ab und legte sie vorsichtig auf das Nachtkästchen. Sie flüsterte: »So ist das eben in unseren Zeiten, nicht wahr, Philipp? Ehen werden arrangiert, Kinder werden einander aus politischen oder diplomatischen Gründen versprochen und verlobt, und doch gehen all diese ausgeklügelten Pläne niemals auf.«

Philipp stöhnte leise und Johanna tupfte ihm die Stirn ab. Dazu fuhr sie leise fort: »Als junges Mädchen habe ich meine Großmutter einige Male mit meiner Mutter in ihrer Festung in Arévalo besucht. Ich habe bei ihr gesessen und ihre alte Hand gehalten, bevor sie wieder den nächsten Anfall bekam. Was heißt Anfall! Sie war verzweifelt. So, wie ich es lange Zeit war.« Johanna machte eine Pause, als würde sie von Philipp eine Antwort erwarten. Aber er blieb stumm. Er würde sich nicht wieder erholen können. Er hatte sogar schon Blut gespuckt. Also redete Johanna mit gedämpfter Stimme weiter: »War es denn falsch, was sich meine Großmutter für sich und ihre Kinder wünschte? Eine gewisse Exklusivität in der Ehe? Sie ist durch die Gänge ihrer Festung gerannt und hat um Erlösung gefleht. Ich habe daraus gelernt, mein Geliebter. Endlich habe ich durch dich verstanden, dass es zwischen Mann und Frau keine Liebe geben kann, mein Geliebter. Es ist eben nur ein Wahn, eine schöne Illusion gewesen.«

Johanna streichelte über Philipps Hand. Es war schwer, ihren Mann so leiden zu sehen. Er bewegte sich bereits in einem Zwischenreich, er weilte nicht mehr ganz bei den Lebenden und doch war er noch nicht zu den Toten hinübergetreten. In seinem Inneren kämpfte er darum, auf dieser Erde bleiben zu dürfen, wieder zu seiner alten Stärke und seinem Triumphgefühl zurückzukehren, doch gleichzeitig schien ihm eine innere Stimme zu sagen, dass dieser Kampf bereits verloren war. Er stöhnte wieder, als brauche er dringend Erleichterung. Johanna lächelte milde und ließ ihre Stimme noch lieblicher klingen. »Erinnerst du dich,

Philipp? Als wir damals in Lier in die Sankt-Gummarus-Kirche eintraten, war überall dieses diffuse Licht im Sandsteingemäuer. Wir schritten den breiten Gang hinunter, zwischen den Bänken hindurch, an der Krönung der Heiligen Maria vorbei. Aus dem Augenwinkel sah ich dein stolzes Lächeln. Ich fühlte deine warme Hand, die meine hielt. Um deinen Hals schmiegte sich deine goldene Wappenkette, der Orden vom Goldenen Vlies. Du warst mir vollkommen fremd, die Atmosphäre so andersartig und doch schwammen wir beide in solch feierlicher Stimmung, getragen vom mehrstimmigen Ave Maria. Hörst du die körperlosen Knabenstimmen? Sie schwebten über uns im Gewölbe. Es war, als würde mich unsere Vermählung dazu aufrufen, größer und stärker zu sein, als ich es war, um dir zu gefallen, um in deine Ewigkeit einzugehen. Natürlich spürte ich deine Selbstherrlichkeit. Trotzdem gab ich mich diesem neuen Gefühl der Allmacht hin. Ich ließ mich von dir anstecken, als hätten wir gemeinsam übermenschliche Kräfte und Fähigkeiten. Plötzlich war ich nicht mehr ein heimatloses Fragment, sondern hier waren wir, du und ich, und da war die restliche Welt, die wir zu einer gerechteren machen würden.« Johanna hielt mit beiden Händen Philipps Hand. Sie sah seine Ringe auf dem Nachtkästchen. Sie sah sein eingefallenes Gesicht. Nun waren sie beide Regenten. Doch so, wie Johanna es sich erträumt hatte, hätte es niemals werden können. Bei Philipp war eben alles nur von kurzer Dauer. All seine Triumphe und Eroberungen, Länder oder Frauen, hatten ihn nicht über den Tag hinaus gerettet. Es war in Ordnung. Johanna erkannte, dass nichts davon mit ihr zu tun hatte. So war Philipp eben. Von kurzer Dauer.

Es klopfte. Sie drehte sich zur Tür um. Der Erzbischof von Toledo sah zu ihr herein. »Hoheit«, sagte er leise. »Sie müssen ein paar Dokumente unterzeichnen und Entscheidungen treffen. Das Land droht in Anarchie zu versinken.«

Johanna stand auf und ging langsam auf den Geistlichen zu. Der Saum ihres schwarzen Kleides glitt über den glatten Steinboden. Sie fühlte die perlenbesetzte Haube auf ihrem Kopf. Sie stellte sich dem Bischof, der in seinem violetten Gewand das Zimmer zu betreten versuchte, in den Weg. Er wirkte unruhig, so, als hätte Spanien keine Zeit mehr, den Tod seines Regenten abzuwarten. Johanna flüsterte: »Ich kann jetzt nicht.«

»Männer und Frauen ziehen umher mit kleinen Kindern auf dem Rücken. Sie alle hungern durch die furchtbare Dürre. Sie müssen die Macht ergreifen, Hoheit. Sie müssen Bischöfe für die unbesetzten Diözesen bestimmen. Sie dürfen die Schafe dort nicht ohne Hirten lassen.«

Johanna drehte sich halb in den Raum hinein, während sie dem Erzbischof antwortete. »Viel schlimmer wäre es, wenn ich Hirten auswählte, die zum Hüten ihrer Herde nicht taugten, und wir all das Üble aus der Vergangenheit in die Zukunft mitnähmen.« Sie hatte gerade ihren Satz beendet, als Philipps Hand leblos von der Bettkante ins Leere rutschte. Jetzt gehörte der Thron nur noch ihr.

Meine lieben Kinder,

Euer Vater, der König von Kastilien und León, ist tot. Seine Regentschaft war nur von kurzer Dauer. Gerne hätte ich, die Königin von
Kastilien und León, mit ihm an meiner Seite mein Land, meine Heimat regiert. Ich hätte seine Unterstützung gut gebrauchen können,
um all meine Vorhaben in meinem Herrschaftsbereich zu verwirklichen. Ihr seid noch zu klein, um zu wissen, zu welch grausamen
Taten die Menschen fähig sind. Ihr seid bisher davon verschont geblieben, mit anzusehen, wie Frauen und Männer auf Scheiterhaufen
gestellt und bei lebendigem Leib verbrannt werden, weil sie angeblich
ungläubig sind. Doch ich sage Euch, meine geliebten Kinder, ein jedes Wesen, das in sich Gerechtigkeit und das Gute spürt, kann gar
nicht ungläubig sein. Ihr wisst es aus dem Matthäus-Evangelium: »Selig sind, die Frieden stiften; denn sie werden Gottes Kinder heißen.«
   Doch ich trage Eurem Vater nicht nach, wie er mich behandelt hat.
Ich wundere mich selbst oft über mich, dass ich nicht lange wütend
oder enttäuscht sein kann, dass ich Erniedrigungen, die man mir
zufügt, sofort wieder vergesse. Niemals aber das Böse, das ich jemandem zugefügt habe. So schmerzt es mich besonders, dass ich Euren
Vater nicht mehr um Verzeihung bitten kann, für das Leid, das auch
ich ihm angetan habe. Damit werde ich nun leben müssen. Ich wünschte, ich hätte eine bessere Frau für ihn sein können. Eine Frau, die er

sich als Erzherzog von Burgund für sein Leben gewünscht hätte. Eine Frau, die keine Sehnsucht nach Verbundenheit hat. Aber diese Frau konnte ich nicht sein. Sicher, der Wunsch nach Zuneigung mag ungewöhnlich sein für eine Frau, deren Ehe aus machtpolitischen Gründen geschlossen worden ist. Aber doch nicht vollkommen unangemessen, oder?

Meine geliebten Kinder, Ihr werdet, jedes für sich, eine Antwort darauf finden. Spätestens, wenn Eure Ehen mit fremden Thronfolgern in fremden Ländern geschlossen werden. Nun, wo Euer Vater gestorben ist, habe ich viel Zeit, mich mit ihm über all die ungeklärten Fragen zu unterhalten. Ich möchte Antworten haben, bevor ich mich – alleine auf mich gestellt – um die Staatsgeschäfte kümmere und Aktenstücke lese und wichtige Entscheidungen treffe. Ihr könnt Euch vorstellen, täglich erreichen mich viele Bittschriften. Aber diese Zeit muss sein, auch wenn bereits der Erzbischof von Toledo versucht hat, sich selbst zum Regenten zu machen, und meinte, ich würde ihm tatsächlich die notwendige Urkunde unterschreiben. Als das nicht fruchtete, wollte er gerichtlich feststellen lassen, ich sei wahnsinnig. Nun, es brauchte nicht viel, um ihm seinen Wahnsinn nachzuweisen.

Vor ein paar Tagen sind Euer Vater und ich gemeinsam in das wunderschöne Miraflores-Kloster umgezogen, es liegt etwas außerhalb von Burgos. Euer Vater ruht auf einer kleinen Anhöhe in dem herrlich weißen Marmormausoleum. Von meinem Zimmer im Kloster aus kann ich es immer sehen. Es ist überbordend mit Bildhauereien und jenem Gold verziert, das Christoph Kolumbus von seiner ersten Reise zu den westindischen Inseln mitgebracht und meiner Mutter, Isabella der Katholischen, hier überreicht hatte.

Ich habe mir ein paar Trauerkleider anfertigen lassen für meine Besuche bei Eurem Vater im Grabgewölbe. Gemeinsam mit ein paar hilfsbereiten Mönchen habe ich noch einmal seinen Sarg geöffnet. Seinen Leichnam haben wir von all den Tüchern befreit, in die er gewickelt war, sodass ich seine Füße küssen konnte. Meine Kinder, Ihr versteht mich sicher. Ich trage sein Kind unter meinem Herzen, Euer Geschwisterchen. Ich wünschte mir, er hätte es wenigstens einmal zu Gesicht bekommen.

Ich hoffe, dass ich für die Zukunft eine gute und gerechte Regentin sein werde. Noch fühle ich mich zu unerfahren. Zu unsicher. Ich habe große Vorstellungen und keine Ahnung, wie ich meinen mir zugedachten Weg am klügsten beschreiten soll. Um mich herum verändern sich die Dinge so schnell. Ich komme gar nicht hinterher. Alle Welt scheint nach meiner Macht zu streben, so auch mein eigener Vater, Ferdinand von Aragón. Die Anhänger, die wir gerade noch hatten, haben schon wieder ihren neuen Anführer gefunden. Derjenige, der die schönsten Versprechungen macht, gewinnt. Ich will nichts versprechen, was ich nicht halten kann. Ich brauche noch ein wenig Zeit. Ich glaube, ich wäre eine gute Regentin.

In Liebe, Eure Mutter.
Die Königin von Kastilien und León und der westindischen Inseln und des Festlandes am Ozean.

Nachwort

Johanna von Kastilien wurde 1479 in Toldeo geboren und starb 1555 in einem Kloster in Tordesillas, wo sie die letzten fünfundvierzig Jahre ihres Lebens als Gefangene verbracht hatte. Bis zuletzt war sie Königin von Kastilien und León, Aragón und der »westindischen Inseln und des Festlandes am Ozean«, wie man das neu entdeckte Amerika nannte, und damit des größten christlichen Reiches der damaligen Zeit. Es war ein Titel, den sie nie angestrebt hatte und der ihr auch erst zufiel, nachdem alle anderen gestorben waren, die in der Thronfolge vor ihr standen. Die Tragik ihres Lebens ist, dass sie ohne die Macht, die ihr dieser Titel verlieh, wohl nie als »Wahnsinnige« eingesperrt worden wäre.

Fast fünfhundert Jahre später ist von der Welt, in der Johanna lebte, kaum etwas geblieben. Zwar gibt es die Festung La Mota noch, in der sie auf Befehl ihrer Mutter monatelang festgesetzt wurde. Immer noch beeindruckend mächtig steht sie am Rande von Medina del Campo, einer Kleinstadt im kastilischen Hochland, die heute weniger Einwohner hat als damals. Auch die Kathedrale im belgischen Lier, in der Johanna und Philipp der Schöne getraut wurden, existiert noch, ebenso das Kloster Santa Clara in Tordesillas, wo sie gestorben ist, ein stiller Ort, auf einer Anhöhe über dem Rio Duero. Aber natürlich ist nichts davon mehr im damaligen Zustand und wurde immer an neue Zeiten angepasst. Bezeichnenderweise stimmt das für den Blick auf Johanna nicht.

Jahrhunderte lang galt Johanna als »die Wahnsinnige«. Eine junge Frau, die ihre Gefühle nicht unter Kontrolle hat, die zu sehr liebt, krankhaft eifersüchtig ist, zu Wutausbrüchen neigt und die Mätressen ihres Mannes mit einer Schere angreift. Auch die Einschränkung ihrer Mutter, dass Johanna den Thron nur besteigen darf, wenn sie »zu regieren vermag«, wie es im Testament heißt, bezieht sich darauf und eröffnet damit, vielleicht ohne es zu wollen, einen Nachfolgekampf, bei dem der Gemütszustand einer Frau für die Männer, die ihr am nächsten stehen, nur noch eine strategische Größe auf dem Weg zur Macht wird. Der Vertrag, den ihr Ehemann Philipp der Schöne mit ihrem Vater Ferdinand schließt, als er mit Johanna zur Thronübernahme von Flandern nach Spanien zurückkehrt, sieht in einem geheimen Zusatz bereits vor, Johanna einzusperren.

Wichtiger als die Frage, ob Johanna wahnsinnig war, nimmt der Roman jedoch die Frage, woran sie es geworden sein könnte. Dazu bezieht er sich in einer Folge von einzelnen Szenen auf historische Ereignisse, Orte und Personen in der Zeit von ihrer Hochzeit mit Philipp dem Schönen 1496 bis zu seinem Tod im September 1506, ohne deshalb ein historischer Roman zu sein. Er beobachtet vielmehr eine junge Frau, die als Teenager verheiratet wurde, bereits vier Kinder geboren hat, ohne selbst erwachsen zu sein. Eine junge Frau, die erfahren möchte, wer sie ist und wer sie sein kann, die aber von einer Welt umgeben ist, die das für sie immer schon festlegen will. Einer Welt, die auf Liebe mit Macht antwortet, auf Fülle mit Ausbeutung, auf Verletzlichkeit mit Härte und auf Freiheit mit Festsetzung. Einer Welt, deren Methoden sich über die Jahrhunderte verfeinert, aber womöglich gar nicht so sehr verändert haben. Ist der Mensch wahnsinnig, der dagegen aufbegehrt, oder sind es die Verhältnisse?

Alexa Hennig von Lange im Juni 2020